翰林院

崔九 著

图书在版编目（CIP）数据

翰林院 / 崔九著. -- 北京：新世界出版社，2017.5（2017.9重印）

ISBN 978-7-5104-6265-8

Ⅰ. ①翰… Ⅱ. ①崔… Ⅲ. ①长篇小说－中国－当代 Ⅳ. ①I247.5

中国版本图书馆CIP数据核字(2017)第086463号

翰林院

作　　者：	崔　九
责任编辑：	黄　倩
责任印制：	王宝根
责任校对：	宣　慧
出版发行：	新世界出版社
社　　址：	北京西城区百万庄大街24号(100037)
发 行 部：	(010)6899 5968　(010)6899 8705（传真）
总 编 室：	(010)6899 5424　(010)6832 6679（传真）
	http://www.nwp.cn
	http://www.nwp.com.cn
版 权 部：	+8610 6899 6306
版权部电子信箱：	nwpcd@sina.com
印　　刷：	北京亚通印刷有限责任公司
经　　销：	新华书店
开　　本：	880mm＊1230mm　1/32
字　　数：	290千字　印张：10.25
版　　次：	2017年5月第1版　2017年9月第2次印刷
书　　号：	ISBN 978-7-5104-6265-8
定　　价：	39.80元

版权所有，侵权必究

凡购本社图书，如有缺页、倒页、脱页等印装错误，可随时退换。

客服电话：　(010)6899 8733

目录 contents

引子　　　　　　　　　　　　001
第一章：皇帝乱点新翰林　　　004
第二章：乐鱼初入翰林院　　　009
第三章：美人与顶头上司　　　014
第四章：老神捕细说命案　　　019
第五章：众位翰林在御前　　　023
第六章：徐翰林解说人情　　　026
第七章：翰林院不眠之夜　　　031
第八章：韩修撰纵论书道　　　035
第九章：飞云阁突起波澜　　　038
第十章：白侍卫狐假虎威　　　043
第十一章：郎舅俩狱中相会　　050
第十二章：同牢少年逢春雨　　054
第十三章：抽丝剥茧第一层　　059
第十四章：逸洲春风助断肠　　063
第十五章：抽刀断水水更流　　065
第十六章：不速之客闯红楼　　069
第十七章：小鱼桃林析案情　　073
第十八章：韩府一日三嘉宾　　077
第十九章：卢家双璧橘楼谈心　086

第二十章：春日精英邂逅时	090
第二十一章：天之骄子他乡老	096
第二十二章：状元郎心中事	100
第二十三章：梨花台各展风流	104
第二十四章：曲终人散双星会	110
第二十五章：鱼自天地活水来	115
第二十六章：青楼名姬忆往事	119
第二十七章：琉璃殿离奇事件	123
第二十八章：皇帝识破杀人法	128
第二十九章：大理寺内飞来礼	132
第三十章：假作真时真亦假	136
第三十一章：少年名捕之赌局	141
第三十二章：卢雪泽临危不乱	146
第三十三章：光华之人苦恋心	151
第三十四章：清明浊酒少年游	154
第三十五章：女孟尝现身京都	159
第三十六章：赵乐鱼深入虎穴	162
第三十七章：熊熊火海救逸洲	169
第三十八章：昨夜星辰昨夜风	174
第三十九章：树欲静而风不息	177
第四十章：卢神医妙手回春	180
第四十一章：不畏浮云遮望眼	184
第四十二章：世上如侬有几人	190
第四十三章：却上心头君与臣	192
第四十四章：无事不登三宝殿	196
第四十五章：摘花高处赌身轻	200
第四十六章：小鱼儿探病吊丧	204
第四十七章：似曾相识燕归来	209

第四十八章：卢家圣人与好人	214
第四十九章：太后钦定金玉缘	219
第五十章：风雨交加人与鬼	222
第五十一章：韩逸洲一语惊天	229
第五十二章：赵乐鱼深夜探监	232
第五十三章：幸有我来山未孤	236
第五十四章：圣旨到圣心难测	241
第五十五章：落花不是无情物	246
第五十六章：满庭芳华帝王侧	251
第五十七章：夜宴时五味杂陈	253
第五十八章：东方谐怆然出狱	262
第五十九章：青春作伴好还乡	266
第六十章：驿站夜雨涨秋池	271
第六十一章：金粉世家洛阳韩	276
第六十二章：梦里不知身是客	280
第六十三章：萧大姐再上卢府	283
第六十四章：长条乱拂春波动	287
第六十五章：迷雾中灵光一闪	290
第六十六章：兄弟密谈家国事	293
第六十七章：黑暗老尽少年心	298
第六十八章：我来施饵尔垂钓	301
第六十九章：花自飘零水自流	307
第七十章：道江南余情未了	317

引 子

若问天下读书人，最奢侈的梦想是什么？头一件恐怕是入翰林院。

"非进士不得入翰林，非翰林不得入内阁。"是天朝铁打的规矩。建朝二百年来，非皇族的宰相，无一例外地出身于翰林。一朝成了阁老，金马玉堂，娇妻美妾自是不在话下。连祖上三代，子孙后人，也可沾染福泽。秀才们最酸腐的理想竟都要通过翰林院的门槛来实现。因此，翰林们非但风雅，而且贵重。

然而，天朝的翰林院也有特殊之处：第一，任何时候翰林院内都只有八人而已。一名掌院学士，官居二品。两名修撰，官居四品。剩下的五名，都是六品的编修。物以稀为贵，这些翰林们走在京城的大街上，哪怕眼睛长在头顶，别人对他们也只有崇敬的分儿。第二，翰林院虽然是论学编书之地。但天朝选官，外貌也是一条不成文的标尺。金殿取三甲的时候，相貌普通的人，纵然才比子建，文章魁首，也有可能被甩出前十名。状元、榜眼、探花往往都是俊秀之才子。通常，三鼎甲最容易入翰林院。第三，翰林院被认为是今后的一品大员们历练的地方。凡过了三十岁的人，一律得移出翰林院。如果此人得皇帝赏识，从此便可一步步走向宰辅位置。倘若此人口碑一般，也可以落个封疆大吏。

翰林院是皇城边上的一进房子，御赐琉璃瓦闪闪发光。院里有一知名的花园，名为"甲秀林"。园林翠竹婆娑，花开不败。翰林们闲暇之余，常在内谈论风月，吟诗作赋。夜晚的甲秀林，乌鸦栖树，幽静如画。虽然已经是阳春三月,寒风依然吹得卢修耸了耸肩膀。

他一回头,见有人静静站在他的背后。亭子一角的灯笼,照着韩逸洲的脸庞。他已经十九岁了。三天前,卢修才和他一起度过了他的生日。"你走路真轻,好像我大哥。"卢修微笑着说,他比韩逸洲大四岁,容貌端丽。细长的眼睛,冷静的笑容,总有点哲人味道。韩逸洲背着手,面色有些抑郁。

"我明天就要离开翰林院了。今儿个偏那么巧,我,你,还有杨青柏三人一起在这里值夜。现在又是殿试的时节了,你还记得三年前的情景吗?"

"嗯。"韩逸洲点点头。他衣着单薄,在凉风中站得笔直,仿佛豪门公子的清华之气可以抵御寒冷似的。卢修依然觉得,韩逸洲的眉宇间有少许落寞。他想了千百次,为什么这两年他变了呢?但他从来没有问出口,为什么?他终究不忍心。

三年前,卢修被皇帝亲点一甲第一名。因为他的兄长卢雪泽已经为翰林院掌院学士,他再当上状元,无疑是一份殊荣。他记得在金殿下,初遇十六岁的榜眼韩逸洲。那少年清瘦秀雅,迎着他露齿一笑。那时候,似乎漫天的昙花,被某个青翠的影子揉碎了,只剩下淡淡的余香,悠扬在长空之中。探花郎杨青柏也算是个俊朗的男子,但当日三人打马长街了半天,卢修居然没有记住他的模样。

三人一同入了翰林院,是顺理成章的事。杨青柏行事古怪,同大家走得都不相近。即使与他们两个同年也疏远得很。明天,卢修就要担任大理寺卿去,而韩逸洲也升任翰林院修撰了。只有杨青柏,却要调到四川一带当知府。

"也难怪杨兄不痛快。哎,上次他校对先帝实录居然犯错,影响了他的仕途。"卢修说。

韩逸洲皱眉道:"他是不大会做人。……翰林里见不得人的东西多了。他并不是最龌龊的一个。"卢修以前从没有听过韩逸洲抱怨同僚。今夜他不但说了，还有咬牙切齿的味道。

"怎么了？"卢修这才发现，韩逸洲紧紧捏着玉色腕子，这是他生气时惯常的动作。

韩逸洲冷笑几声："……不想提……"

卢修劝道："逸洲，你还小，在这里我大哥自然会维护你。但有的时候……你只当没有看见罢了。你知道官场原本就不干净的。翰林院里面勾心斗角总有限度。不过一小池水，能扑腾起来吗？瞧我出了翰林院，还不定遇上什么龌龊事呢。"韩逸洲笑了笑，表示同意。

卢修正要说什么……西面的屋子传来一阵奇怪的响动。卢修和韩逸洲面面相觑。卢修面色一白，待要去看个究竟，韩逸洲却一把拉住他："关我们何事？你别去。"他脸上阴晴不定，卢修愣住了。

静了一盏茶的工夫，猛的一声巨响，好像巡夜的更夫扔下了铜锣。不一会儿，小径的尽头有个大汉见鬼似的踉跄跑来。

"卢……卢……韩……要命了！"他尖叫着，说话支离破碎。

卢修这才拽着韩逸洲急匆匆地顺着更夫指向的屋子跑去。冷月下苔藓滑溜溜，二人差点跌倒。浓郁的血腥气，让卢修忘记了一切。

门虚掩着，韩逸洲站住了不动。卢修朝内一探头，心胆俱寒。他本能地把韩逸洲拉到身边。屋内的惨烈景象，已经不能用"恐怖"来形容。但卢修知道：这一堆"物事"就是一个时辰前活生生的同年：杨青柏。韩逸洲满头冷汗。眼睛直勾勾地盯着卢修，他想起刚才他出屋子去寻卢修时杨青柏莫名其妙的一句话："咱们的卢大人明天就上任了，恐怕要办几件惊天动地的大案子呢！"

会试的前夜，翰林院编修杨青柏被杀。也许他没有想到，他自己的命，就是卢修办的第一件大案。

第一章：皇帝乱点新翰林

一个月多月以后，正逢发榜之日。宫中香雾缭绕，大理寺卿卢修等了半个时辰。老宦官终于走了出来，对他摇摇头："卢大人，请回吧，万岁已经歇了。"

卢修不动声色地把一张银票笼在袖管里面递过去："公公，万岁最近还为那事儿烦心？"

老宦官默默接了票子，压低了嗓门说："卢大人，你们大理寺会同刑部查了一个多月，连个影儿都查不出来，万岁怎能不烦心？"

卢修黯然道："连日来京城的名捕们都翻遍了翰林院的上下，连山西的神捕也拉来了，还是没找出头绪。哎，真难……"

老宦官想了想，笑说："卢大人放心，这事儿关系不到您的乌纱帽。您哥哥是谁？——是万岁面前的大红人。万岁就是拿人开刀，也得给卢学士留个面子不是？"

卢修对宫内阉人的阴阳怪气向来不喜，然而这些人说话倒比谁都通透些。老宦官的话，也算透露给了他一点儿信息。他微笑着岔开话题："明天就是点翰林的日子了，今年也不晓得是谁？"

老宦官捂住嘴巴笑得直颤："哎呦，今年翰林院一共才两空缺，其中一个还是死鬼让出来的。三天前金榜刚贴上中华门，新科状元就因为激动发了羊角风。昨儿晚上，新科榜眼的亲娘又恰巧死了。这两个倒霉主儿，得，一个回家养病，一个回去丁忧，就剩下个探花何……何……"

"何有伦?"卢修接了上去。何有伦是安徽人,中进士前就以丹青擅名。大约是估摸自己能进翰林院,昨天一大早,何有伦已经来了卢府拜会卢修的哥哥——掌院学士卢雪泽。何探花浓眉大眼,外表甚是雍容。对卢家兄弟都自称"学生",在卢修看来,他像是个为人和气、少生是非的人物。

"对,对,就是他,只是剩下的一个位置——谁福气大,就是谁了。我才跟小子们说,这位爷入翰林,也就等于天上砸下个金元宝喽!"

卢修心说:福气?未必。他面子上依然淡笑着说:"有劳公公了,卢修才当朝官,规矩还要您老人家提醒。"

"好说,好说,您是上科状元公,这么客气真给老奴脸上贴金了。"

卢修识趣,今夜无论如何不能面圣了,他继续寒暄几句,转身告辞。卢修猜得不错,皇帝并没有歇息,不过是不愿意见他罢了。

此刻,皇帝周嘉正在书房内对着一卷白纸发呆。他不愿意见卢修,倒也并非责怪他们办案不力。死去的杨青柏,似乎与翰林院任何其他人都没有瓜葛。案发的当晚,卢修本人也在翰林院内,即使他是大理寺卿,也不能完全排除他的嫌疑,况且,为卢修作证的韩逸洲,向来与卢修交好。韩逸洲本人,是最后一个见到杨青柏活着的人。所以他也有可能杀人。作为皇帝,他自然不能事事对卢修交底。

他咳嗽一声,侍卫打扮的汉子连忙入内:"万岁?"

"白诚,你看这翰林院案……真的就没有破绽?"

侍卫小心翼翼道:"臣不敢说。"

周嘉问:"那日宫内得知翰林院案子,朕不是就派了你去和刑部勘查现场的吗?你有什么不好说的呢?"

白诚低眉顺目说:"臣猜不透奥妙,所以不敢乱说。翰林院内都是有身份的……凶手二字,臣一个粗人,怎么敢随便加在他们头上呢?"

周嘉道:"你,也认为是翰林院的人做的?"

白诚垂手道:"据臣等调查,杨翰林好像与外人无甚往来。书厅内没有财物损失,同时翰林院内还有两个值班大人……外人……犯得着吗?"周嘉点头,挥手令其退下。他抚摸着狼毫笔杆,犹豫良久,终于写下了一个名字:赵乐鱼。

第二天,圣旨一下,京城内像开了锅,赵乐鱼?谁是赵乐鱼?问来问去,几乎没有人知道这位新翰林的来历。连会试和殿试中,大伙对这个人也没有印象。只有广东会馆里,一个新科进士大为愤慨地说:"我清楚啦,赵乐鱼是金榜里面排在我后面的,似乎是广西桂林人,他怎么可以进翰林院?"

同乡们好奇地说:"第三甲一共就九十个人。你都是八十七名了,他难道是八十八名不成?"

广东进士一愣,马上捶胸顿足:"啊呀,原来这就是玄机!老天爷不公,我怎么没有摊到如此吉利的名次?"

旁人看他个头矮小,头发稀疏,也不忍打击他,追问他:"赵乐鱼什么模样?"

广东进士回答说:"他不过和我在金榜上挨一块儿。我怎么知道他长什么样?"

旁人哄笑:"搞了半天你还是不认得他。"

赵乐鱼在京城之内,必须住店吃饭,所以自然有人晓得他。

次日的中午,在京城东北郊一家寒酸客栈里面,从老板到伙计都精神焕发。老板唾沫飞溅,对着狭窄客堂里面两个客人说:"看你现在的座位,就是赵翰林最喜欢的座位。你点红烧狮子头吗?这是赵翰林最赏识的一道菜……赵翰林住哪间?恕小人不能告诉,赵翰林不喜欢起早,这会子还睡着呢。"

正说着,一个小跑堂飞奔下来:"赵翰林醒了!"

老板立刻抽身,端着伙计们准备好的脸盆上了楼梯。

屋子里面没什么摆设,还算干净。晌午的光线穿透了走廊,一个少年金鸡独立,懒洋洋靠着墙壁。虽说是起床了,不知怎么他依然一副打盹的慵懒样。他身材甚高,骨肉匀称。阳光下,墨黑的乱发,蜜色的肌肤,都跟着耀人眼。小跑堂正要叫他,却被老板死命拧了一下。少年张开了眼睛,笑了一声。他的眼珠子灵动黑亮,有一股形容不出的锐气。而他的脸庞,五官处处恰到好处。显出晴天般的坦荡来。纵然阴雨连绵,只要屋子有他,你就会感觉到温暖。他若肯对你一展笑颜,醉人的春风就会萦绕你的心头。

"赵翰林,您老人家醒了?"老板赔笑道。

少年点头,声音洪亮:"我今天就搬走了——翰林院解决住宿,给我结账吧。"

老板说:"好说,好说。赵翰林,您下榻小店,真是小人三生有幸,使本店蓬荜生辉……"他只粗通文墨,咬文嚼字颇费力。

赵乐鱼嘿嘿笑了几声,老板一使眼色,伙计们抬上了一块匾额。他瞳仁一转,开心道:"要我题字不成?你想告诉我:账全免了,只要我给你写上几个大字?"老板连连点头。

"可惜,我写字旁边不能有人站着,不然我手哆嗦,写不成。"

老板连忙吆喝着伙计们退出。赵乐鱼摆摆手:"别,先让小毛给我磨墨。"

小毛是店里的小跑堂,他见老板走了,才擦了擦眼睛道:"赵翰林,不……鱼哥。你真走了?以后我见不着你了。"

赵乐鱼将一大锭银子放在他的手心:"哥现在去的地方,不便带着小孩子。你妹妹的病好得也差不多了,听哥的话:你辞工回家去,继续念书。要是有人为难你,你到翰林院来找我。我给你撑腰。"

小毛不解地问:"哥,你怎么和别的读书人不一样?从来不拿腔拿调。你那么有钱,干吗不住家好些的客店?"赵乐鱼摸摸他的头,没答话。

一个时辰以后,赵乐鱼自己抱着行李下了楼梯,老板和伙计,加上店里慕名而来的客人们,一起夹道欢送。赵乐鱼一出店门,就没有回头。虽然艳阳高照,但他手上行李颇多,一顶雨天的斗笠也没处放,他干脆戴到头上。他走了没多远,就随口哼唱起小调。他在店中住了一段日子,老板和伙计们自然领教过他的歌声。所以一听他开口,立刻一窝蜂回到店里。

此刻,老板才想起来匾额的事情。跑到房间里面一看,匾额的边上,如数放着住店的花销。不由得心花怒放,对伙计们说:"看看,人家这种气派才能入翰林院。"

他定睛一看匾额上的题字,不由得傻了眼。上面写着"宾至如归"四个大字。然而字体蹩脚,不比启蒙的学童好多少。比起附近胡寡妇药铺里的老账房,更是逊色了许多。他心里叹气,嘴上却不肯认,对伙计们说:"甭管怎么说,人家到底是翰林。赶明儿咱挂起来,总是翰林院赵乐鱼写出来的字嘛。"

伙计比画了几下,说:"掌柜的,这,这,这哪里有赵乐鱼的名字呢?"老板找了半天,果然没有署名。倒是匾额的右上角,涂画着一条小小的鱼。小鱼张着嘴,似乎在偷偷地乐。

同在这一天,翰林院修撰韩逸洲第一次看见了赵乐鱼考进士时候填写的身份牌。赵乐鱼,十八岁,广西桂林人士。父:赵成大,白身。

韩逸洲看了这个人的一行小楷,便丢在一旁。他不单头疼,连牙都疼起来。实在是因为,这位新翰林赵乐鱼的那手毛笔字忒难看了点!

第二章：乐鱼初入翰林院

赵乐鱼到翰林院的时候，天色已近黄昏。蔷薇色的云绡翻卷天际，甲秀林桃花正艳，繁茂的花枝却没有一根伸出墙外。赵乐鱼仰面看了看三个苍劲金字——翰林院。他放下手里的包袱，机灵的脸上露出一种奇怪的笑容，还大不敬地吹了一记口哨。那扇朱门似乎是一个无底的黑洞。纵然吸引着古往今来无数的读书人，也淹没了世间几度风流。他正想着，门自开了。两个儒生打扮的人从内迎了出来。

青衣者方面大耳，年纪稍长。绿衣者容色仅在中人之上，但衣饰格外风流，举手投足中有一种灵巧气息，竟然把他身边人轻易压倒。

赵乐鱼拱手笑道："赵乐鱼初来乍到翰林院，有劳二位大人。"

青衣者面带不快，扫了他几眼，瞳孔突然放大："你是子时出生的？"

赵乐鱼摸了摸还没长出胡子的下巴："我是未时生的，又属老鼠。小时候算命先生说，我是吃饱喝足才降世的鼠——好命。"

青衣者掐了一下中指，片刻失神："不对啊？怪事……"

赵乐鱼眼皮一压，抬起眼又是正午太阳般坦荡笑容。

绿衣者伸出扇子，打了一下青衣者的手背："魏兄，不要卖弄你的卜卦术了。谁不晓得你是翰林里面最通命相的一个？我看这位赵兄端的是鸿运高照。"他走到赵乐鱼身边，可人香风扑鼻而来。赵乐鱼满脸天真无邪地望着他。绿衣者说："在下徐孔孟，他是魏宜简。我们和赵兄一样，都是编修，以后望赵兄多多照应。"

赵乐鱼说:"徐兄原来也是半个江南人。"徐孔孟一怔,脱口而出:"赵兄从何而知?"赵乐鱼笑了笑:"因为徐兄用的是杭州凝阁的幽兰香,幽兰北方人用多半容易起风疹,何况徐兄……"他突然打住,吐了吐舌头,样子十分顽皮。

徐孔孟点头说:"我母亲倒是杭州长大的,后来随外祖迁到都城。赵兄也喜欢研究些熏香吗?"

赵乐鱼摇头:"嗯,那倒不是,我有个亲戚是卖香的。"

魏、徐二人把赵乐鱼引入翰林院中。夕阳斜照,庭院幽㓊,魏宜简年近三十,又是生性木讷,与少年赵乐鱼无话题可讲。还好徐孔孟健谈,从翰林院的典章制度,到本朝名翰林的绯闻野史,若不是走到了住所,他还真会滔滔不绝下去。

那住所名"紫竹小筑"。月牙雕窗,红木家具,绿藤绕墙。赵乐鱼进了屋,把零碎的东西往地下一甩,脱下头上的斗笠。他招呼徐、魏二人进屋,魏宜简缩手缩脚在门口蹭,没有进来。徐孔孟迈进了门槛,噗哧笑道:"赵兄,你的袍子上怎么沾了油腻?"

赵乐鱼一看,满不在乎地向徐孔孟指了指一个大包袱。包袱皮散开了,居然是一堆厨房才用的锅子。徐孔孟哑然失笑:"赵兄还打算自己开小灶?"

赵乐鱼道:"将来你会知道的。"

魏宜简似乎急着要走,徐孔孟被他催着,连珠炮似的说:"赵兄,你赶快收拾一下,就到刚才我指给你看的南厅去见掌院卢大人,别迟了!我家在翻修房屋,这些日子我就住在你的斜对过'翠斟轩'。晚上我过来看你。"

赵乐鱼再次拱手,也不送出来,只听得徐孔孟的声音:"老魏,你拉我做什么?"

魏宜简用平静的声音说:"你倒敢在那屋里待?不怕见鬼?"

徐孔孟笑说:"怕什么鬼?万岁每天住在冤魂无数的皇宫里也不怕积

尸气。我怕什么？我和他又没有仇……你当初倒算定杨青柏死于非命……"声音戛然而止。只听魏宜简不快地咕哝了几句。两人的脚步渐远渐悄。

赵乐鱼一共两件薄薄的单衣，随手在包袱里面翻了一件披上。世间的事情自然百闻不如一见。他本就知道，魏宜简是众翰林里面最不起眼的一个。而徐孔孟，当年也不过是二甲进士出身，不知怎么能混到翰林院里面。短短的照面，他已经觉得，这两个人也自然有一套处事的本领。

他还没有走到南厅，路过的厢房里面有个人在大笑，笑声响亮放肆，并不招人反感，反而带着一丝难以言传的媚气，有种隔靴搔痒般微妙风情。赵乐鱼心里震动，脚下并不停步。一个白衣男子猛推开一扇门，气冲冲地走出来。眼看他要撞到赵乐鱼。赵乐鱼脚尖无心般一滑，避开了他。白衣男子还年轻，劈脸瞅了赵乐鱼一眼。

虽然天色渐晚，仍然可见男子唇红齿白，相貌端正。只是他本来生得清冷，此刻他又正生气，乍看之下，可给故事里面说的"无情郎君"当个绝好的模子。"方状元，你何必呢？"那个绝美的声音唤道。

屋里人却并没有跟出来，反而"砰"的一声，门被关死了。

赵乐鱼爱看白戏，便盯着白衣人瞧。等到对方回瞪他，他才轻笑说："大人不必生气，生气里边的就得意了。"他用手指了指紧闭的门。

他已经明白眼前站的就是目前翰林院里唯一状元出身的翰林编修：方纯彦。方纯彦理都不理赵乐鱼，拂袖而去。方纯彦的遭遇又是一本难念的经。赵乐鱼第一次晓得方纯彦的大名是自己十岁的时候。他母亲拿着"天下书法第二"的方纯彦的字，逼着他临摹。当时已出名的方纯彦，才不过十七八岁吧，还是位尚书家公子。说他书法第二，还是官面上的讲法——因为第一，永远属于皇帝。

赵乐鱼走了神。听有人轻声咳嗽，一个高大的灰衣男子，在远处朝他蔼然地微笑："赵贤弟，走迷路了吗？"

华灯初起，赵乐鱼望他一眼。平生他第一次不由自主，心生折服。灯影里，青年眉如远山，目光如潭，灰色布衣，再朴素不过。可是连每一个皱褶都显出儒雅而尊贵的气派。他的表情欣悦，气质如高山仰止。

"我是卢雪泽，教贤弟久等了。还饿着肚子吗？来，正好同我一起吃点小菜，算给你接风。"他浅笑说。"贤弟"两字在他口里，亲切而舒服。赵乐鱼也笑了："您是学士大人。赵乐鱼给您请安。"他还没拜下，卢雪泽已经止住他。

卢雪泽，原名卢嘉。后来今上登基，他为避讳才以字为名。他十四岁应神童试第一，由先皇点入翰林。五年前，他坐上了翰林院的第一把交椅。原来，在赵乐鱼想象中，这种少年得志的官场红人，自是骄傲压人。而卢雪泽完全出乎他的想象，几乎是他进京以来，所遇到最温和的男子。

桌上不过四五个小菜，一壶酒。卢雪泽自己不大动筷。赵乐鱼也不拘束，边吃边答。卢雪泽的笑越来越醇。

"见了徐、方、魏三位编修，还有就是学士你了。"赵乐鱼说。

卢雪泽沉吟片刻，说："与你同年的何翰林是有家眷的。今天他夫人恰好临盆，跟我告了假。还有就是两位修撰了，一位是东方修撰，一位是韩逸洲韩修撰，明天你都可以见到。我打算把你安排给韩修撰，让你助他编书。"

赵乐鱼问："大人，我怎么助韩修撰？"卢雪泽悬腕给他夹了口菜，答非所问："原来你爱吃甜的，这和我一个朋友很像。"

赵乐鱼听别人说起：卢雪泽有个儿子，但妻子去世已经多年，这风华过人的男子——是一个鳏夫。他望着卢雪泽转脑筋，眼睛闪烁。

卢雪泽凝视他，手一颤："赵贤弟……你……你真的是桂林人？"

"乐鱼是桂林人。大人，怎么了？"

"唔，没什么。桂林路途遥远，你能够来京师参加考试实属不易。"

赵乐鱼心知他是另有想法，但卢学士的心迹，他一个十八岁的少年，纵然再精明，也探不出来。赵乐鱼吃完了饭，卢雪泽还送了他一路，才含笑离开。

赵乐鱼还没有进屋，就听到屋内有人呼吸的声音。他手伸进怀里，嘴上轻飘飘地唱起了小调。灯亮了，徐孔孟坐在屋里，手里拿着一根银针。赵乐鱼貌似松了口气，扬起嘴角："徐兄，你等我？"

徐孔孟笑呵呵地说："我给你做新衣服呢。我这个拿手……我知道你衣服不够，外面裁缝哪有我做得好。"

赵乐鱼惊奇地眨眼："你不用量尺寸吗？"

徐摇头："我刚才看你一眼，就晓得你的尺寸了。你和韩逸洲差不多高，但他比你瘦。"

赵乐鱼知道韩逸洲明日起就是他的顶头上司，抽口气问："你也给韩修撰做衣服吗？"

徐孔孟撇了下嘴："他？被人捧到天上去了。这个人，年纪小，心眼铁。要说他好，真有些长处，要说他不好，倒挑不出错来。韩逸洲富甲天下，亲戚死绝。他祖父一代起，便是洛阳最大的富户。他考上榜眼前，一家子都得了瘟疫死光了。只有他在四川学琴，才幸免于难。"

赵乐鱼扬眉："是吗？卢学士派我助他编书。"

徐孔孟一听，手上针停了一下，说："塞翁失马，也没什么不好。要是把你派给东方……"他似笑非笑地瞟瞟赵乐鱼，暧昧地说，"你可危险……"

赵乐鱼傻乎乎地笑说："徐兄，有人说我屋子有鬼？"

徐孔孟轻描淡写道："无稽之谈，只不过……"他环顾四周，"死去的杨翰林，以前就住在这里。"

赵乐鱼试探地说："听说他死得很惨？"

徐孔孟咽了下口水："我没见到，我晕血。杨青柏和我又不熟……"正在此时，门吱呀一声开了。风声恻恻，一个黑影立在门口。

赵乐鱼跳起来，挡住了徐孔孟。

好静。随后，有人笑道："是我。"

第三章：美人与顶头上司

世上有一种人，只要听他开口一次，就永志难忘。因此赵乐鱼马上就听出这声音。待他见到声音的主人，他才知道什么叫一顾倾城。半明半暗中，一个穿深红蜀锦袍的青年半临门伫立。他喉下的凹陷，一颗小小的朱砂痣闪着诱人的光泽。赵乐鱼心猛一跳，他本不是个道学的少年，但现在不得不管住自己的眼光。因为这个人也是他的上司之一——传说中最英俊的一位翰林。

徐孔孟介绍说："赵贤弟，这位就是东方修撰，单名一个谐字。东方修撰，他就是新来的赵乐鱼。"他拉拉赵乐鱼的袖摆。

赵乐鱼如梦初醒，作揖道："东方大人，久仰久仰。"

东方谐吃吃笑了一声："久仰我什么？"他的声音如春莺啼啭。

赵乐鱼肩头一耸，大又黑的眸子一动也不动。

徐孔孟打圆场道："修撰大人喜开玩笑。东方修撰，我还以为你已经回去了呢。"

东方谐说："我本来是要回家了，但看到屋子里灯亮着，就想过来瞧一眼。赵贤弟，你可喜欢翰林院？"

赵乐鱼笑了："怎么不喜欢？有吃有住有风景看。"

东方谐柔声说："岂止？有戏看，有书听，还有……鬼。"那个"鬼"字说得隐隐约约，徐孔孟身子颤抖，仿佛起了鸡皮疙瘩。

赵乐鱼说："鬼吗？要是恶鬼，我倒可以学古时候的宋定伯，把他卖几个钱。要是冤鬼善鬼，大家不过比邻而居。就怕不是真鬼，是人闹出的妖蛾子。"

东方谐脸上表情一点儿没变："赵贤弟年轻，与我们老家伙是不一样的。今夜你早点睡，明天开始恐怕有人要收你的骨头了。"

徐孔孟似乎有同感，点了点头。赵乐鱼笑呵呵地说："谢谢东方大人提醒，不过东方大人实在当不得'老'字，大人要说自己'老'，我情愿没有'少'过。"他的口气诙谐，听得人也不知道他是说着玩，还是恭维。

东方谐眼风一钩："好机灵的孩子，可惜……卢学士把你分给了那一位。要是我……心疼你还来不及。"他说完，径直去了。

徐孔孟在边上，先吐了口气："他就是随心所欲，他这个人……你慢慢就知道了。"

赵乐鱼应了一声，又问他："徐兄，你刚才说，杨翰林同哪个大人熟？"

徐孔孟支支吾吾道："我……说了吗？赵贤弟，你好好休息……我先走了。"他手里拽着缝制的衣服，匆匆告辞。赵乐鱼也不挽留。等关上门，他凝视着屋里的烛心，黑亮的眼睛中似乎有一簇火花。他沉思了许久，自信地扬起了嘴角。他做了一个梦：梦见溪水上的小舟，家乡的柳树林，他娘招呼他早点回去……他被重重的打门声惊醒。一张眼，屋外头还黑着，就不理睬敲门，又一头睡下去。

敲门声不断，他抱起被子遮住面孔，含糊说："鬼，你改天来。老子再陪周公公下一会儿棋。"

清脆的童音说："赵乐鱼，韩修撰叫你去……喂，喂，赵乐鱼在不在啊？"小童子扯着嗓门正叫得欢，门突然开了，蒙头散发的美少年站在他面前，露出一种磨刀霍霍的杀气，他这才住嘴。难道这就是赵乐鱼？他心想：长得倒凑合……这人怎么看也缺少风雅。而且，眼睛那么凶！

赵乐鱼气道："你怎么不喊了？"

小童嘴唇颤抖，豁出去般说："我是修撰韩大人书童清徽，你，你……敢怎么样?

赵乐鱼拧着的剑眉松开了,换成笑脸:"没什么,小哥。我想说,你喊得真好听。"

清徽白他一眼:"你已经迟了,翰林院的规矩,辅助修撰的编修一定要比修撰早到,我家韩大人已经坐在猗兰馆好一会儿,天底下有你这样的下属吗?"

赵乐鱼辩白说:"小哥儿,这里是翰林院,又不是地主家,我怎么知道韩大人比'金鸡'起得还早?"他嘴上插科打诨。但经不住清徽的催促,赶忙穿好衣裳,饿着肚子,跟着清徽往东北面的"猗兰馆"走去。

赵乐鱼随口和清徽搭话,清徽基本上都不答他。赵乐鱼认定他狐假虎威,因此对尚未谋面的韩逸洲也腹诽不已。

到了猗兰馆,天才蒙蒙亮。屋内摆设无不精致,花梨木的架子上,有各种稀罕乐器:琴乃焦尾琴,笛是紫玉笛,琵琶是金镂银柱琵琶,还有更多赵乐鱼说不上名字的。在一角,有架绣花的五扇屏风,每面上金线绣着题目:"游春""渌水""幽思""坐愁""秋思"。

赵乐鱼读完,眼珠一溜,不晓得想起来什么,坏笑了一声。屏风后面,一个与他差不多大的少年转了出来。他宛如半透明的白芙蓉,秀出荡漾的绿波。他的美虽然万中无一,却没有东方谐凌人。他的脸色虽淡泊,却没有方纯彦冰冷。他的气质虽然高贵,却没有卢雪泽那样令人自惭形秽。

"你是赵乐鱼?我是韩逸洲。"少年开场白简单明了。他是翰林院里唯一不和赵乐鱼称兄道弟的人。

"韩大人,抱歉,我起来晚了。"赵乐鱼心想:有其仆必有其主,怪不得那个小童嚣张,这韩逸洲一看上去就是个难对付的。

韩逸洲拿出三张纸来:"以后你每天这个时候过来,临着上面的字抄写一遍。抄完了交给我,我把你临得像的字圈上。我若给你三个圈以上,你晚上可以自便。如果没有到三个,你每晚饭后再临三遍。第二天提前半个时辰过来。听明白了?"

赵乐鱼半张着嘴,刚才他还倦意阵阵,现在忽然清醒了:"韩修撰,我已经入了翰林,难道还要练字不成?"

韩逸洲肯定地说:"我给你的字帖是柳公权的真迹——我从家里挑来的。你的字比柳公权如何?你要么现在就写个比他好的,不然就照做。"

赵乐鱼心想:柳公权?几百年就出一个的书法大家。我就是方纯彦,也未必可以赛过这位老祖宗去。赵乐鱼没奈何,只好坐在一旁的太师椅子上,打算运笔。又听韩逸洲口齿清楚地吩咐:"别坐,你可以用那边背着阳光的书案写字。但你不能坐着,要站着写。"

赵乐鱼奇怪道:"这是为什么?"

韩逸洲的长睫毛抖了几下,答道:"自然为你好。坐着写,对写字的人培养运笔习惯不利。所谓生于忧患,死于安乐。背光的案几,可以锻炼你的眼力。"

赵乐鱼心底一股气上窜下跳,他几乎要质问韩逸洲:"你自己为什么非要对着光坐?你怎么不练字?"

韩逸洲似乎能读懂他的心一般,指了指墙上的一幅字:"这是我写的,我写得并不好,在翰林院都数不上第一第二。但还没有让别人看得头疼牙疼。"墙上的书法,是学王献之的体,虽然不可乱真,也有六七分精髓。

他念道:"泛彼柏舟,亦泛其流,耿耿不寐,如有隐忧,微我无酒,以敖以游……"

赵乐鱼念了一半,眸子如算盘珠子直转,侧过头直笑。韩逸洲听他偷笑,不明白自己的书法哪里惹人笑话。他水汪汪的眼睛,严肃而冷静地逼视赵乐鱼,等他的下文。

赵乐鱼眉毛一高一低,一脸滑稽,小声说:"韩修撰,你喜不喜欢看春宫图?我知道有个叔叔收藏了许多珍品,你只要通融我少练字,我保管讨来给你品鉴!"

韩逸洲一愣,旋即变了脸,脸色白了又红,质问:"赵乐鱼!你说什么?"

赵乐鱼一脸无辜,讪笑道:"难道不是吗?那边屏风上,明明是春宫,这墙上书法录的又是一首淫诗。"

韩逸洲气得说不出话,半天才说:"屏风上是我最喜欢的琴曲'蔡氏五弄'的意境,怎么是春宫?还有此诗,是诗经里……"

赵乐鱼知道自己会错了意,想把自己原本的揣度说出来,但看韩逸洲气得手发颤,想他这种人永远不会和自己分享这种轻松的乐趣,也就作罢不提。赵乐鱼心里骂着韩逸洲:假正经!你以为自己是修撰了不起,我当初还……他铺开纸,咬牙切齿地开始临第一个字:忍。

第四章：老神捕细说命案

柳暗百花明，春深五凤城。皇帝周嘉稳当地坐在上书房中。深黑色的眉毛下，是天生的桃花眼。他的上翘嘴角边，随着岁月的流逝，已经生出一道浅浅笑纹。

"老捕头，你不必谢罪，叫你回乡是朕的主意。这种错综的案子，交给小辈们去了结罢。"周嘉亲和地说。

山西籍的老头儿叹息一声："万岁，臣是尽力了。但翰林院的大人们个个都不是省油的灯，臣空顶一个神捕的虚名，终究是一个皂隶起家的捕头，如何敢去侮辱他们读书人中的翘楚？"

周嘉说："朕深知你的难处。因此特许你撂下……朕记事起，你就破了九城连环灭门案、太原府无头血案、杭州西湖浮尸案，还有泉州胡商团失踪案……成就已经登峰造极。翰林院不是等闲地，翰林们又不能随便抓起来审，若非朕顾着祖上的规矩，你也照样能破了此案。"

老捕头捻捻白胡须，肃然地说："万岁，翰林杨青柏之死并不能说凶手一定出在翰林院中。然而，查案还要通过翰林院来着手。根据臣与刑部诸位的调查，案发当晚，韩逸洲离开杨青柏以后，他理应独自一人在书厅。按照翰林院的章程，书厅机密除了翰林们和有万岁特许的人，任何人进入书厅都是死罪。杨青柏在凶手进入书厅后，并没有发出喊叫，说明他认识凶手。据巡夜的王老三说，他亲耳听见案发前一刻，书厅里杨青柏与人争论着什么。那么，当时的翰林们都在何处呢？按照供词，此刻翰林院学士卢雪泽正在自家的藏书楼读书,他家的仆从说他一直没有离开书楼。翰林院的修撰东方谐与翰林院编修方纯彦,互相作证他们在京城西池赏月。徐孔孟说当晚他在京都最大的绸缎庄里挑选衣料。这点,绸缎庄老板和三个伙计都证实了。剩下的值班者——卢修和韩逸洲,又互相证明案发前后,他们两个在甲秀林中共处。他们似乎也没有说假话,因为王老三说,他先远远看见韩、卢二人站在甲秀林中,再听见杨青柏的争执声。最后剩下一个魏宜简,他的不在场证明好像最充足,当晚是他堂弟结婚,他作为主要礼宾者,一直没有离开过婚礼现场,一百多名宾客都可以作证。"

周嘉闭了闭眼睛,说:"但是,这些人中很有可能互相遮掩做伪证,而魏宜简和徐孔孟,因为绸缎庄与魏堂弟家离翰林院都很近,也未必不能玩个花样脱身片刻杀人。"

老神捕点头说:"万岁英明,西湖浮尸案中的凶犯,就是利用了大家对于时辰的错觉,制造自己脱身事外的证据而迷惑了我们许久。但有两点可以肯定:第一,凶手必然十分恨死者,死者并没有挣扎的痕迹,凶手很有可能趁他不备直接取了他的要害。如果只是要置他于死地,根本没有必要冒着被人发现的危险,这般作贱死者的尸体。第二,看来凶手可能是一个武功较高的人。因为死者被开膛破肚的时候,凶手只用了十六刀,每一刀都既狠又准,没有浪费一点儿时间。"

周嘉沉吟道:"我记得太原的无头血案,凶手就是一个当过屠夫的掌柜。"

老神捕接着说:"死者杨青柏,二十五岁,四川人。这些日子臣已经会同四川查阅了他的户籍,他是冒四川的考籍。在他二十岁以前,他的来历是个谜题。"

周嘉听得出神,半晌才说了一句:"张老捕头,朕告诉你。朕以为世上的杀人案有两种:第一种是有明显动机的,见钱眼开,情爱纠缠,血亲复仇。这种不可怕,若我们是凶手本人,说不定也会起杀机。另一种是没有动机的,纯粹杀人开心,或者嗜血成狂,这种凶手因为不可理喻,行事规则更难觅痕迹。"

老神捕被宦官领下去后，周嘉才喝了一大口茶，就听见上书房的一角帘子响动，有人说："没想到大名鼎鼎的西湖浮尸案是你破的。说起来我也是嫌疑犯，你倒放心让我听。"

周嘉笑了笑："他又没有全说……比如，你有件本事不少人晓得，但神捕刚才一大段话里偏不提。可见，也许他已经知道你在这里。"

那人也笑了："有的事，你心里明白就行了。"

周嘉的目光如炬："我当然对你有把握，你是最不可能杀人的，因为……"他没有说下去，又慢条斯理品了口碧螺春。

赵乐鱼到了翰林院三天，没有睡足过安稳觉。要他学柳公权的字，好比叫三国里的张飞学跳赵飞燕的掌上舞，距离十万八千里。韩逸洲毫不留情，竟然从没有给过他一个圈。每次赵乐鱼抬头瞪他，韩逸洲连眉毛都不动一动。从侧面看，他就像一个冰雕出来的人。而赵乐鱼只要看见象牙般的额头，水滴般的翘鼻尖，樱花色的薄唇，就恨得牙根痒。他觉得可能自己的前几年过于潇洒风光，老天爷想必是嫉妒的，因此特意让这个天魔星——韩逸洲下凡，来给他些罪受。终于，赵乐鱼不耐烦地甩了甩笔尖："韩修撰，你有没有教过孩子？"

韩逸洲头也不抬，继续在一本古代琴谱中摘录，说："无。"

赵乐鱼嚷嚷说："看看吧，没有！你知道做先生是要懂人心的，我们小时候，先生每次教我们读书，都是打一次摸一记。这样才能不至于让人灰心。韩修撰，要鼓励一个少年努力学习历史悠久的书法，哪能三天都不给一个圈呢？"

韩逸洲继续挥毫，道："不然。"

自从赵乐鱼第一天闹出"春宫"的没正经话后，他每次和赵乐鱼说话都是尽量简短。比如他嫌赵乐鱼写得不好，会把一打宣纸塞回到他手里，说一个字："差！"赵乐鱼对此深恶痛绝，但因为韩逸洲是顶头上司，他也没有办法。

赵乐鱼不怒反笑:"赵乐鱼是傻子吗?修撰连说句明白的话点拨我都不愿意?"

韩逸洲闻言放下书,走到他身后,说:"赵乐鱼,孔子曰:学而时习之,不亦说乎。我让你每天学习书法名家的字,还请你每天复习个四五遍,你应该高兴才对。你的先生教你读书,'打一次摸一记',这就是你至今书法不佳的原因。凡学之道,严师为难。"

赵乐鱼吐了吐舌头,此日韩逸洲似乎心情不错,又对他说:"告诉你,你写字首先墨汁就调得不匀。墨汁好了,字黑且亮,观者印象就好,这是我们科举时候的头个窍门。古往今来,凡敢用淡墨者,都是书法大家。可你呢?"

韩逸洲也不理会赵乐鱼装可怜,示意他继续练字。他自己并没有走开,反而在一旁为他调起了墨汁。两个人都站了半个时辰,调墨的调墨,练字的练字,只有窗外的黄莺唱个没完。

"好了。"韩逸洲满意地说。赵乐鱼刚琢磨是否要谢谢他,韩逸洲却接着道:"这些——足够你今晚明晚熬夜写字了。"

这时,他们听见窗外清徽急急禀告:"韩大人,万岁马上就驾临翰林院了!卢学士让你们赶快出去接驾。"

第五章：众位翰林在御前

韩逸洲整肃衣裳，率先出了猗兰馆。赵乐鱼耳朵里满是清徽的催促："快点，快点！"因此他大步流星，到最后几乎跟着清徽那小东西跑起来。跑了一段，他突然想起什么，回头一看，韩逸洲还是步子不紧不慢地远远跟在后头。路上花药芬芳，落英缤纷。韩逸洲的红色官服上沾上了不少花瓣。红衣本来就艳丽，花瓣又最是媚人。但韩逸洲本色天然，恬淡洁净，虽着丽装，尤见其洁。

"哎，韩大人！好公子，迟了不好。"清徽着急地叫他。

韩逸洲迎着光，不慌不忙地一笑，步子也没有加快半分。一刹那，赵乐鱼只觉得幽香片片，落入巾衿间，他心中的杂尘，都化作了韩逸洲才拥有的神怡气静。他恍惚时，耳边有人咯咯地笑道："别出神了，真是没见过世面的小孩子！"

赵乐鱼一笑："东方修撰！"

东方谐与韩逸洲同为四品修撰，自然也是红衣。他半靠在一株老树边，卷着袖口，犹如春夜海棠，倚风自笑。他身边有个绿衣编修也是满头大汗，甚为焦急，说："修撰大人，请快些吧，莫让万岁等了。"

等到赵乐鱼走到他们身边，东方谐才移步与他并肩走。绿衣编修走在另一侧，才对赵乐鱼拱手："想必这位就是赵同年了？我是何有伦，拖到昨日才到东方修撰的'飞云阁'辅理先帝诗集的。"

赵乐鱼对他乐呵呵地说："何兄好福气啊！"

东方谐开玩笑道:"赵翰林,都三天了,你怎么不来看我?"

"我早上看看翰林院的牡丹,晚上望望天上的月亮,想到它们都不如一个人好看。所以我更不敢来见你,我怕从此看到牡丹就想要采,看到月亮就想要泼墨汁。"

何有伦边走边听他们说笑,惊讶得连嘴巴都闭不住了。这两人比市井上的人还要放得开,自得其乐。他们一行到了卢雪泽所在的南厅的时候,皇帝周嘉已经摇着扇子,坐在厅中。卢雪泽正陪着皇帝说话,徐孔孟、魏宜简孟不离焦般侍立在旁。下首一个冰雕般的俊雅男子,是同赵乐鱼打过照面的方纯彦。他见了东方谐等人,鼻翼抽动,无声地冷笑了一下。

周嘉道:"虽然出了些事故,但东方一定要在太后六十大寿前将先帝诗集编成。本来卢学士已经把徐孔孟、魏宜简都派给了你,现又添上个会画画的何有伦,你若要延迟是没有借口的。"

赵乐鱼听皇帝的话,已经猜测出老太后不怎么识字,所以要何有伦"以画配诗"。想何有伦中进士之前,一幅中堂在江浙一带可以叫卖到白银数千两。现在给先帝那种"有量无质"的诗配上插图,又只给一个老太太赏鉴,真是"大材小用"!但他瞥见何有伦脸上受宠若惊的表情,知道世上的人大多与他赵乐鱼的想法不同。

周嘉桃花眼一亮,伸手招韩逸洲走近,仔细端详他说:"小韩瘦了呢。卢学士,是不是小韩编古今乐谱集成太累了?"

卢雪泽生就儒雅温存的态度,他俯身对皇帝说:"现已经把新科翰林赵乐鱼派给了他。若万岁不舍得他受累,臣闲暇也愿意去辅这孩子编书。"

卢雪泽这几年当了太子少师,十分繁忙。周嘉忙摆摆手:"算了,算了。"他的眼光扫过方纯彦。方纯彦的脸色发青,低下了头。赵乐鱼知道:方纯彦的父兄,在五年前贪污朝廷发放灾民巨款,双双被周嘉勒令自杀。方纯彦本来是红极一时的状元翰林,也受了牵连。虽然没有失去乌纱,然而因为家族的污点,始终得不到升迁,甚至连参与编撰新书这样的"信任"也得不到。平日里他与众翰林很少见面,在他负责管理翰林院藏书典籍的闲远楼中，几乎与世隔绝。

周嘉又说："老太后这回祝寿，隆庆寺的和尚们劝我在进士中取个吉利数儿。老太太又喜欢他的名字，说听着喜气。赵乐鱼……"

赵乐鱼恭敬地出列，屏息听皇帝的示下，只听周嘉道："你要珍惜自己的机会，好好跟着韩逸洲学。"

赵乐鱼连忙大声答应："遵旨。"

周嘉也不多待，摇着扇子，丢下一句话："十天之后，全体翰林到长乐宫，朕要开一个春日诗会。"众人心里都是一怔，因为皇帝的长女这几日正预备成年之礼，外界盛传，皇帝有心从翰林里面挑个女婿，难道是为了这个？但是，翰林中已经成家的有好几位，让他们也进内宫只是为了掩人耳目？

皇帝刚离开，赵乐鱼几乎蹦蹦跳跳地到了韩逸洲身边。他正要说话，韩逸洲吩咐道："你去趟闲远楼，寻一本董庭兰的琴谱写卷来。"

赵乐鱼眼睛一瞪："方大人，管书的大人，等等我……"

第六章：徐翰林解说人情

他们到了藏书的闲远楼，方纯彦引着赵乐鱼上了楼梯。赵乐鱼东张西望，地方冷僻，但松影叠嶂，极目远眺，使人心旷神怡。

"方兄，好幽静之处！"他一边说，一边和猢狲似的东摸西碰。

方纯彦随口答道："我也孤独惯了。闲远楼冬天景致最佳，雪天一色，足以游目骋怀。"他入楼之前，已经得知韩逸洲派赵乐鱼来寻琴谱。他本不会出手助他的。然而见赵乐鱼无头苍蝇般的乱晃，方纯彦又嫌他吵闹，他决心赶快将他打发走为妙。

方纯彦在书海中寻书，并不费力。可他从书柜后走出来的时候，又愣住了。赵乐鱼正弯着腰，在他书桌旁的废纸篓里翻找什么。

"你要干什么？"方纯彦冷冷地问，脸色煞白。

赵乐鱼蹲身扬起脸："找这些……"方纯彦定睛一看，他手里都是一些自己丢掉的字稿。赵乐鱼涨红脸说："可不可以，把你写废的纸头给我——当字帖？"

方纯彦说："我丢下的废稿从不给人。"但面对赵乐鱼那黑亮亮的眼睛，他忽然想起来自己家中才满六岁的儿子。他夺掉孩子手里的玩具，督促他去读书的时候。儿子的表情也一样的不甘心，一样的可怜。他犹豫了片刻，不去和赵乐鱼争了。

赵乐鱼完成了任务，就雀跃离开了。

虽然他刚才对韩逸洲说不认识闲远楼，但下了楼梯，他走的却是和方才不同的路径,而且飞快地折回到了猗兰馆。还没进门,就听见有人在屋子里面和韩逸洲谈笑风生。

"哈哈,怎么派了他这样一个活宝给你?也难怪你每日'恍惚琴窗里'。"有人朗朗笑道。

只听韩逸洲说:"万岁的旨意,卢学士的面子,谁愿意驳?我也不过顺水推舟罢了。他别的还好,就是俗气加无赖。真正是戏文中所唱:蒸不烂,煮不熟,锤不扁,炒不爆,响当当的一粒铜豌豆是也!"

那人更拍案大笑:"完了,完了,你如此说来,他竟是无可救药!须知,人瘦尚可肥,士俗不可医。"

韩逸洲顿了顿,才大声说:"反正我也不要他沾手我编的曲谱。他的字卢修你还没见过——蹩脚到家了。我看他就是练一辈子,也是个螃蟹样!"

赵乐鱼听了,明白他们正在笑他。他年少气盛,入翰林院以前,世上的人多半奉迎他,捧着他。就是进了翰林院,大名鼎鼎的卢雪泽、东方谐等人对他也甚和悦。唯有这个韩逸洲,不仅处处刁难,还这般嘲弄他。叫他一时间如何压得下这口恶气!但偷听壁角的人,往往没脸当场发作。何况,韩逸洲方才也并没有在皇帝面前给他难堪。赵乐鱼转身就穿越过花径,向甲秀林走去。

猗兰馆内,韩逸洲含笑望了纱窗外一眼,对卢修说:"他给气跑了!"

卢修诧异道:"是他吗?方纯彦是万事不管的人,定不愿助他。他怎么那么快就找到你要的曲谱?"

韩逸洲道:"……说起来他也有几分聪明。"

卢修瞠目:"你……原来……逸洲,你这样为人好,却总是得罪人。你取他做辅助,他倒可以练字,你呢?人手不够,事必躬亲,每日呕心沥血,光校定就到深更半夜,值得吗?"

韩逸洲淡然道:"没有什么值得不值得。赵乐鱼才入翰林院,不晓得这里的艰险。他比我还小一岁呢。既然他有缘入了这里,既然他走进我的馆中，我就不能放任他自生自灭。教他练字，他才可能有一线前途。对他严苛，他才不会遭人妒嫉。至于我的用心，他没有必要知道。"

赵乐鱼一口气跑到甲秀林中，满园花蝶风影，萍藻春流。他深吸了几口气，口中念念有词，好久才又恢复了满不在乎的潇洒笑容。

赵乐鱼顺着夕阳溜达着回下处，扯开嗓子唱着："小小鱼儿玩的是梁园月，饮的是东京酒，赏的是洛阳花，攀的是章台柳……"他走走停停，发现有个影子鬼鬼祟祟地跟了他一路。他唱得更肆无忌惮，到了门口，才止步笑道："徐兄，你要吓唬我吗？我早看见你了，快出来吧！"

徐孔孟慢慢地从一棵柳树后面挪出半个身子，伸出一个手指头说："赵兄，什么也瞒不住你。不过，我可不是来吓你的，我给你送衣裳来了。"赵乐鱼等他跟上来一同进屋，徐孔孟不知道打什么主意，还特意关上了门。他打开一个包袱，说："我已经给赵兄缝制好了，准保合身。是这个月开始流行的式样。"

赵乐鱼道："徐兄，我无功受禄，怎么报答呢？"

徐孔孟笑道："别那么说。你我不是一样的人吗？"赵乐鱼眉头微蹙，似乎不解其意。徐孔孟解释说："赵兄不知道朝廷里是分南北派的吗？翰林院里面也有南北派。卢学士，我，老魏，方纯彦，韩逸洲都是北方人。你，东方谐，新来的何有伦，都是南方人。北派始终占上风，上任的学士，也就是现在的吏部尚书郑大人公开说'吴儿无良'。但到了卢学士手里，表面上偃旗息鼓，消停下来，但南北之间，依旧面和心不和。特别两个修撰，韩逸洲与东方谐，简直水火不容。"

赵乐鱼回忆起来，韩逸洲与东方谐似乎从来没有任何联系，便问："他们有过梁子？"

徐孔孟道："那也没有，只是翰林院中都是读书人，也分个三六九等。比如你我，都是编修，但实际上就要比方纯彦、何有伦低了一阶。因为他们是正牌的三鼎甲出身，而我们是野路出家。韩逸洲和东方谐，论才貌，旗鼓相当；论出身，一个探花，一个榜眼，都是少年登科，万岁心坎上放着的人。他们的家乡,一个洛阳,一个四川重庆府,可算天南地北;他们的性情,一个戏谑风趣,一个严肃古板,可算大相径庭,怎么能合到一起?"

赵乐鱼摸了摸新衣裳,材质顺滑,颜色得体。

徐孔孟道:"赵兄,我看你也是个水晶心肝机灵人。卢学士号称'卢圣人',入翰林院十四年,哪次风波他沾上半点?谁敢越上他的头?六七年前也有人要挑他的错处,结果怎么样?连在京城的安身之地都没有了。但他就是三头六臂,到了三十岁也照例要出翰林院去。两年以后,谁来掌管翰林院?方状元的老爷子坏了事,早就没有资格,只有韩、东方两个人才可以问鼎。"

赵乐鱼说:"当了掌院,也不过是翰林院的头,难道就从此升天?"

徐孔孟回答:"此话差矣。为官之路,往往差一步,就终身赶不上。就算对爵禄无心,难道做一个读书人,对领袖儒生的荣誉也不屑一顾吗?"

赵乐鱼恍然大悟道:"我懂了。"

徐孔孟笑着来拉他的衣襟,说:"这样穿不对,我来帮你。"赵乐鱼从眼角余光中,觉察出他的笑容相当尴尬。说时迟,那时快,徐孔孟手掌一挥,"嘶啦"一声。赵乐鱼里衣的袖子就被他扯掉一大片。赵乐鱼赤裸的胸膛上却有一片淡紫印痕。徐孔孟手里握着一束布片,眼前金星直迸。屋里面静得寒碜。须知此种举动,做的人必须理直气壮,才可以把对方的惊羞恼怒、自己的大胆无赖,全都抛掉九霄云外去。若足够下流,也许还可以自得其乐地享受些趣味。可他偏偏是徐孔孟,连勾栏院中叫个局、听个曲儿,都讲究一分"宜人"的情致。现在这当口,下不来台的是他,不是赵乐鱼。

不过刹那的工夫,他感到赵乐鱼的手掌覆上他的右手。先只不过是柔暖地包围他,但一刻刻收紧,如菟丝子般缠定他的指头。这是一种阳刚的攫取他人的力量。害得他没有胜算,没有生机,徐孔孟张大了嘴,也透不过气来,嚷了一声:"疼!"

赵乐鱼的脸晃到他面前,黑琉璃眼珠中无怒无惊,嘴角斜翘,好一种脸谱般的无赖相。他眯缝起眼睛:"呵呵,疼吗?我和徐兄闹着玩儿的,我下手重了。"他放开了徐孔孟。

渐暗的天光里,赵乐鱼的眸子中邪气闪烁不定,他笑说:"徐兄,何必你动手?我自己来好了。"说完,他干脆把上身衣服拉下来。夕阳的余晖回光返照在少年健美的肌理上。那大片紫色的痕迹也不显得丑陋。赵乐鱼抱着胳膊,近乎温柔地一笑,让徐孔孟不寒而栗。

"赵兄,你是不是误会了?你的肩上本来就有个口子,我一拉就下来一大片。"徐孔孟惊魂未定,揉搓着自己的手说。

赵乐鱼看似茫然:"误会?我没有误会啊?我说我自己来脱下衣服,自己来换上。徐兄,你以为我误会了什么?"

徐孔孟不自在地说:"总之都是误会,我就不打搅你休息了。"

这两个人各怀心事,谁也没有明白过谁,但攻守之势却配合得默契。徐孔孟情急之下,已经想要离开,又听到赵乐鱼说话:"徐兄,我入翰林以来,你对我最为关怀。我不是不知好歹的人。有的话,你放在肚里,不如明着与兄弟说,我也许可以帮到你。"

徐孔孟唯唯诺诺才得以抽身。赵乐鱼听他将门带上,松了口气。他把徐孔孟裁制的衣服丢在一边。仰头望着屋子里的房梁,托腮思忖了好长的时间,才穿好原本的衣服,慢慢踱出屋子。春宵柳梢,赵乐鱼的影子在月下被无限拉长,好像谜团一样。神不知鬼不觉,他就消失在亭台花木之中。

第七章:翰林院不眠之夜

夜间的翰林院,最黑处莫过于闲远楼。浓墨一般的云雾遮住了月牙儿,百年的藏书楼来了个不速之客,他无声地扒着屋顶,利落地跳进了回廊。他小心翼翼地摸着墙走动,到了三层的门口,一动也不敢动。在本来最幽静的所在,一阵阵暧昧的喘息声时起时伏。他舔破了窗户纸,活生生的戏码就在里面上演。原来,月亮不是为黑云所蔽,只是害臊而已。

一盏银箔纱罩灯,在长书案的一角,本是清冷的灯光,洒在一个白衫男子身上。他怀里的人不管不顾,叫一声:"纯彦……"声音碎成了千片万片,跟着桃花散入狂风之中。

两人搂定一刻。白衣男子才从一堆古籍上拉过了长衫,戴上了纱帽。本是个不可亲近的公子模样。果真是状元翰林方纯彦!桌上那个扯过一身红色官袍,掩住半个身子。醉流霞,笑插花,俏煞的一个人儿,恰是修撰东方谐。

"你急什么?不哄哄我。"东方谐笑谑道,他的头发拖在一边肩上。

方纯彦坐在座椅上默然。东方谐随手抓了几本书来枕着头,道:"你今日倒厉害,心里就这么气?"

方纯彦眉峰削尖,说:"我气你什么?你自会找乐子,翰林院不是又来了新人。"

东方谐眼睛里似乎滴出一江春水,笑着说:"可不是吃飞醋?"

东方谐顿了一顿,声音缥缈:"死去的人还会开什么口?我最近一看乌盆记的鬼魂诉冤，都忍俊不禁。不过，纯彦，你答应我的，不要忘了。"

方纯彦突然跳起来："什么声音？"

四周夜风习习，方纯彦小心地打开窗户，云开月现，衾夜相依。

东方谐赤脚走到他身边："哪里有人？你不要疑神疑鬼的，已经说了死人不会开口，更别提现身了。我们也没怎么大亏心……"

他眺望着远处，道："那边……还在杜鹃泣血呢。"

方纯彦冷笑道："他不歇下，自然也有人难以成眠。"

方纯彦说得不错，韩逸洲熬夜，真还有人馆中作陪。卢修已经在猗兰馆坐了两个时辰，他面前清茶一杯。清徽小童双手拢在袖筒里，静默在旁打盹。韩逸洲有时抬头，便对卢修浅笑一回。天机秀绝，全蕴含在他的笑靥中了。

卢修在大理寺断狱理事，一个人恨不得分成两个用。总算今天白日捉了个缝隙回了一次翰林院。发现韩逸洲越发消瘦，虽然毫无怨言，但眉宇间惆怅更深。皇帝要人找卢修回去，韩逸洲第一次送他出了甲秀林，站在翰林院的金匾下目送他的轿子离开。一个下午，卢修都坐立不安，晚饭来不及吃，重来了猗兰馆。见了面，他说不出什么体己的话，依旧只是安静地陪着韩逸洲。

"你不累吗？卢修。"韩逸洲放下书，又对他笑了，"你和我不同，我在翰林院，名头响亮，实则上是万岁的一群白鹤而已，装点太平盛世。你可是大理寺卿，是万岁的猎鹰猛虎，用心力比我多得多。"

卢修道："我小时候读书熬夜惯了。我还不知道累，就怕你累。"

韩逸洲说："我也不知道白天黑夜，总觉得一辈子就这么梦一场，随时也就结束了。但我有你这个朋友，梦再苦也有清香的时候。"

卢修不悦道："小小年纪偏要说愁滋味。要去，也是我这个劳碌命先去。"

韩逸洲明白卢修素来不爱听他讲丧气话，立刻转了话题："你过些天，也去宫里参加万岁的诗会？"

卢修说:"是的。"

韩逸洲说:"听说万岁的大公主要挑选驸马。外间盛传从翰林中选,我想,你才是最有可能的。"

卢修一怔,也不隐瞒:"有这说法,然而我不愿娶妻,万岁也勉强不得。"

韩逸洲道:"卢修,你总是要娶妻的。我们第一回入翰林院,魏宜简说你命中必得贵妻,你忘了?"

卢修一摇手:"他是出名的墙头草,多半是奉承我哥哥。无稽之谈,你倒是记得?"

韩逸洲又笑:"卢修,我不喜欢开玩笑,都是肺腑之言。你我朋友一场,我只想到这些。现在你家去,下次见面,我们还是谈诗论曲,不比这般的枯坐瞎想有意思吗?"

卢修对他的脾气了如指掌,叹息一声告辞:"好,你也回去吧,夜深了风寒露重。"

韩逸洲点头:"还有点小事,处理了我就回去。"

他也不送卢修,自坐下来摸了摸卢修用过的茶杯,尚有余温。他想起自己进翰林院的头天,孩子一样牵着卢修的袖子。卢修是状元,文采卓著,性格平和,难得为人大度。他欣赏卢修,也把卢修视为翰林院中最信任的人。

"四千七百八十六个和尚,四千七百八十七个和尚,四千七百八十八个和尚……"赵乐鱼的眼睛睁得好大。别人数绵羊,他从小恶作剧,喜欢数和尚。以前最多有四五百个敲着木鱼、阿弥陀佛的和尚出现在他脑海,他保管能入睡。可是现在,他辗转反侧,难以成眠。

他的头发被露水湿透,被子里的身子格外燥热。春夜孤寂,此刻脑海中充满了书楼中绮丽的画面,特别是一具粉玉般躯体,还有喉头下的一点朱砂。犹如转经筒上的梵文,不断在他的心底荡漾。不巧的是,他听见了叩门,一个童音道:"赵乐鱼,赵乐鱼,韩大人要你现在去猗兰馆。"

清徽本来不情愿半夜三更来叫门，但刚刚看到赵乐鱼屋子黑灯瞎火。料定那个不学无术、死不正经的翰林已经睡熟，便起来孩童的幸灾乐祸之心。喊得大声，拍门用力。

　　"咣。"大门被人从里面一脚踢开。

　　赵乐鱼出现了：他是得病了吗？脸色烧红，鼻尖冒汗。他的样子四个字足以概括：气急败坏！

第八章：韩修撰纵论书道

韩逸洲早就知道把赵乐鱼从睡梦中拉起来，会让这少年万分不爽，但见了赵乐鱼的面，他还是愣了一愣。赵乐鱼带着说不出道不明的懊恼，胸脯起伏，嘴唇水红。他青春鼎盛，相貌堂堂，神态却比最难缠的孩童还要顽劣。韩逸洲脸上不自觉露了一点儿笑容："你心里面恨我，是吗？"

赵乐鱼黑眼珠转了转："不敢。"

韩逸洲轻轻地说："你听见了我上午与别人取笑你的话？"

赵乐鱼不答。韩逸洲看了他一会儿，话锋一转："赵乐鱼，你究竟来翰林院做什么？你何必糊弄我呢？"

赵乐鱼咽了口口水："咻……又不是我喜欢来的。糊弄？哈哈，不晓得大人此话何意？"他的睫毛十分浓密，眼帘垂下来的时候，把眼睛完全遮没。

韩逸洲说："你既来之则安之，要说自己清高，心里面没有一丝功名利禄的心，我是不信的。你也好，我也好，参加科举的人谁不想那个？至于糊弄，我问你，自然有所指。"他把一叠纸扬了扬。赵乐鱼立刻撅了撅嘴唇。

他马上领悟了韩逸洲的意思。韩修撰手里的，正是今天一早他交给韩逸洲的"功课"。因为韩逸洲叫他所反复临摹的，不过是柳公权的一幅字帖。每日他不得圈的书稿，韩逸洲都如数退还。昨夜赵乐鱼忽然想到，既然书稿一样，那么"废物利用"有何不可？反正韩逸洲终归是横挑鼻子竖挑眼,他何必再花力气,先拿了前几日的"存货"敷衍了事。

他万万没有料到,韩逸洲居然看破,明明没有在纸张上发现任何记号的嘛。但他到底心虚,也没有争辩。韩逸洲清朗地笑了几声,道:"你初来翰林院,还不熟悉我这个人。翰林院中人人都知道,我能辨认脚步,只要我听过一次你的步子,以后永远就不会忘记。而且我自幼听力极好,稠人广众之间,每个人的耳语我都可以听见。你若知道,平时也不会在舌头里边绕着弯骂我。说到你的书法,虽然都出于你手,而且临摹的是一张书贴。平常人看着完全相同,却知细微的变化依然存在,王羲之的兰亭集序成为千古绝唱,就是因为书圣本人再也写不出同样的神品来。任何典籍书贴,我过目不忘。你今天早上的书贴,与昨天早上的书贴,每个字的弊病完全一致。所以,我没有冤枉你。"

赵乐鱼深深吸气,像鱼儿吐泡般又呼出几口气,拍了拍手,大大咧咧笑出来:"好好好,愿赌服输。我既然落到你的手,随便你怎么罚我。"大半夜了,韩逸洲端坐在前,神清如玉壶冰,赵乐鱼本来恨他坏了自己的好梦。但此刻,好像当头浇下冰酒,满身的欲飞去了爪哇国。他心想:看看这个韩逸洲,样子虽好,奈何死板至极。想来床笫间也讲究道学,无趣得很。他若为女子,而我要是他夫君,讨九个丑陋的小妾,也不会去和他同房。呸,呸,我根本就不会娶他过门。

韩逸洲耳力敏锐,但赵乐鱼的心声,他还不至于听得见。他面无表情地对赵乐鱼说:"姑念你初犯,且饶了你。下次再这样,休怪我不给你脸面。"

赵乐鱼的声音似乎十分欢喜:"谢谢韩大人。韩大人虽然对我严厉,但棍棒底下出孝子……大概是这么个意思。你对我,严就是爱,……不,不,我的意思说你对我严是为我好。"

韩逸洲笑笑。踌躇间,外面有人禀告:"韩大人,主人命小的给您送点心来。"

韩逸洲扬眉,问也不问他主人是谁,便吩咐清徽:"清儿,替我端进来。"

一会儿，清徽就端着一方紫檀食盒进来，外头人兴高采烈道："小的回去了。谢韩大人赏！"韩逸洲家富甲一方，估计他让清徽赏赐的银两也多。韩逸洲亲自打开食盒，把盒盖放到一边。龙泉窑的莲花盏里，是热气腾腾的荷叶翡翠粥。翠绿可人，香气也催人胃口。

韩逸洲微微一笑，对清徽和赵乐鱼道："你们可以尝尝。他家厨子作此粥是一绝。"

清徽白了一眼赵乐鱼，变戏法似的，从屋子一角的一个藤筐里翻出来三对碗筷，居然都是玉碗、象牙筷。清徽愤然给赵乐鱼盛了小半碗，又给其中一个最剔透的白玉镶金碗盛满了，招呼韩逸洲："公子，你快来吃。"韩逸洲兀自走到一边，手里不知何时多了一张竹业青的书笺。

从赵乐鱼的角度冷眼旁观，韩逸洲读着上面的字，神色近乎欢欣热烈，耳朵泛红，连肩头也在激动地轻颤。

天色还未放明，卢修就早起了。他先去找卢雪泽，卢雪泽不在。卧房中只有他九岁的儿子卢琮在熟睡。卢雪泽已经去了"笋月松风厅"。

卢修的父祖均为朝廷要员。但卢雪泽十二岁的时候，父亲就去世了。孤儿寡母，顿时门庭冷落。好在卢家兄弟争气，才十多年，这家又成了炙手可热的门第。卢雪泽虽然对下人特别慈和，全府上下却没有一个敢于违抗他半点。譬如"笋月松风厅"，不经过卢雪泽特许，仆役们是不可走近的。

卢修还未进门，就听见窃窃私语。他从缝隙里瞧，卢雪泽正侧对着门，坐着烹茶。他身后站着一个服色华美的年轻人，他认得是翰林院里的徐孔孟。

"你真的看清楚了吗？那个赵乐鱼……"卢雪泽波澜不惊，手里慢慢地调着什么。

徐孔孟说："自然。"

卢雪泽温存地微笑："茶好了，请你去屋外叫我弟弟进来，我们一起品茗。"

第九章：飞云阁突起波澜

徐孔孟与卢修是老相识，他同着卢家兄弟品茶后，略坐了一会儿子，就匆匆告辞。卢修跟着兄长返身入园，说："孔孟有事吗？我听你们提到赵乐鱼，他不是跟着逸洲吗？"

卢雪泽微笑说："不过提到而已。一个小孩子家，还有什么可供我们谈论的？"

卢修道："老徐顶能凑趣，是会过日子的人。"

卢雪泽淡淡地说："嗯。他的父亲与太后娘娘总是表姐弟，我们倒也要让着他几分。"他们到了竹桥上，天色已经大亮。红霞映着卢家兄弟，两人倒有七八分的相似。

卢雪泽望着弟弟在水面上清颀的倒影，缓缓地说："二弟，你年纪不小了。近期有一件非常大的事，若不出我所料，你应该可以结下姻缘。"

卢修道："我不愿意。"

卢雪泽似乎毫不吃惊，柔声道："大公主乃皇后所生，是太子与四王爷的胞姐。我打听明白：她相貌是极好的，品性与才具也为上中之上。这三年你拖拉着亲事，长此以往把青春都耽误了。"

卢修闭着嘴唇，半晌才说："我还没这心思。"

卢雪泽侧脸把弟弟看了一看，说："你的心思我如何不知道？我早就看出端倪了。我心疼二弟，我知你想找个两情相悦的人，但这样的机会你不能错过。"

卢修的脸上发烧:"我志不在此。"

卢雪泽答道:"有的人看上去冰清玉洁,骨子里是什么,二弟你知道吗?这样的好机会你想拱手相让?"

卢修不语。

卢雪泽叹息一声,道:"卢修你是真的读书人,为官不急进,为人心慈和。但你在书中又怎能得到洞察世事的学问呢?难道你想把机会让给韩逸洲?那韩逸洲不简单,翰林院中众人包括我,也不简单。你我兄弟可谓棠棣之华,一荣俱荣,一损俱损。有的话我言尽于此,真相如何,要你自己去发现也许会好些。"

卢修的心中沸水扬扬,不能平静。韩逸洲是他的好兄弟,他不想为此事二人相争,望着池面落花顺着水流往黑暗的所在漂泊而去,不由呆了。

赵乐鱼四更天才回去睡了一觉,醒来的时候已日上三竿。他顾不得洗脸,就趿着鞋子往猗兰馆赶来。进了屋子,清徽正手拿拂尘掸灰,赵乐鱼嘿嘿一笑:"白费力,根本没有灰尘嘛。"

清徽翻白眼道:"去去去,一脸脏兮兮,还好意思说话。我家大人最爱清洁,佩芝袭芳荪,你下辈子再修吧。"

赵乐鱼笑哈哈道:"好童儿,肚子中有些墨水,可比郑玄家婢。韩大人呢?"

清徽道:"大人到甲秀林散步去了。"赵乐鱼问:"怎么他今日有心情散步,是不是收到你家未来夫人的情书?"

清徽气呼呼地说:"你不要乱讲,什么情书?"

赵乐鱼眼珠转着说:"不是情书,他藏着掖着做什么?昨天我们吃粥的时候,你没有看到吗?不过这美人儿家的粥实在非常香。韩大人掉进温柔乡了。"

清徽反驳道:"你别乱说!我跟了公子两年,公子从来不和女人有瓜葛。前几个月死掉的杨翰林……"他忽然住口。

赵乐鱼好奇地说:"原来你只跟了他两年。我看你冰雪聪明,人又长得好,还以为你从小就是跟着他呢。"

赵乐鱼又问:"送粥的人不是女子,总也有名姓吧?"清徽摇头说:"不知道。那仆人偶尔来送东西,公子也不见他面。"

赵乐鱼一回头,见韩逸洲踱步进来。他嘴角噙笑,居然显出一派开朗。

"赵乐鱼,今日别练字了!我派你一件差事。"韩逸洲说。

赵乐鱼见他从桌上的碧玉匣子里面拿出一个锦包,又听得韩逸洲说:"这是万岁赏给学士大人的碧螺春。每一片都是茶叶新蕊成熟三天以后在露水初上的夜间采摘。全国统共就收一包,只能进给宫里。学士大人昨儿给了我一袋,要我分给其他翰林一些。你把这包送到飞云阁,东方大人自会分配。"

赵乐鱼歪着头问:"韩大人,你和东方大人好像没什么往来,是吗?"韩逸洲皱眉不答。

赵乐鱼说:"我明白,你们王不见王。"韩逸洲薄怒道:"你……"

赵乐鱼已经跳到了门口,又问:"大人,方编修不需要分些个吗?"

韩逸洲道:"方纯彦的脾气,是从来不收人家任何东西的。他家前几年被查抄,翰林院的收入又仅够充门面。在京都地界他的每个字至少值白银三百两,但他宁愿受穷,也坚决不给人书写横幅匾额。"他抬头发现赵乐鱼用鼻尖凑着锦袋嗅着,诧异道,"你做什么?还不快去!"

赵乐鱼挤出一句话:"我……我……也是翰林,我有没有分儿?"

韩逸洲笑了笑:"无。"

赵乐鱼出了馆,一边走一边叹道:"哎,虎落平阳被……"他想来韩逸洲芙蓉出绿波的雅丽脸面,实在也不像"恶犬",就换成了句"哎,老鼠遇上猫"。

远远地,他站住了。从柳荫缝隙间,他望到了位红袍人手捧一个匣子,站在假山上朝猗兰馆方向张望。虽然看不分明他的表情,单是在风中的身姿，当得起千古风流，当是修撰东方谐。赵乐鱼虽然厚脸皮，但到底是个男孩子。想到别人谈起东方谐的美色，他有些脸热，掉头就朝飞云阁跑去。反正东方谐迟早也要到那边的。

飞云阁的气象比起猗兰馆的幽静、闲远楼的冷清，大有不同。本是临水而建，杏花菖蒲满阁春情，与屋檐下的精巧红灯相映成趣。门口一幅行书对联："春有笑颜春不老，岁无忧恋岁常新。"落款是钟鼎文，似乎是一个字，又好像是两个字。赵乐鱼看不明白，就记在心里，打算以后请教别人。

一进门，徐孔孟和他打招呼："赵兄，什么风把你吹来了？"

赵乐鱼仿佛心无芥蒂，笑嘻嘻地说："我就是个跑腿命。这不，他让我给飞云阁送茶叶来了。东方大人呢？"

一旁，何有伦手持一支毛笔过来，热情地说："赵同年，东方大人被万岁叫到宫里面下棋去了，一时半会儿回不来。"

赵乐鱼吐了吐舌头："他下棋很神吗？万岁的棋……听说……不太好。"

徐孔孟"嘘"了一声："凡是万岁的话都是金玉良言，凡是万岁的爱好，万岁总是天下第一。赵兄，你不要忘记了这两条准则。"

何有伦温和地笑着说："东方大人号称国手，十六岁的时候进京会试，就已经在京都没有对手了。万岁经常召他入宫切磋棋艺。"

赵乐鱼点头说："东方大人特别得到万岁的眷顾？"

徐孔孟皱皱鼻子："难说。万岁选了卢学士当太子少师，经常召东方修撰去下棋，但良辰美景，请你们的韩修撰去抚琴赏月也不是没有。"他说完，打开茶包嗅起来，吩咐飞云阁外自己的书童，"织绣，你快快去下房要一壶滚烫的水来，我要品茶。"

赵乐鱼问："徐兄，你不等东方大人回来？"

徐孔孟道："东方大人最随意，茶叶乃小事，当然我做主。"

赵乐鱼联想到韩逸洲，心中大为慨叹。何有伦端详着赵乐鱼，拽起他往里间走:"赵同年,求你一件事。"

赵乐鱼最为爽快,说:"你说。"何有伦将他领到一张摊开的画卷前,桌上各色颜料:朱红、丹青、赭石好多小碟子。他长时间仔细审视着赵乐鱼。赵乐鱼被他瞧得怪怪的。但他的两眼中,又绝没有轻浮不正的神色。赵乐鱼不知所措,傻傻地望着他。

何有伦解释说:"赵同年,三天之前有一个贵人通过书画庄的掌柜找我,要订制一幅中堂画。墨色分五彩,景色要是苏州的虎丘,而画中人必须是个少年侠士。我百思找不出一个适合的形象,今天看到你忽觉得你就是天造地设的一个模子。"

赵乐鱼摸了摸鼻子:"何兄,你不要取笑我。"

何有伦说:"我画肖像无数,说你有些像就是有些像。"

赵乐鱼听着应道:"好吧,你愿意就画我。"他绕到临窗的一个桃木桌子旁,盯着一件东西看,问:"这是谁的桌子?"

何有伦说:"东方大人的,你不要乱动。"

赵乐鱼瞪大眼睛,脸面几乎凑到桌子,说:"不动,就看看。"

赵乐鱼又问:"魏兄呢?"

何有伦轻声说:"东方大人前脚走,他后脚就走了,说是回家一趟。他娘子卧病十年了,老魏也有说不得的苦。"

赵乐鱼的眼睛深黑而灵动,意外安静下来,好一会儿才嘀咕:"做人本来就难,只有变着法子自己哄自己开心罢了。"

他似乎觉得累了,靠在何有伦的书桌前面,看他整理画稿。忽然,外面"咣当"一声,小孩子惊叫起来:"徐翰林,徐翰林,你怎么了?"

赵乐鱼飞奔出去,徐孔孟蜷缩在地,一手按压着肚子,手指颤抖,指着地上的瓷碎片,却语不成声。

"徐兄。"赵乐鱼唤他。徐孔孟凄然摇头,嘴角沁出缕血丝,就此人事不省。

第十章：白侍卫狐假虎威

何有伦大惊失色，身子往后一倒，差点没有站住。书童织绣急得嚎啕大哭。赵乐鱼黑着脸，对他们说："人还没有断气，你们快去请卢大人来！"织绣脚不点地跑出去，何有伦犹豫了片刻，也挪出了屋。

赵乐鱼把徐孔孟架在肩膀上，抬到桌面上，手指摁下徐孔孟的膻中、神门、血海三个要穴。徐孔孟腰身一弹，呕出了一口污物。赵乐鱼也不避开，用怀里的巾帕将他额头上的冷汗擦去。

徐孔孟呻吟着，赵乐鱼蹲下身，用手指摸了摸茶叶的残渣，又把指尖凑到鼻子边，摇摇头。过不多时，卢雪泽从外面飞奔而入，手里提着一个小箱子。他顾不得多说，就伸手拉住了徐孔孟的手腕，不禁微微变色。他解开徐孔孟的衣衫，从箱子里面拿出一把薄如蝉翼的刀片，抬手就往徐孔孟的腹部切下。除了赵乐鱼，其他人都惊呼起来，可寒光闪过，徐孔孟的腹部，不过多了一个黄豆般的创口，一股子黑血从里面渗出来。

卢雪泽吩咐道："何有伦，你过来帮我一下。"却见何有伦的面色煞白，步步后退，道："大人……我……我见了血晕。"卢雪泽转而叫赵乐鱼过去。赵乐鱼一走近，他就说："快！把他的光脊梁朝着我！"

赵乐鱼依言去做，卢雪泽手上已经多了个簪子似的银器，他对着徐孔孟的脊柱飞快地刺下去。每刺一下，徐孔孟的身体就如雷击一般剧烈的颤抖。

"哇"的一声，他吐了起来，空气中弥漫着一股奇异的气味。

卢雪泽如释重负，道："过得去今夜，也就可以保住这条命了。"

他又对赵乐鱼说："亏你懂得一点儿医术，方才止住他的血行。"

赵乐鱼点头，问："他是否中毒了呢？"

"是，他中的是慧兰果的毒。这种植物，只有东京洛阳才有。"卢雪泽说。二人冷不防瞅见韩逸洲已经在门口，他脸色苍白如透明，一双眼睛黑不见底。

"我就是洛阳人。"他走到徐孔孟身边看了看，平静地说，"学士大人给我的茶叶，只有我一个人拆开过。我分装了一包，就叫赵乐鱼送过来的。"

卢雪泽已经清楚他的意思，宽慰他说："你定然与此事无关，不要多想。"

赵乐鱼忍不住道："他一定是中了茶叶的毒吗？"

话音刚落，一群人气势汹汹地就涌进了门，有个声如洪钟的人接茬道："不管中了什么毒？你们中有人少不了跟我走一趟衙门。"

只见一个英气勃勃的黝黑大汉佩着挎刀，满脸"天下英雄，舍我其谁"的得意劲儿。他一走进来就喝斥织绣："不许乱动证物！"

织绣给他吓了一跳，躲到卢雪泽的背后。

卢雪泽客套地点了点头："白侍卫，你来得真快！"

姓白的人看清是他，才稍微欠了欠身，给人的感觉他给二品大员卢雪泽行礼，完全是公事公办。他四下扫了扫，骂骂咧咧："妈的！老子倒不相信，几个月里出了第二起命案，我要是不把凶犯揪出来，我就不叫三品御前侍卫白诚！"他眼睛斜着瞄了一眼赵乐鱼，"你是新来的？报上名来。"

赵乐鱼似不高兴地说："赵乐鱼，翰林院编修。"

白诚道："刚才是不是你送来的茶叶？"

赵乐鱼说："是我。"

白诚又问："徐孔孟倒地以后，你为什么把众人都支开？"

赵乐鱼笑了笑："我只是让他们去叫学士。学士素有扁鹊再世之称。

难道当时我还去找你不成？"

白诚气道："好小子！小小年纪学会油腔滑调。总之你是嫌疑很大，当然你不可能是主谋。"

赵乐鱼说："我怎么有嫌疑了？我和他无冤无仇的，况且这茶叶送过来是给东方大人的。我是如来佛祖能够预知未来不成？"

白诚反驳道："东方大人早在你来之前半个时辰就已经离开。在翰林院中，你要得知消息不过一炷香的工夫。这里的魏宜简回家了，而那个叫什么的和你一样是新来的，自然不会放肆。会喝茶的只有徐孔孟。"

赵乐鱼不服气地说："如此推断过于牵强，比方翰林院里没有女人，你说，我就偏偏要喜欢男人不成？"

白诚瞪了瞪眼睛，指挥手下的喽罗们将茶叶与酒杯碎片收起来，问卢雪泽："卢大人，你将万岁赐予的茶叶开封过没有？"

卢雪泽说："万岁给了我两罐，我因遇见韩编修，就给他一罐，嘱托他代我分配。现今那桌上的紫色锦袋，我不认得。"

白诚打量了韩逸洲几眼，问："韩大人，听说你与东方大人素来不合。而此茶叶，真的是经你的手吗？"

韩逸洲淡然地说："是，但我并不知道怎么会有毒。"他眼睛看着窗外，样子甚是孤傲。

白诚想了想，拱手道："韩大人、赵编修，对不住你们二位，先委屈你们去刑部待上一宿，等明日万岁狩猎回来再做定夺。"

卢雪泽当自己是听错了，急忙说："白侍卫？从来翰林院中的官员是不能随便下狱的。莫要说现在还不分青红皂白，就是有了嫌疑，也得要万岁做主不可。"

白诚冷笑几声："万岁前几日给我们下了口谕：翰林院再发生杀人之事，先把嫌疑的人捉起来审一审。当然了，你们是翰林，兄弟们不会动你们一根汗毛。既然万岁不在，我就看这姓赵的小子不顺眼，而韩大人也逃不了干系，所以学士不必多费口舌。"他对天再一拱手，"万岁英明，超过尧舜，定能辨个水落石出！"

说起这带刀侍卫白诚，本是一个响当当的人物。他虽然性格粗率，但剑术超群。自少年时候就跟随在皇帝周嘉左右，周嘉对他颇为信任。周嘉有个怪癖，就是十分喜欢干涉刑部和大理寺的案子，而且每次刑部宣判死刑，他都要他们写一份详细的折子给他。案子的一点一滴，都不许遗漏。所以，即便是云南边陲的谋杀事件，禁城里的皇帝也了如指掌。刑部与大理寺的官员心里犯嘀咕，然而到底要逢迎天子。刑部的大牢在皇城根下，关的都是国内的要犯。周嘉身为皇帝，总不能每天跑到大牢里去。因此白诚就常给派了过来。他虽不是隶属刑部，但上下人等，又有谁敢得罪他？

大约两年前，他奉命追捕惊动中原的连环杀人凶犯。从京都一路下到苏杭，又同着杭州府一个捕快，千里追踪到了海南，终于破案。不仅抓捕案犯到京，还捞回一位天生丽质的杭州老婆。从此更为声名大噪，颇有与"能文不能武"的翰林们平分秋色的意思。

白诚让手下人把赵、韩两个押进刑部大牢。他手下人哪里敢"押解"清贵的翰林？反而"众星捧月"般簇拥着韩、赵二人。白诚心里不禁一股无名火。王子犯法与庶民同罪，翰林就了不起吗？到了刑部，他也不告知尚书，直接就审问韩逸洲。

韩逸洲居然装聋作哑，一句话也不回答。要是等闲人，白诚自然可以吓他一下。韩逸洲，又绝非普通人。他记得万岁在好几日前于御花园赏月，韩逸洲就作陪。他只抚琴一曲，万岁当场就为他赋了一首"春月夜听韩修撰弹琴"的诗。当时他自己和条看门狗一样在边上伺候着。好茶、好果子、好点心，都没他的分儿。

万岁和韩逸洲在亭子里聊了好多，半夜三更的还让白诚和一队禁军护送韩逸洲回宅。边上的人见白诚一肚子火的样子，也暗自好笑他下不来台。

白诚蓦然喝了一声："谁在嚎丧？真是难听！"

翰林院

有人忙凑上来回禀："大人，是赵翰林，他在我们那边也不肯说正经的。光知道对着房梁唱小曲！兄弟们实在受不了，因此把门窗都打开了。"

白诚浓眉一颤："可以。先把他，还有他，给我请到南边一号去！"南边一号，是专门关有身份的犯人的，虽然不如在家里，也备有桌椅，打扫得又比较干净。白诚气呼呼地望着韩逸洲若无其事从他身边走过，心中无限的盘算。

刑部的门口好一阵喧哗。有个男子硬是闯了进来，还穿一身便服。

"卢状元？您不在大理寺，到我们这里来做什么？"白诚迎面问。

卢修面上阴云密布："白侍卫，请你即刻放人！按说我大理寺还高刑部一级。你怎么可以把堂堂翰林抓到这种地方来？"

白诚道："不能放，全是万岁的旨意。你大理寺哪里高得过天去？"

卢修斩钉截铁地说："就是天，也有天理。白侍卫，你不要狐假虎威。"白诚向来遇到的卢修都是温文尔雅，面不改色。他心中对卢修此人颇为敬重。可是现在卢修分明动了真气，脸都青了！

当着许多人，白诚也不能服软，他道："明日再说，我不能放人！"

卢修拉过一把椅子，坐下来："好，既然如此，卢修就在这里等到明日。"

韩逸洲自然不知道卢修已经在牢外与白诚针锋相对。他在牢房里，冷眼旁观赵乐鱼。此人竟显得十分开心，一会儿摸摸铁制的牢栏，一会儿在草堆上翻来滚去。居然有这种活宝？他心里想着，摇了摇头。

赵乐鱼眼睛尖，瞥到了，招呼他："韩大人，来这边厢坐。"他手指着一大堆草。

韩逸洲不理睬他，赵乐鱼又说："快来，好舒服，好舒服！"

韩逸洲低头道："你有完没完？活脱脱就是一个'山猿戏野草'！"

赵乐鱼张大嘴巴："韩大人，我哪里像猿猴？我是个大名鼎鼎的美少年，将来必定是个美男子！迷死西施，气死潘安。"

韩逸洲嘴角一扬："大名鼎鼎？从没听说过。"

他心里乱纷纷,和赵乐鱼在一起更是集中不了心思。

"你没听说过的多呢!我心里藏着许多好故事,吊足胃口,千金不换,将来只说给我如花似玉的娘子去听。"赵乐鱼的眼睛亮闪闪的。

韩逸洲脱口而出:"你怎么料定你的娘子美貌?"

赵乐鱼说:"当然啰。我从小就有许多的女孩子说想要嫁给我,虽然我现在到了京都,人生地不熟,但我是个翰林呢。"

韩逸洲接着说:"嗯,你是进了班房,有案底的翰林!"他忽然想起自己正和赵乐鱼一起身陷囹圄,才不作声了。

赵乐鱼走过来问:"韩大人,你明白茶叶怎么回事?"

韩逸洲默默地摇头,渐渐一脸迷茫。

赵乐鱼又道:"姓白的似乎以前破过许多大案。"

韩逸洲冷笑:"理他做甚?这帮子人都是蠢材。"

赵乐鱼答道:"谁是聪明人?"

韩逸洲转过头去,不搭理他。赵乐鱼面壁自言自语,他以为韩逸洲总会来搭个茬。但韩逸洲偏偏不上他的钩子,始终沉默着。不知不觉已是黄昏,他也说累了,就靠在草垛上迷糊的瞌睡。

睡了不知多久,有人打开了牢门,白诚领头走了进来,一个狱卒在桌上给他们摆上了饭菜。韩逸洲视若无睹,泥塑般一动不动。

白诚用手止住赵乐鱼,满脸的不耐:"你,出来!我还没有亲自问过你话。"

赵乐鱼急不可耐,就把脏手指伸向桌上的馒头。韩逸洲"啪"的一声,如家长般抽起筷子打了他一记。

赵乐鱼吃痛,缩回手,也不恼,说:"算了,给我留着点,我回来再吃!"韩逸洲睫毛抖动,也不答应他。

白诚赶着赵乐鱼出了牢房,把他领到黑漆漆的一间屋子。身边也不留人,就把铁门一关,烛光下,他对着赵乐鱼森口白牙地一笑。

"好小子!亏我家那口子还天天惦记你在苗疆吃不饱穿不暖……原来

你这个小鬼头居然混进了翰林院,今早上可把我吓了一跳!"白诚爽朗地说,大手亲热地在赵乐鱼的头顶摩搓。

赵乐鱼笑得合不拢嘴:"呵呵,别来无恙。我二姐还好吗,姐夫?"

第十一章：郎舅俩狱中相会

白诚笑声嘹亮："我们的日子就这么凑合呗。怎么样，翰林院这种地方把你憋屈死了吧？"

赵乐鱼一笑，活泼如春日雪山下的流泉。他说："酸得很，但我是吃这碗饭的，也怨不得。别说叫我入翰林，上头就是叫我上刀山我也推辞不得。你知道我的脾气，越是错综复杂，我越来劲儿。"

白诚说："这翰林院个个都是深藏不露的主儿。杨青柏死的时候，我也曾挨个旁敲侧击，但他们没有一个留下破绽的。我尤其看不得韩逸洲，好像世上的人都该围着他转似的。今天我抓了他，不过是万岁要玩杀鸡儆猴的把戏。你还不知道，连大理寺卿卢修都给惊动了，关个韩逸洲，活像割了谁的心头肉！"

赵乐鱼道："韩的调子，总会有人喜欢，我和他处了几日。他并不是阴险之人，只是他有重重心事。我现在已经知道了几分，还不敢肯定。"

赵乐鱼叹息，乌黑眉毛挑了挑："以我的观察，翰林院表面上一团和气，实则翻江倒海。卢雪泽看似中庸，一切都逃不出他的法眼。他第一天起就怀疑我，大约还让人监视我。我到翰林院没几天，他就言语试探我多次。把我派给韩逸洲，是他了解韩的脾气：不会让我插手正事。徐孔孟嘴上一套，心里一套，并不能够信任。他今日中毒又没死，往最坏处想，也可能是苦肉计，贼喊捉贼。魏宜简，此人我还没怎么打过交道。可是我奇怪，他也真是个神算子！凡有大事，他都会早早离开现场，好像闻得到血味儿似的。韩逸洲与东方谐,东方喜欢和人抱团,韩好像与世无争。这两人的深处,只怕更问不得。方状元是冷僻的人,可他闲来练字,都是有胆识的句子,看来此人魄力极大。还有……"他住住话,"姐夫,你也知道我们的规矩,我受命于上,就算对你也不能全说。"

白诚握住拳头,说:"都是读书人,怎么和黑龙潭似的乌七八糟?"

赵乐鱼回答:"就因为是读书人,气量才小。为人嘛,许多麻烦都是出于不能忍耐。不耐寂寞,不耐辛苦,不耐妒嫉,都会出事。我跟着娘广东广西走,十四岁回到苏州当捕快,杀人犯见多了,但真正读书人接触得还太少,因此更要韬光养晦,等待时机,不能打草惊蛇,坏了上头的主意。"

灯火的红芯下,年少的"赵乐鱼",也就是现在这个被称为赵乐鱼的男孩子,已经有了一种超乎年龄的智慧与成熟。他的大黑眼睛,又蕴藏着对世间人的理解。

两年前,白诚与他一起千里追凶,前后三个月。他喜这少年,既有江南人的灵秀,可爱得如清澈小溪里的一尾小鱼;又有北方汉子的坚毅,忍着饥饿翻越重山都不叹一声。他也怪这个少年,怪他同被抓捕的穷凶极恶之人犯一路谈天说地,怪他把袋子里最后一块银子给了他们这些一眼就可辨明的老年骗子。当初他白诚不是贪功,但少年不让他对外人提他,他说:"白大哥,人怕出名猪怕壮,好歹你比我老,求你一个人担名。"后来他娶了他的姐姐,他也不肯上京来,只是写信说:"我野惯了,天高皇帝远才见得自由!"

但这孩子还是来了,只是因为一个命令,他就必须深入虎穴。他以前总是笑说"怨不得人",这一次,他依然无怨。

白诚想到这里,道:"卢雪泽不知道你的底细吗?你今天可用了点穴手。"

赵乐鱼说:"我也想过这点。但当时如果不点穴,徐孔孟终身就要落下每日疼痛的病根。你也知道此毒,杭州府的李氏杀夫就用过的。不要说他可能只是为人利用或毫不知情，就算他本与过去的杀人案有关联，将来也让他痛快地死。若这么看着人受折磨，怎么可以？卢雪泽说我懂得医道，明摆着给我台阶下。我也顺水推舟。他就算猜出我的身份，目前的形势下，他绝对不会有动作。"他捏了捏下巴，样子调皮道，"但我很想知道，凶手为什么要来这场谋杀？对谁有好处呢？"

白诚附和道："是啊，现在韩逸洲的嫌疑太明显了，茶叶下毒，谁会相信他如此简单就杀人呢？"

赵乐鱼摇头，从怀中取出贝壳大小的瓷器碎片，默不作声地吐了口唾沫，又把瓷片放在火焰上烤了烤。顿时，山峰般翠色上现出一种驼褐色。白诚"啊"了一声。

赵乐鱼忽闪着睫毛，自信地说："姐夫，茶叶谁喝没有定规，但茶杯却为徐孔孟专用。卢雪泽说徐中了此毒，不错。一般人马上就联想到刚送来的茶叶有问题。然而，凶手的巧妙是把毒涂在杯子上，这样，即使旁人要喝茶，也不会用徐私人的杯子。茶叶在杯中经沸水冲泡，肯定沾染毒素，因此也说不清楚了。有一点可以肯定，下毒的人并不想置人于死地。因为以我的经验，他定量精准。"

白诚挠头："那他不想让徐孔孟死，为什么要制造这种翻天的事端？"

赵乐鱼吹了口气："原因不外乎三个，第一，他想陷害某人；第二，徐孔孟知道什么，他通过这种办法恐吓他不许多嘴；第三，他要和我们玩一局，以证明他的能力高于我们，或者保证不受烦扰地做某件大事。"

白诚听他平静地诉说，抽一口冷气："你要小心！"赵乐鱼咧嘴一笑。

赵乐鱼回到牢房的时候，韩逸洲似乎坐着入睡了。月上中天，牢房里只有几缕碎银般的月华。韩逸洲的皮肤白皙，在月色下和一朵含苞的雪梅似的。赵乐鱼对他远远吐口气，韩逸洲还是不动。他又抽起一根稻草轻扫韩逸洲黑夜似的头发，韩逸洲还是没有察觉。

赵乐鱼捂嘴，自然乐不可支。此时他肚子才真的饿起来，这才发现桌上风卷残云，什么都没剩下。他心里骂了一声：你是猪吗？那么能吃！哪有这么瘦的猪?

他猛地想起韩逸洲比自己大一岁,确实属猪。还有什么可说?他一屁股坐在稻草堆上,却感到草堆里有什么东西硌着他。他拨开草,发现刚才狱卒送饭时用的食盒被人焐在草堆下面。他打开一看,晚饭时的馒头在里面还冒着热气呢!

第十二章：同牢少年逢春雨

四更天的时候，赵乐鱼醒过来。不知怎么外头下起了淅淅沥沥的小雨。几枝柔嫩的绿藤钻进了棋盘大小的铁窗，怪可怜见的。牢门外的走廊里有油灯，但里面还是不亮。

牢房静得可怕，这种地方下了雨湿气就重。赵乐鱼不舒服地翻个身，他不是第一次进牢房。上回，他和一个浑身腐臭的江洋大盗一起住了三天。干这行，乔装打扮，隐姓埋名都是天经地义的事了。他回忆起翰林院里面的几天，种种场面都汇成一个残缺的图画。似要成形，却又模糊。哎，横看成岭侧成峰，他只是身在此山中。凭着直觉，他预感到更复杂的局面。但他想不下去了，京城里深夜听雨，似乎引人魂魄。他错觉昏暗的牢房像是一条风雨下漂流的小舟，而他注定是一个流浪的孤儿。谜样的疑团，黑压压地窝在他的胸口。

他又侧身，忽然发现，韩逸洲的眼睛张开，不时对着自己偷窥。若不是韩逸洲天生清丽如长江月影，这种窥视会被认为是"鬼鬼祟祟"。

赵乐鱼清清嗓子："韩大人，你睡不着吗？"

韩逸洲欲言又止，脸色微红。赵乐鱼又说："你有心事？不舒服吗？"

韩逸洲低头说："没有。"口气别扭。

赵乐鱼摸不着头脑，没话找话，对韩逸洲道："韩大人，百年修得同船渡。我和你很有缘呢，现在同一间屋子里面睡觉。"

韩逸洲似乎没听见，随口道："嗯。"然后变色说，"你乱说什么？我……和你,这怎么可以说……睡觉?我们只是在同一屋檐下……等天亮罢了。"

赵乐鱼忍不住笑:"韩大人,请你不要太……就算你长得英俊,这种时候我也不至于嘴上来讨你便宜。再说我又不喜欢男人!女人温香软玉,男人有什么?嘿嘿,男人有的我小鱼儿一样不少。"他本来无聊,等韩逸洲来回嘴。可韩逸洲脸色发白,似乎颇为难受的样子。

赵乐鱼这才觉得不对头,坐起来道:"怎么了?"

韩逸洲瞬间又涨红了脸,还是不说话,鼻尖上沁出一层汗珠。

赵乐鱼是什么样的人物?他琢磨这情形,想了想便茅塞顿开。他背过身去,面壁说:"韩大人,我不看你,你自己解决吧。"

韩逸洲虽然憋得急了,肚子都疼,但还是不动。

赵乐鱼等了一会儿,忍不住又说:"喂,你可以上了……这样憋着会憋出病的。"

"嗯,你……你……"韩逸洲说不下去,眼睛里水光闪闪的。

赵乐鱼又点头,把自己的两手死死捂在耳朵上,大声说:"我听不见了。你快点吧,完事了拍我一记。"

韩逸洲这才慢吞吞地站起来……他这一生还从来没有这么局促和难堪,偏偏给赵乐鱼瞧见了。

等他拍了赵乐鱼。赵乐鱼才笑眯眯地回头,不由分说地一把将他拉到草堆上。他用一种乡村里的男孩子才有的直率而亲热地口气对韩逸洲说:"你呀,太斯文了。人活成这样,会非常辛苦的。你不会怕我听见你起夜,忍了好久了吧?"

韩逸洲甩开手,但无法拒绝赵乐鱼的热情,坐得离他稍微远些,道:"我不习惯……丢人。"

赵乐鱼眉毛一挑:"这有什么?我们都是男人嘛。我去年还和兄弟们在河里洗澡,看见远处的大姑娘就吹哨子。我们几个人还比试男人那玩意儿呢。"

韩逸洲板起脸说:"越说越不正经。你是你,我是我。"

赵乐鱼死皮赖脸地恳求道:"我不正经,我皮厚。但你以后能不能教我点东西呢?要知道我一个乡下孩子,又没了娘。好不容易千里迢迢到了京城,接到个天大的馅饼来了翰林院。我求知若渴,却拜师无门。当然我相信,天无绝人之路,你一定会大发慈悲拉我一把得对吧?我练字,没有一年半载是不会长进的。你编个乐谱,我至少可以帮你点忙?啊?"

韩逸洲听他说"没娘"的话,心里有些软了。望着赵乐鱼有几分稚气的面庞,还有他大眼睛深处若隐若现的泪光,他居然鬼使神差地松口:"好吧。"

赵乐鱼高兴地一蹦老高,又做出要过来拥抱韩逸洲的样子。韩逸洲吓得退开老远,轻轻说:"我们只说话,你不要动手动脚。你以后少说不正经的话,不然你还是回去练字。"

赵乐鱼的眼睛亮晶晶的:"逸洲,君子动口不动手,我记住了。你真是好得了不得!"他竟然直呼韩逸洲的大名,实在会得寸进尺。

突然一阵脚步乱响,有人来了,竟然是皇帝!周嘉等在牢门口,眉头一皱,宦官尖细的声音就喝道:"还不快打开!"铁门一开,周嘉迈步就要往里进,左右大呼小叫:"万岁!使不得!使不得!"

周嘉理也不理,把跪在地上的韩逸洲搀起来:"小韩,委屈你了。要不是有人告诉了朕,朕还不知道你受苦呢。"

韩逸洲平静道:"万岁,才一夜,臣没什么。刑部的人还好吃好喝招待我。"

周嘉似还生气,回头说:"白诚!你现在威风啊,连朕的翰林也敢抓了。"

白诚敛眉说:"万岁您不是说,再出命案就把可疑的人抓起来审一审吗?"

周嘉瞪他一眼:"蠢才!朕让你审一审,谁叫你问完话还扣住人不放?"他是皇帝,偏能强词夺理。白诚跟了周嘉十年,怎么不知道这个主子?他不敢再辩,跪下说:"臣愚昧,臣知罪。"

周嘉的眼睛扫到赵乐鱼:"你也平身吧。"

赵乐鱼爬起来,周嘉桃花眼中浪花一闪,吩咐道:"你们都下去,朕同韩修撰有话要说。"

老宦官尴尬地咳嗽几声:"万岁,此地……"周嘉鼻腔"嗯"了一声,顿时鸦雀无声。赵乐鱼跟着大伙往外退,也没抬头多看周嘉一眼。

周嘉这才对着韩逸洲笑了一笑:"小韩,你有没有瞒着众人的事呢?"

韩逸洲眼皮一跳,忙说:"臣不敢。"

周嘉道:"卢爱卿给你的茶叶,你真的就自己经手?没有告诉旁人你要早上送过飞云阁去?"

韩逸洲的雪色脸庞上微微泛出青色:"没有。臣一向孤僻,还有什么朋友?"

周嘉又笑了笑说:"小韩,你是聪明人,你又最爱清洁。你跟来这里,又始终不肯对差官开口,你想庇护谁?你的私事,朕不想管。但翰林院的事……"他不再说下去,转瞬就和颜悦色地对韩逸洲说,"这里气息要把你熏坏了,出去再说。"

赵乐鱼站在滴雨的大门回廊下好久好久,看见皇帝的轿子出来,才离开刑部,就听见衙役们还在嘀咕:"你说,唱的哪一出?捉放曹!"

韩逸洲回府时,天已经亮了,外头的世界,春雨润如酥。大门前的廊檐下,清徽与一个聋哑老仆站着等他。

见了他,清徽含泪的瓜子脸放了晴:"公子!公子!你回来了。"老仆也咿咿呀呀地比画,喜不自胜。

韩逸洲抖落雨丝,点头:"唔。"他摸了摸清徽头,"你急什么?我总会回来的。"

清徽眼睛肿得像核桃:"他们凭什么冤枉你?翰林院里那么多人,就拿我们开刀?白诚那条狗不得好死!"

韩逸洲用修长的手指轻刮他一下:"小孩子不兴诅咒,以后长大了要落头发的。我昨夜没回家,有什么事吗?"

韩逸洲沉默着回望斜风细雨,看来,他还是要归于尘世。

清徽打开门,韩逸洲唤道:"好大雨,取把伞来。"

正说着,一把竹叶青色伞就罩在他的头上,却是赵乐鱼。

"你?"韩逸洲说,语气并不见得惊讶。

赵乐鱼道:"翰林院里面没早饭吃,我想到你这里蹭一顿。"

韩逸洲叹息,只好让他朝内走。

第十三章：抽丝剥茧第一层

韩家在洛阳的豪宅，可与皇宫媲美，可现在京都，除了聋哑老仆，也就只有稚子清徽两个仆人。

古木青柳，药栏书幌，仲春之雨日，似只有两个少年在天地之间，白云之上。到了书房，韩逸洲往桌上一指："你还饿着吗？老仆备了清粥小菜。"

赵乐鱼"嗯"一声，就坐下来。他吃了几口，对韩逸洲说："你也一起吃。"主人也不推辞，与他同吃，他们都没有说话。

这时，聋哑仆人候到门口，韩逸洲出去，老头给了他一张名帖。

韩逸洲脸色突然一变，赵乐鱼也放下了筷子。韩逸洲回过头踌躇地瞧了赵乐鱼一眼，把名帖放在怀里，语气干涩点头说："我知道了。"

聋哑老头比画了几下，韩逸洲又点头，对他轻轻挥挥手。老仆才下去了。赵乐鱼忍不住问："是谁？"

韩逸洲抬起额头，望着雨柱答非所问："今年的雨季已经来早了吗？"他怔怔地冒出一句，"你什么时候走？"

赵乐鱼抹了嘴，微笑道："赶人啊？我就走了，就走了……"他说着就起身来，"大人也累了，你好好休息。"

韩逸洲答应着，送他到书房门口就止步了，浅笑着："不是懒得送你，而是我再返回来，就没有你的伞庇护了。"

赵乐鱼还是往翰林院走去，他快步穿梭在京城的大街小巷。到了翰林院的附近，已经成了个落汤鸡，他买了一把花生米，缩在一个店招牌下面避雨。这时有一辆富丽的马车经过，赵乐鱼抬了抬眼皮。这辆马车辕上镀金，顶上镶珠，秀美到邪门的手伸出来，赛雪欺霜。赵乐鱼一看，就知道是谁了。

车里的人果然说："赵编修，怎么那么巧遇见了你？快上车来！"

赵乐鱼也不推辞，对车夫笑了笑，鞋子一蹬，就上了车。

车厢中的美人比画中还要艳上三分，他怀里还有一个白色的毛团。

赵乐鱼寒暄道："东方大人，你的日子好阔气。"

东方谐抿嘴："非也，为了钱何必当翰林？去偷去骗或者当个戏子岂不有趣得多？不过，要是成了真的翰林，钱也就不成问题了。"

赵乐鱼嘿嘿地笑。东方谐道："京城是笑贫不笑娼的。当了一品大官，巴结娼妓的也有。"

赵乐鱼打哈哈说："怪不得以前人说官不如妓。"

东方谐也笑，道："你才来翰林院，平时我们也只能神交。要不是出了那种事，我还想领你去见识见识这里最大的美人窝呢。"

赵乐鱼本来被雨水淋得蔫不啦叽，听这话忽然生龙活虎起来，大感兴趣说："为什么不去？我到京好几个月，连一个细腰的女人都没见过。"

东方谐飞了他一眼："佳人都是养在深闺的，比如岳雯姑娘，她的腰身真是盈盈一握而已，可惜自从杨翰林死后，她就闭门谢客了。"

赵乐鱼摇头道："可惜，可惜，杨翰林死了不算，现在我们也连带倒霉。"

东方谐道："也不然，福祸相依，说不定你或者韩大人马上就可以走鸿运了！"

赵乐鱼说："藏祸之地，大人也不怕有人冲着你来？"

东方谐腾出手，手掌下原来是一只兔獾。它露出红玛瑙的眼睛，圆滚滚的脑袋，十足可爱。东方谐缓缓道："怕有什么用？你怕，鬼就上不了身了吗？别人那里不出事，偏偏我手下的徐翰林中毒……翰林院可不简单。"

他们下车，正好和魏宜简打个照面。赵乐鱼漫不经心地说："魏兄，你昨天错过了一场大戏。"

魏宜简不悦："一个差点死，一双进班房，这叫大戏？"

赵乐鱼说："有人死，有人抓，有人喊冤，有人好笑，不是一台戏？魏兄，昨日你娘子身体不舒服，现在好了吗？"魏宜简神色木然。

赵乐鱼道："我只是想，你早上出门的时候，尊夫人要是身体欠佳，你就别来这儿了。休几天，大伙也体谅你。你既然来了，家里人不舒服，会上翰林院报信，大伙也跟着给你担心不是？"魏宜简不答。

到了目的地，魏翰林一句话不说就离开了。

东方谐他们前脚才进，就听见徐孔孟哼哼声。赵乐鱼说："人太多了，我等下再进来吧。"书童织绣从里间端个水盆出来，赵乐鱼与他两人站在了廊下。"织绣，昨天是你给你们公子泡茶的？"他小声问。

织绣满腹狐疑，瞪圆眼睛："你不是被抓进去了？怎么没有罪？"

赵乐鱼委屈地说："哎哟，小哥，我怎么会害徐兄呢？我和他认识才几天，身上的衣服也是徐兄缝制的。"

织绣说："嗯，公子昨夜翻来覆去，糊涂一阵，明白一阵，他说你没害他。"

赵乐鱼摸摸下巴："难道徐兄知道？"

织绣说："不清楚。"

赵乐鱼又问："昨儿的茶具好值钱，刑部的人非问我有没有藏着碎片。他们说这种杯子就是碎了，也可以卖个价。"

织绣说："当然了，是太后娘娘赐给我家老爷，老爷又转送给公子的。公子一直不舍得用，昨儿第一次用就出了事。"

赵乐鱼还要问他，何有伦已经站在一边了，他说："赵兄，徐兄请你进去。"赵乐鱼只得断了话头。他挨近徐的床，徐孔孟就叹息一声。

东方谐劝解他："总有水落石出的日子，孔孟你断不会白吃苦头。"

徐孔孟头上扎了一个绣山水的丝绢，虽然脸色憔悴，身上已经披上了青色锦衣。他捂着腮帮，颓然地说："我……哎呦……"

赵乐鱼安慰他说："徐兄，养足精神再说。人大难不死，必有后福。刑部和大理寺的人下午大约还要来问你话。"

徐孔孟支支吾吾："问我，我什么都不记得了……"他想起什么，"韩逸洲人呢？"

赵乐鱼吐了吐舌头："八成在家。"

他说八成，韩逸洲偏偏就是两成意外。此刻，韩逸洲已经到了一个荒废的花园中。他到一座小楼上，打开雨窗，独自等待着。

第十四章：逸洲春风助断肠

　　韩逸洲惆怅凭栏眺望。隔壁寺庙中的桃花深浅不一，雨湿轻尘，寥落衰红。斜飞雨丝飘进他的眼，他也不顾，久而久之，竟分不清他的眼眶中是雨还是泪。天色渐黑，他才回身进屋。屋内摆设十分整齐，象牙床，菱花镜，还有几本书堆放在书桌之上。韩逸洲轻柔地抚摸着每一件东西，脸色逐渐透出决绝来。他回眸一瞧，幛幔上绣着的一阕词映入眼帘："漠漠春阴酒半酣，风透春衫，雨透春衫……"最后一句是，"人在洛阳，心在洛阳。"

　　韩逸洲凄惨笑笑，坐到窗前，只是听雨。入夜了，他不点灯。忽然，他的身子僵了僵，依旧不动。接着一阵脚步声，有男子的声音："逸洲，你早来了吗？"

　　韩逸洲道："不好吗？我每次都是早到的一个。"

　　"逸洲，你的脸烧得好厉害！我也担心你呢，不过我知道万岁不会冤枉你的。"他凑着韩逸洲的耳朵说。依稀光线中，韩逸洲初长成的身子消瘦得仿佛一朵夜合之花。

　　韩逸洲突然问："与你有关吗？"

　　男子笑了一声："怎么会？"

　　韩逸洲嘴角噙着冷淡的笑："我不信你了，我十七岁的时候，你说什么我都相信。你也用我做了不少的事。我现在不会再信你了。赵乐鱼来的那夜你送粥来，我还燃起一点点的希冀。但紧跟着就发生了茶叶的事，我不会再受骗了。"

男子粗暴地推他道:"你,果真长大了!"

韩逸洲不说话,腰身被对方掐得生疼,只是咬着嘴唇。

"你最近跟新来的那条鱼走得很近?"

韩逸洲发狂喝住他:"不许你提别人的名字!"

黑夜中,韩逸洲的眼睛中满是迷蒙。

片刻,男子平复了气息,意识到自己的失态,马上说:"你别生气,听我说……"他说不下去。韩逸洲满脸都泪湿了。

他急忙要点上灯,韩逸洲拉住他:"别点灯,让我说完。我们以后也别私下来往了。我不能总是一次次让你骗。如今,我想通了,我们还是彻底断了干净。"

男子似乎不信,错愕间,韩逸洲又说:"好聚好散,我从不怪你……"

男子打断了他:"逸洲,你什么意思?我不过说笑惯了。我有些事是瞒着你,但我没有恶意,你知道了……又有什么好处?"

韩逸洲止住哽咽,淡淡地说:"我已不能这样下去。要是你还记着当年情分,现在就离开这里。我自己以后也永远不来了。"

男子不再说话,沉默良久,径直走了出去。

韩逸洲已经止住的眼泪,又不禁流了下来。他孤寂地躺在寒冷的被褥中,思前想后。

天明之时,他才恹恹起身。将那幅幛幔和一些纸张放在大盆中,点着了火,冷眼看着他的秘密都成了灰烬。

第十五章：抽刀断水水更流

韩逸洲一步一拖走出园子。因此园处于京城的北郊，行人稀少。韩逸洲低着头，冷不防撞上一人。他抬头一瞧，原来是个浑身泥渍的老乞丐。老乞丐大约辨出他是个贵公子，竟然伸出只黑不溜秋的手来扯住他的袖子。

韩逸洲眉头轻皱，从腰袋里面取出一锭银子，丢给了他。乞丐立时显出白痴般的惊喜，被灰尘粘连在一起的大胡子也跟着乐颠。韩逸洲沮丧中想要快些脱身，老乞丐颤颤巍巍又拉住他。韩逸洲以为他还要钱，哑声说："没有了！"老头摇头，不由分说地把一件东西塞到韩逸洲手里，拄着拐杖离开了。

几个街童在路边用石子打老头的背："老瘸子！老瘸子！"老头理也不理。韩逸洲定睛一看：手心里是只微小的布艺猪猡。工艺粗糙，却煞是有趣。他生于大富之家，幼年时凡是民间的廉价玩具都到不了他的手里。他母亲给他玩的，不是乐器，就是金玉。没想到素不相识的乞丐倒给了他这么个小玩意。他心念突然一转，回头想再看看那老丐。那人早已经不见了。

韩逸洲雇了辆马车，在自己宅邸偏门下来。老仆坐了个板凳在里面等他，韩逸洲见了他就说："以后把这门封死了，我再也不会用了。"他身上还有些疼痛，耐着疼走到最近的一间屋子，吩咐老仆，"去给我打水来。"

不多久，老仆摆弄好了澡盆，拉过一扇屏风。他对韩逸洲躬身后，就走开了。韩逸洲刚脱解下衣裳,便听有人兴高采烈地叫他:"逸洲!逸洲!"正是昨天来访过的卢修。韩逸洲一时心慌,也不应他,迅速躲在了屏风后面。

卢修径直迈进门,笑着说:"你还真在这里,大清早洗澡吗?"

卢修与韩逸洲熟稔之极。他这个家小,一共就一排房子。因此卢修听到人声,自然就可以找到韩逸洲。韩逸洲在屏风里面问:"你怎么又来了?不是说这几天要忙公务,没空过来吗?"

卢修说:"是啊,但昨天我去大理寺打开快报,收到一个大好消息。也许我们破翰林院的案子有了希望。这样,也完全就可以洗刷你的不白之冤。"

韩逸洲听了道:"嗯。"

卢修又说:"杨青柏的身份果然大有文章……"他突然"啊"了一声,厉声说,"逸洲,你怎么了?"

韩逸洲与他隔着屏风,知道他看不见他,说:"怎么了?我安然无恙啊。"卢修半晌不语。

韩逸洲觉得气氛诡异,大着胆子开口:"卢修,你怎么不说话呢?等我,我就出来。"他说着忙把换洗的衣服穿上。

卢修这才轻声说:"不用了,逸洲……你都成年了,我……也没资格管束你。"他的语气犹如六月雪,晴阴奇变。似乎被伤了心,又似乎难以启齿。韩逸洲更不解其意。但他本心虚,手指头不由自主地颤抖,连衣服扣子也扣不上了。

卢修静了一会儿,才语重心长地说:"你这样年纪,这样的身家。寻个女人也是极便利的事。可是在外面玩……也不要沉湎……要爱惜自己的身子才好。"他这话,半句实,半句虚,韩逸洲面红耳赤,无言以对。他心里只是炸雷似的惊叹:卢修怎么发现了,怎么发现了?他知道什么?

卢修又叹一声,悠悠道:"逸洲,我还要赶去大理寺。我们过几日再聊也行……"

韩逸洲捂着嘴，说不出一句挽留的话，听任卢修的脚步声去了。他在屏风后面愣了半天，才走出来，外面已然云开雾散，阳光直射入屋子。他方才脱下的衣物就堆放在竹子的条凳上。有一件内衣上，沾满了细碎的血迹。他早晨回来的时候极疲倦，居然没有瞧见。这些……已然暴露在卢修的眼里?! 怪不得……韩逸洲拉起沾染污渍的衣服，呵呵惨笑了几声。他抱着衣裳，长久发呆，末了把自己的头埋了进去，发出了一声压抑的抽泣。

今日，赵乐鱼在翰林院自然是等不到韩逸洲了，不过他似乎一点儿也不心急。吃了午饭，他就晃悠到徐孔孟处。徐孔孟气色更好了几分。小童子织绣在床边上坐着，正学绣花。

"徐兄！心情大好了吗？"赵乐鱼笑道。

徐孔孟靠在床头："还好。教织绣学点今年最流行的花样，我也散散心。"

赵乐鱼这才问："徐兄，你昨天和刑部的人说话，记起来什么没有？"

徐孔孟半闭眼睛："我说了都不记得。"

赵乐鱼磨蹭道："我想见识见识那套杯子。"他露出惯有的死皮赖脸，大有不见庐山真面目，不走人的架势。

徐孔孟好说话，道："你自己去看，在那边的古董架上。"

赵乐鱼猴子般麻利地取下一个缎面盒子，盒外面还贴有残余福字的纸片。赵乐鱼对着光，玩赏杯子，赞不决口："徐兄？好东西啊！"

徐孔孟一口气接不上来，苦笑着说："我以后是见茶就怕了。"

赵乐鱼又问："这种杯子，是不是特别罕有？"

徐孔孟说："是的，本不是官窑烧制，乃是黄山上的一位大师所制。他一生就烧过十三四个这样的杯子。除了我这个，也就是大内和显贵豪富才可能有收藏了。"

赵乐鱼拉着缎面上的纸头残片，好奇地说："这纸头也漂亮。"

徐孔孟回答："不瞒你，这是太后赏给家父的。我出事之前，自己开的封。"

赵乐鱼点头："原来是宫里的东西。"

徐孔孟说："不尽然。宫里的东西，民间也有，价钱高些而已。"

赵乐鱼又"嗯"了一声。徐孔孟想了想说："赵兄喜欢就拿去好了。"

赵乐鱼笑嘻嘻地说："这怎么好意思？"但片刻的工夫，他已经把杯子装在盒里，盒子捧在胸前了。

徐孔孟说："卢大人再世扁鹊嘛人人皆知。当年先帝患病，他常常被太后召进皇宫去治病，连御医们都佩服他。"

赵乐鱼哂笑："我都不晓得。"

徐孔孟热情地说："也不打紧，在我这里，别说翰林院，就是京都里的吃喝玩乐，你都可以问我来。谁让你救过我呢！"

赵乐鱼眼睛一亮，年少俊俏的脸蛋抹上红云："我想问……问……"

徐孔孟已经累了，赵乐鱼不走，自己又不能休息，因此催他："说吧！"

赵乐鱼咽了口唾沫，终于说："我想……知道京城里最好的妓院有哪几家？徐兄能否推荐推荐？还有……最好给我画个简易的地图。"

第十六章：不速之客闯红楼

"春来频到宋家东，垂袖开怀待好风。"京城的人都知道，这是一流的妓院"满树红楼"门前的诗句。偏巧这家的妈妈也姓宋。宋妈妈年轻时候乃风月领袖，花中魁首。她如今年过不惑，是个场面上兜得转的人物。满树红楼的姑娘，个个色艺双全。但除了与姑娘情投意合的客人，绝对不能留宿。世上的男人也真有些贱骨头的，女人越是拿架子，他们越趋之若鹜。因此宋妈妈生意兴隆，这不，今夜又来一个冤大头。

宋妈妈候在门口，听见里头一阵叫好，郑霏已然弹完了一曲"飞花点翠"。宋妈妈这才满意地摸了摸胸口。可"吱呀"一声，郑霏姑娘推开门，满脸哀怨地低头走了出来。

"不成吗？"宋妈妈问。

郑霏"嗯"了一声，宋妈妈暗自摇头。今夜掌灯时分，楼中突然来了一位豪客。生客进妓院的门，要给"第一道"茶钱，此客人一甩就是两百两。他自称是泉州的商人，吵吵嚷嚷地要找一个可心的美人作陪三天，每日千金。可现在一个时辰过去了，曾霏清歌一曲，莫霞画了一幅小品，郑霏弹拨琵琶，都给他不温不火地赶了出来。以前是从来没有发生过的。宋妈妈硬着头皮赔笑道："公子，这可难办了。我们这里的三个红牌都来了，您还不满意？不是我自夸，京城界您未必找得到赛过她们几个的人了。"

泉州客满身珠光宝气，手里洒金扇子一开一合。虽然明显人一看就知道是位暴发户，可华灯下，少年人鼻子俊挺，眉眼如画，是难得的好样貌。俗话说，行院里妈儿爱钞，姐儿爱俏。宋妈妈和姑娘们逢迎他，除了他阔绰，也是因为他生得好。他说话一口泉州音："大爷我是不在乎钱的，在乎钱来你这个地方？你这里的姑娘好，也要对大爷胃口才行。第一个姑娘曲子唱得好，就是嘴巴大些。怎么也不是樱桃小口？第二个姑娘画出来的虾米和活的一样，可惜她稍胖了。刚才的霏姑娘琵琶弹得好听，但皮肤不算白，扫兴啊扫兴。"

宋妈妈应了，依然笑脸相迎："我这里……有些还未见客的雏儿。"

泉州客人一翻眼睛："大爷说过了，我是不在乎钱的。你不要以为大爷没有见过世面。听说了，你这里有身子轻如燕、能跳盘鼓舞的姑娘，是不是啊？"

宋妈妈脸色一变，道："你说的人几个月前倒有，现在从良了。"

泉州客大怒，把手里的杯子往地下一扔："好花倒给人摘了。"

宋妈妈心疼上好的杯子，却见泉州客又放上一锭金元宝。

他笑容促狭至极："她去哪里了？你总知道。"

宋妈妈摇头："公子，岳雯自己花钱赎身，我这里拿了银钱，还管她去哪里？"

泉州客一笑："你真不知道？"他起身来，轻轻关上门，"既然她不在，大爷在红楼就看得上一个人了，只求春风一度。"

"谁？"

"你。"

宋妈妈脸热不已，她过去床笫之事过于饱和，到这个年纪已经厌烦了。但她看着美少年热辣辣望着她，久违的冲动又回来了。而且，这样的要求对她，也不是第一次了。她抽出手绢，擦了擦脸："公子，你……不是玩笑话吧？"

泉州客道："怎么会呢？"

他们这里正忙着做皮肉生意。哪里知道，御前侍卫白诚正从喧闹的"满树红楼"屋顶上翻过。最后，白诚默默地蹲在后门一间小屋的瓦片上，满脸肃然。一间上好的密室内，宋妈妈脱得剩下抹胸。

"公子，你不会是害臊吧？请问你的名字叫什么……"她一边说，软绵绵的身子就倾斜过去。那少年搂住她，忽然手上用力，她动弹不得。

宋妈妈惊叫一声："公子，你……"

少年低声说："别怕，只要你说出岳雯的下落，我不难为你。"

宋妈妈冷汗直流，到了此时后悔也来不及，只得说："我真不知道。"

少年哈哈一声："不知道？我提醒几件你知道的事儿给你。三年前处斩的江洋大盗吴七在归案之前曾经藏了大半年。他有个老相好，你别告诉我你不清楚。去年扬州李家被抄，失踪的一箱子珠玉到底藏在何处？几个月前翰林院杨青柏被杀，他与岳雯认识不认识？"

宋妈妈汗流浃背，半晌才道："你到底是谁？怎么知道这些？"

少年盯着她瞧："先回答我，我保证不会害你……"

宋妈妈也忘了自己穿得极少，正色说道："杨翰林出事前夜，曾经来见过岳雯。他被杀以后的第二天，又有一个穿着斗篷的男子前来面见岳雯。男子的脸我没看清，但我在这行混了多年，那人必然生得出众。半夜岳雯进了我的门，给我一件东西，让我好生保存。说自己不得不离开此地，否则性命难保。我再三问她原因，她也不肯说。天亮时分，她雇上轿子离开了红楼。我与吴七好过，也有些手段，暗中派了一个小厮尾随。可到了闹市，他眼见岳雯和一个男子在茶楼谈了几句，就跟他上了马车。赶马车的人，三两下就把我的人甩下……我知道的就是这些……"

少年问："茶楼中男子什么样子？"

宋妈妈说："小厮只看见背影，说不清楚。"

少年又追问："岳雯交给你的东西在哪里？"

宋妈妈啼笑皆非："我本答应她不看，但后来实在忍不住，就看了眼，就是一首诗而已。我亲手领大的那个丫头，看来不是她的笔迹。"

少年松开她："你这样的人，难道还会留着那首诗吗？"

宋妈妈揉揉自己发酸的腰："我也没有办法，心里老不踏实，干脆烧了了事。"

少年的眸子璀璨,对她说:"你虽然烧掉,但吴七提起过,他的红颜知己出身青楼,但过目成诵。想必你还记得诗的内容?"

宋妈妈的眼眶有些潮湿:"别提起那死鬼了,我同他说了外头不安全……他不听。诗我记住了……你过来。"

少年大方把脑袋贴过来。一接触,宋妈妈心里自嘲一句:见鬼!我发什么春梦?这小子明显就对男女之事不懂装懂。随后,她附耳对少年说了几句。

少年点头,他手指一弹,道:"妈妈,对不住。我不跟人说你的事,你也不要提我的事。一个时辰后你可以活动。吴七临死前说:他唯一的遗憾,就是从没能带着个叫秋萍的女孩去上元灯会。"

不速之客离开了,宋妈妈念起老情人,心中感慨万千,竟然连今夜的奇遇都可浑然不计。

少年大摇大摆出了红楼后门,听见有人吹哨。

白诚从房上一跃而下:"我跟你好久了。"

赵乐鱼扬眉道:"我早知道是你跟着我。怎么,你有什么消息?"

第十七章：小鱼桃林析案情

　　古刹钟声，附近的山丘上，剑光如水银霜卷，划破寂静的夜空。白诚，就是银焰中心的火石。赵乐鱼坐在石墩上，含着与他阅历不符的纯净笑容。等白诚收了剑，他才懒洋洋地拍拍大腿。

　　白诚的国字脸上也显出笑来："老三，我的剑法你记得住几招？"

　　赵乐鱼摸了一把鼻子，从身边的桃树上随便折下一段花枝。他的身形如鹞子腾飞，片刻就舞了起来，粉色桃花随着他的旋转而飞旋。远远望去，他好似一条为浪花所围的矫健小龙，又似天宫里散花的飘逸仙人。

　　白诚挺起腰板，竖起了拇指说："老三，你到翰林院去，倒没有落下功夫！"

　　赵乐鱼只一瞬收了花枝，笑道："我们这种脑袋架在肩上的家伙，功夫就是命。我怎么忙也不能不练。倒是姐夫你，把我拉到这种地方来，明摆着传授我剑法，我不想要也不行。"

　　白诚瞪他一眼："臭小子，传你几招损着你了？御前多少人巴结我想拜师学艺，我都没答应呢！我……还不是看你二姐的面子。"

　　赵乐鱼走近了说："你省省力气吧，将来传给我外甥虎子去！"

　　白诚瞅了瞅他："我家那头小崽和你长得一个模子出来的。你姐姐说儿子像你也是福气。"

　　赵乐鱼叹道："我和二姐眉眼最像，外甥自然和我差不多少。可惜我来京城好几个月，也不能明着去见他们。"

白诚至此言归正传:"万岁要我交给你这个……"他从怀里掏出一个碧玉的管子,在纸头大小的管中央,有半片指甲大的钥匙孔。

赵乐鱼接过来:"谢了,姐夫。三天之后万岁要全体翰林一起入宫,大伙可就凑齐了。"

白诚说:"万岁心里不知道怎么盘算的,把这群人凑齐了又要做戏不成?"

赵乐鱼道:"这些人也有可怜处……高处不胜寒。得名得利,还奢望琴瑟和谐,世间哪里有两全之法?"

白诚问:"你怎么会到红楼那所妓院去?"

赵乐鱼眼神如芦荡火种,时明时暗:"我是鱼,有饵我就上。翰林院有人要做姜太公,我当然愿者上钩。我前天出狱之时,在路上巧遇了东方谐。很奇怪的是,他对自己没有亲历过的徐孔孟中毒之大事,毫不好奇。徐孔孟与他同事,朝夕相处,但他能无动于衷,不得不叫人佩服他的定力。他透露给我岳雯的线索,到底有什么深意?现在的疑问是:在一个密封的盒子中,怎么毫无痕迹地下毒?一般人都不知道:锻面盒子包上金粉纸,时间超过三天就可能变色。而徐孔孟给我的盒子上的缎面还是簇新的。我目前的推测是:徐孔孟所用的杯子,并不是太后所赐的那对黄山瓷杯。徐孔孟和他的父亲,都是从太后嘴中听说杯子是怎样怎样。他们都没有打开盒子,所以即使掉包,他们对细微的差别不可能分清。徐孔孟中毒以后一片混乱,基本上也没有人会把杯子拿去给太后求证。即使太后见了,以她的荣华地位也不一定记得清楚这种小物件。可以肯定,事发前三天之间,是凶手作案的时间。但凶手如果想归罪于茶叶,必须要保证徐在这段时间内不用这套茶具才行。徐行事讲究,没有特殊的场合应该不会用宝器饮茶。可见凶手了解徐。但是,他如何得知韩逸洲的作为?韩逸洲与人不大交往,朋友圈子极小。我不得不在出狱后第一天就盯准了在家休养的韩逸洲……"

赵乐鱼的眼睫毛抖动了一下:"韩逸洲与翰林院中的一人正如我料,

有超乎寻常的关系。事前也有蛛丝马迹，但证实是他，我还是有些惊讶。韩逸洲这几日告病，极有可能是已与对方关系破裂。我觉得，与此人关系最近的人，并不是韩逸洲。"

白诚听得一头雾水，问："韩逸洲是不是嫌疑很大？"

赵乐鱼摇摇头："不好说。我觉得韩逸洲没什么必要杀人。"他顿了顿，反问白诚，"姐夫，你跟了万岁多年，万岁在翰林院中，有没有个最欣赏之人？"

白诚啃了啃干涩嘴唇，半晌他直视赵乐鱼说："有。"

赵乐鱼似乎一笑："我还当万岁这样的人，走过桃花也不沾上一点儿花粉呢。姐夫，你肯定那个人是谁？"

白诚艰涩地说："老三，咱们议论的是大逆不道的话。一次万岁带我微服私访，出了京郊突然发烧。我雇了一辆马车往回走，万岁在车里面烧糊涂了，直叫唤一个人的名字，我害怕别人听见，大了胆子捂住他的嘴，又点了他的睡穴……"

赵乐鱼问："万岁的身子骨一向结实，不烧糊涂怎么会说出来？姐夫，你也不用告诉我。我想你必定心里发誓不泄漏，我就不勉为其难了。"

白诚点头："我也不问你办案。你收了万岁的消息以后就按着做，切记切记。"

赵乐鱼嘴角一翘："将在外，君命有所受，有所不受。"

白诚拍了拍他的肩膀说："我先走了……早点结案，咱们一家也可聚聚。"

赵乐鱼忽然笑了："姐夫，你当时是不是第一个派去翰林院凶案现场的公差？"

白诚木然："是，怎么了？"

"你确定凶手一定是翰林院的？"

白诚一笑："我可没有那么说过。不过，翰林院以外的人太多，更不好查案！"

赵乐鱼笑着摆手:"姐夫,我有件东西,你带回去给我外甥。"

白诚见他摊开手掌,里面是一只布艺老虎。白诚忍不住哈哈大笑:"老三,你还随身藏着骗小孩子的东西?"

赵乐鱼侧过脸,脸颊上光彩胜过暗夜桃花:"入翰林院以前,我在京城闲得心慌,做了好几只生肖玩意儿。"

白诚阿谀他:"除了你外甥,你还送给谁去?"

赵乐鱼展颜道:"天涯何处无芳草?可怜人,可爱人,可悲人,可笑人,我都愿意送。"

第十八章：韩府一日三嘉宾

皇帝周嘉一言不发地看着手里呈报，脸色更是沉静如水。

"卢修，你想什么呢？"不知何时，周嘉已经放下了卷子，只是盯着他。周嘉的桃花眼虽风流，但也深湛，震慑他人，或吸引他人，全凭至尊心意。

卢修回过神："万岁，臣想些看不透的事。"他不喜撒谎，因此答得模棱两可。

周嘉扫他一眼，说："杨青柏居然参加过'九鹰会'，朕倒有些意外。"他轻描淡写，卢修心里却一寒。

九鹰会，乃是十多年前在中国轰轰烈烈的名字。参加的人男女老少都有。也不见得都是些江湖人物，儒生，商贩，甚至士卒都有。他们如行会一般，只要是会中兄弟，行至各省都可以得到照顾。周嘉身为太子之日，也以财力支撑过九鹰会。因此会中都以太子为天，坚决拥护他。先帝在位的最后几年，身体日衰，神志不清，周嘉稳稳控制了全局。可周嘉登基以后，却下了一道圣旨：勒令九鹰会解散。众人本不情愿，因为此会对百姓便利，又不妨碍官家。可是，在一月内，九鹰会老大们悉数失踪，树倒猢狲散，九鹰会也不再存在。卢修当时不过十四岁，记得煞是清楚。周嘉忌讳人提起他与九鹰会的过往，十年了，众人都不敢提起。

卢修小心禀告："万岁，杨青柏少年之时，因为家境贫困而辍学。当时湖南的老大出钱资助他入学，他因感激而入会。臣以为他后来为了考取进士而转入四川户籍，是不希望别人了解他这段历史。"

周嘉面无风雨，冷冷道："我国不但娼优后代冒名考试，还有杨青柏这样改头换面的。你能够一路查出此事，心思倒细。"

卢修低头。周嘉笑了笑："翰林院中是否还有九鹰会的人呢？"

卢修道："臣不知。"

周嘉默默地瞧着自己手指，说："朕就知道一个，难道你不知道？"

卢修仰面，不解地望向周嘉。他直接了当说："臣现知道杨青柏入了九鹰会，也不认为他不配当翰林。只是想由此顺藤摸瓜，捉些关联人物来查案而已。毕竟朝廷没有明文说有过这种经历的人不能科举。"卢修向来温和，今天持不住情绪，把心里话都吐了出来，自己脸色都青了。

周嘉没有说话，转身望着窗外的晴天："……风华正茂，你怎么一直未娶？"

卢修觉得心锁一扭，满腔的情思翻江倒海，他低声说："臣……对男女之事较淡，男人这个年纪应以事业为重。"

周嘉摇首："有的事水到渠成，定要为之。卢修，你且把翰林院的案子放下，朕自有安排……"他一句话把卢修这几个月来的苦心经营全给切断了。

卢修要说什么，还没说出口，周嘉就叫他："来，与朕一起赏花去。"卢修为人臣子，不得不跟着他，藏着满腹心事，去赏鉴满庭春花。

韩逸洲府上本来门可罗雀，这几天主人生病，更是冷清。清徽早上起床，韩逸洲又躺着，也不起来吃饭。他守在边上实在无聊，抽了空，搬个板凳到大门前晒太阳。他是个小孩，总也想不明白大人的事。韩逸洲也没大病，怎么每日怏怏如此？卢状元平日来得最勤，现在韩逸洲不舒服，他倒绝迹不来了。韩府不比翰林院，翰林院的甲秀林花开最艳，翰林院里的人多少也有点生气，特别是那个新来的赵翰林，憋屈的样子最逗人……他想到这里，恍惚看到街对面有个人像极了赵乐鱼。那人一步步走来，身材俊挺，堆起无赖笑容，抬起左手招呼他："清徽小哥？"

清徽蹦起来，要想关门已然来不及了，赵乐鱼一把挡住门："哎呦，好孩子，几天不见我还怪想你的，又长高了不少呢！"他兴高采烈，右手摇晃，腕上悬着的一只童子鸡直翻白眼。

清徽正在发育，可他觉得，说自己几天"高了不少"的话，纯属瞎说。清徽道："你找来做什么？我家大人身子正不舒坦呢，见了你恐怕会更不舒坦。"

赵乐鱼头摇得跟拨浪鼓似的："非也，我正是送来独门的食补秘方。"

清徽嗤笑道："赵乐鱼，你不要找错了地方。我家大人虽然在京城并不摆阔，但谁不知道大人是天下一顶一的富人？六年前皇上攻打北狄，我家已故老爷就出了三分之一的钱呢。一只鸡，我们没见过吗？连我都吃腻了。"

赵乐鱼眼珠一转："吹牛可别吹破了……合着万岁还问韩家借钱？"

清徽不悦说："吹牛？洛阳城大半的土地，全国一半的钱庄，扬州最大的盐庄，都是属于我家大人的。"

赵乐鱼大笑道："你信我一次，我便信你。你把我领去厨房，我现做一个烧鸡给你看，若不是天下第一，我以后就在翰林院管你叫哥哥。"

清徽想了想，答应下来："好！你不许抵赖。"

赵乐鱼拍着胸脯说："我要是骗你，大号就不叫赵乐鱼！"

到了厨房，清徽随便打开一个碗柜，赵乐鱼眼睛都直了："哇！"

里面全都是最上乘的瓷器：粉青莲花盏，乌叶建盏，哥窑菊花式碟子，这些珍品都如最家常器皿一般随意堆着。

清徽得意道："你还没有见识过洛阳韩家呢！"

赵乐鱼道："皇宫里有的，你家大人都拿得出来吧？"

清徽说："当然！我们家有的，宫里未必有！"

赵乐鱼啧啧感叹："看来做贼一定要偷到你们这里，才没有枉做！"

过了许久，赵乐鱼打开锅盖，美滋滋地叫了一声："大功告成！"

清徽从门外探进半张脸来："好了吗？"

赵乐鱼头上系根蓝布条箍住了碎发,连衣摆也煞有介事地卷在腰间,对他说:"快来吃赵家的贵妃鸡汤!"

描银五彩鲜花盘中,金黄色的稚鸡肥嫩,香味扑鼻。四周点缀着翡翠椒丝,玛瑙菇片,白玉笋尖。清徽"啊"了一声,赵乐鱼已蒙住他的眼睛,往他嘴里灌了一小口浓醇的汤汁。清徽只觉滚烫的汁水在舌尖一滑,便咽下了。他正要赵乐鱼拿开手,一种前所未有的奇妙感觉席卷了他的口舌。西域的葡萄美酒,新酿的樱花蜜汁,清口的葱花余韵,配上了酥而滑的永恒鸡味,回荡在他的脑海之中。周围的一切,因为美食而明亮起来。

太好吃了!他睁开眼,眼睛也不眨一下望着赵乐鱼。赵乐鱼笑了:"你输了吗?"

清徽问:"这是你变戏法来的吗?"赵乐鱼乐呵呵地说:"怎么会?不是吹的,我赵乐鱼的手艺在整个中国只有三个人可以媲美。一般人吃了我的菜,打耳光都不肯放。"

清徽看不惯他的狂样,但方才的瞬间过于美妙,他一个孩子如何可以抗拒,因此他腆着脸要求赵乐鱼:"赵翰林,我可不可以吃一点儿鸡肉呢?"

赵乐鱼沾着酱油的手指点了一下清徽:"万万不可。清徽你是个善财童子,给观世音的贡品,小善财怎么可以先尝呢?"

清徽嘟起小嘴,听到韩逸洲的声音飘来:"爱闲逛的人竟然逛到这里来了?无事不登三宝殿,你来有何贵干?"韩逸洲说话间已经到了厨房门口,在午后温暖的春光下,他真有几分像尊碾玉观音。

"逸洲,鸡香不怕房子大,你都自己找来了。我的贵妃鸡,回眸一笑百媚生,六宫粉黛无颜色。你快来吃一口!哈哈,我还什么事,就是看看你呗。"赵乐鱼见了韩逸洲,忙套近乎。清徽听到他叫主人的名号,大为纳闷,发现韩逸洲也没动气的意思,更是惊愕。

"这个善财还没有我机灵呢。"赵乐鱼边数落,边给韩逸洲搬了把椅子。清徽虽然不满,但也帮着摆上了一张小小的八仙桌。韩逸洲对赵乐鱼说:"不是贵妃鸡吗?太爷鸡,叫花鸡,霸王别鸡,我也吃腻味了。你让小孩子家馋眼,不厚道!"

赵乐鱼唯唯诺诺,故作懵样。韩逸洲嘴角一钩,差些笑出来。他对着赵乐鱼点头,赵乐鱼马上会意,切下鸡腿给了清徽。清徽高兴地接过去。韩逸洲对他道:"清儿,你奶奶来了,现就在槐树下等你,你领她去好好吃一顿吧。"清徽吃得津津有味,听到这个喜出望外,对着韩逸洲点头,就奔出门去。

赵乐鱼道:"这小家伙倒有福气。"

韩逸洲板起脸:"你不在翰林院,跑到我家,为了给我烧只鸡?"

赵乐鱼摇头摆尾:"不是的,逸洲,你好几日没有来。没人叫我练字,也没人骂我,我每天在馆中形只影单,孤掌难鸣,实在……过不下去了……"他说得痛切,只差掺和些眼泪,韩逸洲听了道:"你何时惦记起我来了?"

赵乐鱼揉了一下眼睛,眸子通红,眼泪汪汪:"我在京城没有一点儿依靠,所以可惦记的人也就是你了。"韩逸洲有点肉麻,动了下嘴唇。

赵乐鱼搓搓手,殷勤地给他夹了一块鸡脯肉:"逸洲,先吃一口'贵妃'的酥胸。"

韩逸洲脸色一红:"你少胡说。"

赵乐鱼无辜地说:"贵妃鸡,不酥不上品。童子鸡又是以胸脯肉最嫩,难道我说错了什么?"

韩逸洲无可奈何地顺势吃了一口,咀嚼几下,也不说好,也不说坏。

赵乐鱼眼巴巴瞅着韩逸洲又慢条斯理地拣了一块。他吃着,秀眉只是变换了几下弧度,最后才说:"还可以。"

韩逸洲便问:"赵乐鱼,你怎么来了翰林院呢?你做个厨子倒也不赖。"

赵乐鱼顺着说:"也是,我大姐就是一个厨子。可我生来是千里奔波的命。"

韩逸洲"嗯"了一声,对他说:"你也来吃吧。"

赵乐鱼摇头:"我喜欢看别人吃,厨师最大的乐趣就是望着才子美人们吃他们做的菜肴。"他的意思,恰是恭维。但从他嘴里说出来,又一点儿不带谄媚。

韩逸洲脸又一红,显出和他年龄差不多的可爱来。他吃了几口才吐露:"赵乐鱼,我病已经好差不离了。明日我要回翰林院去。"

赵乐鱼抬头,又垂首说:"逸洲,你把病全养好了再去翰林院不迟。你年纪轻,什么克服不得?你是这般的人,连老天爷也眷顾你,什么难得了你?"

韩逸洲辨出他的口气与平日不同,狐疑地望了他一眼:"你怎么啦?"赵乐鱼叹了声,不再说什么。韩逸洲见惯他插科打诨,他变得古怪,他也不好追问。两个人一坐一立,静悄悄的厨房里,少年光阴就此流过。

赵乐鱼从韩家出来,已经是下午了。韩逸洲到底还是叫他一起吃了鸡,又在客厅里与他讲了些乐理。他对这种知识甚是头大,但又不得不记下。告辞时如释重负。他大步走过长街,突然转身,眼看远处一辆素朴的马车停在了韩府。

韩逸洲家中已经无人应门,按他的习惯,仆人不在,他自己绝对不会去开门。但这日下午他的心情恢复了许多。他觉得赵乐鱼这种人市井气虽重,和他相处倒也乐得轻松。谈笑鸿儒,往来君子,偶尔换种人交往,也有些意思。他自己虽不承认,心里还是盼着卢修来看他。他朋友极少,因此每得到一个朋友,都是情谊深厚。他正在前庭散步,听人轻轻叩门,极似卢修。便快步走去,打开门一瞧,灰衣青年,儒雅潇洒的如月中天。

"逸洲,怎么你自己出来了?你病好了吗?"卢雪泽对他温和地笑道。

韩逸洲一愣,站在门口。卢雪泽回头对家人挥手,又自己跨进了门:"逸洲?别站在风口里,我们进去说吧。"他虽是北方人,说话的口气却十分柔和,有江南男子的气息。

韩逸洲道:"大人亲自来,叫我怎么敢当。大人随逸洲来……"

卢雪泽慈和一笑，跟着韩逸洲穿过中庭："你家我倒是头一回来，二弟平日总是往这里跑。我们家的卢园，他倒不喜欢，你的方寸园林，果然寄趣非凡呢。"

韩逸洲点头说："大人的家，我倒常去叨扰，我这里比那边，实在相差太远。"

卢雪泽淡淡地说："也是经营几世才成气候的。"

韩逸洲在翰林院中，颇得卢雪泽照顾。但卢雪泽对每个人，都是滴水不漏的好。他的好处，是天然屏风，只有你可以得他恩惠，他的身边你近不了。韩逸洲因为卢修，对卢雪泽颇敬重，又感激他的庇护，生出类似对师长的情分来。卢雪泽近几年，在翰林院事务日少，几乎都在太子身边督促学业，因此韩逸洲同他也没有很多机会单独相对。

到了书房，韩逸洲自去倒了杯茶。卢雪泽亲切请他同坐，他才在一边陪着，有如孩子一般，怯生生的。

卢雪泽一字一顿地说："逸洲，二弟这几天被皇上和太后叫去办差。因此没有能来看你，我知道他的想法，代他过来问候你一声。"

韩逸洲低垂着睫毛，谨慎地说："大人费心了。君子之交淡如水，即使不能经常见面，只要体谅就好。"

卢雪泽挂着浅笑："嗯。我二弟这个人是个怪孩子。大家都只知其一，不知其二。他从小就表面乖，实则犟脾气。你同他处了几年，他是怎样的人呢？"

韩逸洲不明他的意思，只得说："卢修为人心正，品格端方，万岁也是赞他这点的。我和他相处，觉得他对人有些古风。"

卢雪泽不经意似的说："古风？已故的家母常说他是个死心眼。他喜欢的东西，从不舍得碰，也不让别人碰。我记得他七岁的时候，有人送给他一方宝墨。他每天都把墨从盒子里面拿出来看看，又放回去。自己不用，也不许我动。可不知为什么，那墨后来竟然有了裂纹，卢修这孩子就央我去帮他埋了墨。我问：'你最心爱的东西，怎么让我去？'他说：'哥哥,我见不得它坏下去。我心里难过。所以你把它埋到翰林院中的柳树底下,让它与杨柳为伴吧。'"

韩逸洲听得入神,心底泛起一种说不清的苦涩,道:"原来甲秀林的大柳树名叫'墨碑'是有那么个来历。卢修闲来总喜欢站在亭子里望着柳树,却从来没有告诉过我。"

卢雪泽放下茶杯,静静看着韩逸洲:"他是不敢告诉你,对不对呢?"韩逸洲一怔,脑子一片糊涂。他不明白卢雪泽要说什么,只是惶惑面对着他。

卢雪泽更加温言道:"逸洲,二弟的心事你也懂一两分吧?家母和他嫂子去世的时候,都向我提起他在这方面有些痴性,让我由他去。但到底是同胞兄弟,我忍个几年,终究还是忍不住……他一向视你为兄弟,他的前程本来已经要定了,但他这样……你不要见笑,他是状元有什么用呢?成家立业的事都做不来。逸洲,你可要劝劝。你的话恐怕他还会听。"

韩逸洲的手指冰凉,血液都凝固在血脉之中。他一步步顺着卢雪泽的思路,方才体会到世上最厉害的人是如何的。他不用变脸,不用讲一个难听的字眼,给足你台阶下,却断了你的下文。他是卢修的亲哥哥,无论如何也是为了卢修好。韩逸洲定了神,面子上也不透出来,只是笑着说:"我驽钝,还是听不太懂。但我与卢修,虽是朋友,但有的事我不便管他。再好的朋友,私事总是人家的私事。我能揣测什么?"他这样说,已经把自己和卢修的关系泾渭分明。卢雪泽似过意不去地点头,又怜悯地望向他:"逸洲说得好,二弟有你几分的透彻,我还忧心什么?"韩逸洲耳心直跳。

卢雪泽望着书桌上的一方彩石:"这是洛阳带回来的吗?逸洲,两年前你与东方、老魏一起去洛阳办差。老魏提起,你和东方两人都看好这块石头。今天我亲眼看见,是件宝贝呢。这样奇石,也只配你喜欢。"

韩逸洲浑身颤抖,忽然连耳垂都红透了,再想压住眼泪,但还是不争气地涌出泪花。晴天霹雳,他的隐秘就这样被人轻易点破,而且,对方还是翰林院的学士、卢修的兄长!他与东方的关系,本是道不明纠葛,而且回京两年中,二人幽会屈指可数。他做事机密,以为既然卢修都未曾察觉,其他的人更是想象不到。现在看来,他一直在自欺欺人。卢雪泽,哪里是可以瞒得过去的?

他觉得天旋地转,自己的幼稚、阴暗、愚昧都现出原型。他不是富甲一方的洛阳才子,也不是瑶池里纤尘不染的莲花。他是个无处可逃、无家可归的可怜人。

卢雪泽扶住他:"逸洲,你的病还没好,也乏了吧?我给你配了些补身草膏,你让人煮了调养调养。"

韩逸洲脸色苍白如纸。他闭上眼睛许久,才有气无力地笑一声:"谢谢大人。"

第十九章：卢家双璧橘楼谈心

卢修傍晚才回到卢园。他踏着残阳的影子，顺着通幽曲径往卢家的书楼"橘楼"走去。他自小极喜欢走这条路，慈竹春荫，古松藤系，仿佛世上的烦恼皆可抛却脑后，只剩一片隐士情怀。记忆深处，他的哥哥在那里总是燃着一盏明灯。

一个十岁左右的男孩在楼口的橘树下一转，又不见了。卢修一笑，加快了步子。他蹑手蹑脚地上楼，拦腰抱住正在踮脚寻书的侄子卢涉。

"叔叔！"他一见卢修，就黏上来。

卢涉是独子，还不满十岁，就出落得雪团一般漂亮。他的穿戴都是卢雪泽亲自照管。此刻配一身竹叶滚边小白袍，头上一顶特制的小儒生冠帽。卢修故意唬他："好啊，涉儿。卢家男子不到十二岁不能进橘楼，你都不记得了？"

卢涉凤眼一眯："二叔，你不要告诉爹爹。书房里的现成书都不够我看了。我等不及爹爹回来……所以……"

卢修俯身说："你这是第几次偷入橘楼了？要给大哥发现，他肯定罚你。我十一岁的时候就进过这里一次，动了大哥给先帝治病的药具，好像是有生以来唯一一次见大哥发脾气。"

卢涉道："爹爹忒严。他不许我入书楼，自己晚上在楼里点着灯，人却不在。"

卢修诧异："有这种事儿？"他知道卢雪泽十分爱护藏书，因此特为小心火烛。卢涉说的情形,他是一次没碰见过。

卢涉颇有小大人的样子,胸有成竹地答道:"我小卢公子怎么会骗人?翰林院杀人的那天夜里,爹爹说要在橘楼忙些事儿,先哄我睡了。我做了一个噩梦,心里怕,就跑来寻爹爹。我在楼下叫了几声,爹爹不应。橘楼附近又是不许家人来的。晚上林子里有怪鸟叫,吓死我了。我大着胆子上来一看,爹爹根本就不在。"

卢修摇头:"你别是做梦吧?"

卢涉贴着他耳朵说:"叔叔,你可别说出去啊。我在楼里等了一会儿爹爹,居然睡着了。等醒来也只有我一个人。我这才想起来我们家的规矩。就拿了本配图画的谢灵运诗集回屋子去了。诗集现在还压在我的枕头下面呢。"

卢修沉默了。童言无忌,卢涉是个聪明纯良孩子,犯不着在这种事上撒谎。他想起来韩逸洲的事,突然理解世上人人都有几分难言之隐。他的大哥……当然也有不便于公开的想法。对着侄子,他只是拍拍卢涉:"你爹爹忙里忙外,不能全顾得上你。你一次侥幸逃过,还不感激上苍,倒敢说自己的爹?"

卢涉也笑:"我才不是说他。我最喜欢爹爹,我将来和叔叔一样考中了状元,保证会对着爹爹说我在橘楼偷书的事儿。他也肯定不会怪我啦!"

卢修摸摸他的脸:"涉儿,你拿了书就快点离开。祖宗的家法也要敬重。吃晚饭以后,咱们叔侄俩一起温书。"

卢涉高兴起来的样子,同曾经的卢雪泽一个模样。卢修长大了,哥哥还是微笑,却几乎不见他真的开怀。他不开心,也不伤心。他的心河似乎是静止的。还好卢修催着卢涉走,过不多久,卢雪泽就上了橘楼。他还没进门,就定下来笑着说:"二弟,你今天去看花,回来得倒早。"

卢修打起精神答道:"大哥,你是打翰林院来吗?"

卢雪泽微微一笑:"不是的,我去看了看韩逸洲。"

卢修听到,即刻站起来,嘴唇动动,又坐下去。

卢雪泽说:"他的精神不大好,病倒无妨。我给他送去了些药膏,也告诉了他你最近挺忙的。"

他这么坦荡说明,别说卢修,任谁也想不到韩逸洲会因他拜访而伤了心。卢修心下对大哥感激,就老实说:"万岁要我放下翰林院的案子。"

卢雪泽当闲事一般听了,道:"好事啊。"

卢修问:"怎么是好事?我是大理寺卿,这样的案子为什么不让我经手呢?而且我已经开始查了……"

卢雪泽不慌不忙地劝他:"翰林院的案子,明显是个漩涡。这种案子,可能牵涉许多人,许多事。你办不成,是你无能。你办成了,说不准得罪了人,及早脱身,不是最好吗?"

卢修和兄长向来坦诚相见:"大哥你这么说?人人都乐得干净,谁为朝廷分忧?"

卢雪泽笑了笑:"二弟,为朝廷分忧有轻重,不是让你大材小用,去调查个把死人恩怨。万岁向来喜欢断狱,但面对边疆安危,民之生计,他能做多少呢?卢修你是个经天纬地的人。大理寺本来是你摆渡之处,将来你要放眼天下,位当执政才可。"

卢雪泽言语间一向都对卢修充满信心,如今天这般踌躇满志,对着二十冒尖的弟弟提到"执政"的位置,还是第一次。卢修愣了愣,接着说:"我总是辅助大哥你的,若要执政,也不会先轮到我。"

卢雪泽用手指按了按自己光洁的额头,一字一句地说:"二弟,我的想法与众不同。要说当宰相,又有什么了不得?但培养一个千古良相,是功德无量,也是福泽百代的事。我卢家世代食禄,到了你手中,我希冀着更上一层楼……"卢修不知怎么回答,全神贯注地听他哥哥的话。

卢雪泽在屋里走了几个方步,又添上几句:"二弟,有的事我也不能和你明说,但你要有分寸,也要有胆量。分寸是放在把握万岁的心思,胆量是用来抗衡妒嫉之群僚。推断、流血、抓犯人,是小人物的事。"

卢修警惕环顾四周,天色已黑,他才轻声说:"大哥,搬倒方纯彦的父兄以后,朝廷里几乎已经没人斗狠了。"

卢雪泽转身,悠闲无限地点灯:"他的父兄,确实有把柄,我……又没出面。当然全国官员中贪污的人多了去,万岁不过想拿人开刀而已。但说起来方纯彦被万岁留在翰林院,出乎我的估算。他虽然是比你早一期的状元,经此一劫,也就不能翻身了。我每每见到他的书法,深为他可惜。他有那样的父兄是他不幸。我总以为,我不杀伯仁,伯仁因我而死……"

卢修一动不动,低着头。卢雪泽借着灯,瞧了瞧他的脸色,又笑了一笑:"不说这个了,我们与小家伙吃饭去!"他拉了一下卢修。他们行到门口,只见一个黑影在橘树底下。卢修见是家人卢四,他手里还捧着一个盒子。"老爷……"卢四叫了一声,似乎进退两难。

卢雪泽注视卢修的眼眸,朗声说:"糊涂,二爷在有什么?你只管回话。"

卢四应了,过来呈上盒子:"定制品完成了,小的今天去付清了款子,把它给老爷带来。"

卢雪泽点头:"知道了。"他接过盒子递给卢修,"一幅画而已。"

卢修有点好奇,毕竟卢雪泽定制的画极少。他趁着柳梢之上的月色将画卷展开:一个少侠在画中面带微笑。他的形象光彩耀目,俊爽有风姿。持剑的姿态,随意而优美,真是以白云为心,以沧浪为趣。卢修与少年冥冥中似曾相识,恍惚觉得他要走出画来,走到他们的生活中来。

卢雪泽帮他将画卷好:"你看出来是谁的手笔?"

卢修不假思索:"当世除了翰林院的何有伦,不做第二人想。"

卢雪泽道:"我要他的画是一句话的事。因此自己出面反而不好。这画不过应个景,当收藏搁在家里吧。"

卢修对图画并不特别有兴趣,见哥哥打开柜子,把那张画放到一大堆古卷之中,不由叹息了一声。卢雪泽慈爱地望了他一眼,似乎知道他的心声。

好人,好画,虽不蒙尘,也见不了天光。

第二十章：春日精英邂逅时

徐孔孟今天起个大早，由书童织绣扶着下地走走。翰林院说穿了，并不是桃花源，到了天亮以后，各色闲杂人等出入。他是爱美之人，中毒之后肤色比过去晦暗。他连着好几日白天吃血燕银耳汤，晚上珍珠粉涂面，都没见效。按他的性子，只有赶着黎明的时候才肯活动活动。

织绣忽然叫了一声："公子，猗兰馆门上挂着什么？"

徐孔孟伸长脖子："是个人吗？"

主仆二人走近了一看，果真是个人。这人从屋檐上倒挂金钩，正在猗兰馆的小天窗上擦拭。哼的小曲，只有牛蝇飞舞可以形容。一块村姑才用的大蓝花包头布。因为他大头冲下，活像蝙蝠精的两只大耳朵。织绣捂嘴笑道："公子，赵翰林好本事！"

徐孔孟道："他能这般挂着，真有几分厉害！"

织绣正要附和，赵乐鱼听见了他们的话声，招手叫道："徐兄，织绣，早……"他一句话还没完，一只脚悬了空，他哇哇乱叫几声，抓住了自己腰上的一根大草绳。徐孔孟摇头笑道："还好没有把绳子挂在脖子上！不然又是一条人命。"

赵乐鱼提着满是灰尘的抹布，直叫："放我下来！"

织绣急忙从屋里搬了凳子，好一番折腾才帮着赵乐鱼落地。

"赵翰林，你怎么上得去，下不来？"织绣好笑。

赵乐鱼苦着脸，蓝花布"耳朵"耷拉下来："我让更夫王老三帮我爬上去的。"

织绣说:"王老三脑子不好,怎么也不能把你倒吊上去!"

赵乐鱼挤眉弄眼:"他……脑子不灵吗?他夸口说杨翰林被杀那夜,多亏了他作证,卢状元和我们韩修撰才没了嫌疑呢。"

徐孔孟道:"酒鬼的话,真不真——难说。怎么,韩逸洲要回来了?"

赵乐鱼说:"是啊,要不我大清早跑来打扫什么?昨晚上善财童子先驾到,报告我恭候韩大人的大驾。"

徐孔孟笑了笑:"他?我记得多年前他父亲那种天下首富的排场,才叫人大开眼界。十二年前韩家在洛阳宴请皇太子,也就是当今皇上。我们父子也去了。韩家厨子烧一盘凉菜,足用了三百条活龙鲤为料。"

赵乐鱼张大了嘴,徐孔孟解释说:"每条鲤鱼只取嘴上两根鲤鱼须而已。"

赵乐鱼道:"不得了!韩逸洲的钱,难道比皇上还多?"

徐孔孟摇头:"皇上三宫六院,儿女成群,哪怕富有四海,也开销大。韩逸洲现在孤身一人,只怕不当翰林,也能当财神了。"

赵乐鱼点头:"徐兄,翰林院的银钱出入,有没有经手人?"

徐孔孟说:"当然是有的。翰林院虽然是皇家衙门,书香圣地。偶尔也帮人做些事收些资费,维持甲秀林的庭院。学士大人这几年,都交给了老魏做。"

"魏宜简?"

"是。老魏的账目一清二楚,我也佩服得很。"

他们正说着,一个修长而美姿仪的人从远处匆匆走过。他似乎也看到他们,却连招呼也不打,昂首径直去了。

赵乐鱼自然认得他是状元方纯彦。

韩逸洲蜷缩在轿子中,手脚还是冰凉的。虽说是春天,但明媚鲜艳似乎与他格格不入。他是极要面子的人,本来对翰林院已经存了失望与厌烦之心。有心躲回洛阳去。又害怕别人议论他的入狱与是非,且不愿意卢雪泽以为他一蹶不振。所以，他咬着牙齿来了。他才下轿，赵乐鱼迎过来，笑脸和大朵葵花似的："逸洲，你来了？"他望着赵乐鱼，浅浅一笑。

"我把屋里屋外都打扫干净了……"赵乐鱼不忘表功。韩逸洲安静聆听着，跟着他往猗兰馆去。

经过柳树荫时，韩逸洲脸色忽然死白。原来，东方谐正从桥那边过来，宫中的一个小宦官捧着他的围棋盒子。东方谐望到他与赵乐鱼，笑如春花绽放，慢慢走了过来，也没有避开的意思："韩大人早。"

韩逸洲如骨鲠喉，生怕赵乐鱼看出他的异常。他与东方谐擦肩而过，却不能心平气和地问候一声。这时，他听到脑后的赵乐鱼道："东方大人，我有话对你说。"

东方谐站住了。韩逸洲不知道赵乐鱼要闹什么。他回头也不是，干站着也不是，局促地摸着玉佩，心里悔恨交加。

赵乐鱼笑着，口气十分坚定："东方大人，韩大人病了好几日。飞云阁里编书可一直没有停下。现已近尾声，不是吗？除了徐兄，你身边还有何、魏两位大人。昨天我与学士大人说：等徐兄回去了，是否调一人过来分担韩大人的书务？学士让我来问你的意下如何？"

东方谐眸光流转："我是无可无不可的。韩大人眼界极高，不知道看得上我手下哪个人？不过，何有伦配画正是关键，一刻也离不开。魏编修倒可以两头跑。他妻子卧病，时常开溜，未知韩大人能否体谅？孔孟与我曾说，他最怕韩大人给他脸色看。他这回大病初愈，先让他心里缓一缓吧？"他这样说，无视韩逸洲到了极点。连宫中小宦官也抬起眼皮偷看了一眼韩逸洲。韩逸洲身子颤抖不止，俊朗的容色，因为郁气凝结，如秋残霜荷。他本有心说几句，却不忍心对东方恶语相向。他与东方断绝，考虑了大半年的工夫。半年里，他对东方的一份心，日日黯淡。伤痛早已经如砒霜，散入五脏六肺。若说是新病，也是个陈疾了。但他总念得当日的恩情，觉得两人分开后，若说对方一句不是，非但对不起东方，也对不起自己的一份真情。

赵乐鱼呵呵笑:"韩大人眼界不高,万岁能让他去编音乐集成?阳春白雪,能把我们这种下里巴人编进去?我来翰林院好些日子了,不知为什么,韩大人的脸色,我是越看越喜欢看。真乃一日不见,如隔三秋。翰林院里人的脸色,红蓝绿黑,和东方大人家乡四川的变脸似的,东方大人,是不是?"

东方谐姣好的眉眼间闪过一丝厉色,道:"韩大人好福气,才不过几天,把赵翰林心都留下了。无论如何,皇上亲自拨了这几位编修给我,韩大人要任何一个,都该亲自对万岁去说。韩大人财力显赫,要找人,非要我飞云阁的人吗?"

赵乐鱼接茬:"东方大人,你当真不肯?"

东方谐抿嘴一笑:"还有假吗?我只管飞云阁的事。"

韩逸洲突然停住颤抖,回头直勾勾望他,不是愤慨,也不是难过,竟然毫无表情。

赵乐鱼哈哈大笑:"那太好了!我就盼着你不给呢!"

东方谐与韩逸洲俱不明所以。赵乐鱼拉过韩逸洲说:"卢学士已经讲了,如若东方大人不肯放人,那就把方状元调来编书。这样人尽其才,又不干东方修撰的事,又助了我们,岂不好?"

赵乐鱼盯紧了韩逸洲的眼睛,过了一会儿,心下才一松。

韩逸洲有几分高兴,他轻声问:"真的能把方纯彦调给我们?"

他眼角扫到东方谐,又沉了心,低头看自己的脚面。

东方谐自不痛快,但他的美如西子湖水,总是相宜。他的眼色犹带几分轻慢,脸上慢慢露出微笑:"好啊,恭喜韩大人了。赵翰林,你小小年纪能体察人事,也是前途无量啊。"

赵乐鱼亮晶晶的眼珠子都乐成了桃花朵朵开:"感谢修撰大人,托大人的福。"他说完,居然没轻没重地推了韩逸洲一下,"韩大人,我们走吧?"

韩逸洲如木偶一般,被他推活动了。东方谐脸上似笑非笑,同着小宦官一起走了几步，问他："万岁爷平日里喜欢吃鱼吗？"

小宦官不假思索："不喜欢！万岁顶讨厌吃鱼。"他瞧清楚东方谐绝艳面孔，不知怎么心里一寒。

韩逸洲一直到了猗兰馆，才叹气说："赵乐鱼，你兴师动众做什么？方纯彦学问固然极好，但第一，他未必肯来；第二，万岁未必高兴；第三，飞云阁未必满意。"

赵乐鱼仰脖子喝了些水，道："……逸洲，你以为我不知道？这次编书好坏，直接关系到大家的位置。这年头光闷头做事，谁知道你的辛苦？东方大人编书，书还不成，大街小巷便传开了。明摆着他们自己率先传到民间的。你就知道写啊写啊，舆论懂不懂？"

韩逸洲惊讶："你什么时候也研究上这个了？"

赵乐鱼不答，一把捉过他的手腕："怎么破皮了？"

韩逸洲才意识到，他刚才背对东方的时候，把自个腕子掐出了血。

韩逸洲连忙将手藏到背后，尴尬地说："不要紧的。赵乐鱼，你怎么会打起方纯彦的主意？"

赵乐鱼问："我好奇！十分想了解那位状元书法家。逸洲，你怎么看他？"

韩逸洲说："他对人向来都是特冷淡，我与他没有私交。不过我偶尔去闲远楼寻书，若真心请教他些什么，他都肯解答。他这个人，有几分骨气。"赵乐鱼若有所思，不断点头。

韩逸洲郁闷也渐渐散了，强笑道："赵乐鱼，不必为我担心。我家上三代，都是一品官衔的巨贾。到今日我洛阳总账房也管着韩门千万产业，因遵照父亲留下的话，我每旬都亲自审视洛阳报上的账目。编一本书并不怎么太累，我可以应付。"

赵乐鱼随即说："逸洲，你别不高兴，我看你有些书痴气。"

韩逸洲坐下，摊开一本乐谱，半晌才说："我不真傻，只是不忍……而已。"

赵乐鱼在边上磨墨，好半天笑着炫耀："我这几天每天练习调墨，大人品评一下？"韩逸洲也没真看进书去，他正要开口，门外有人声。

"韩大人在吗？"魏宜简迈了进来，神色恭敬。韩逸洲站起身："魏编修。"

自从赵乐鱼入了翰林院，他是第一次来猗兰馆。赵乐鱼叫他一声："魏兄。"

魏宜简直接绕过他，对韩逸洲低诉了几句。韩逸洲仔细地听了，瞅了一眼赵乐鱼："魏编修，既不方便对着别人讲，我们可以到猗兰馆里间去谈。"

第二十一章：天之骄子他乡老

赵乐鱼撇了撇嘴，等他们进了里间。他正打算故伎重演，凑过去听壁脚，恰闻到一声咳嗽。他一转身，一位从未谋面的青年官人伫立在门槛边，丰采端丽，华茂春松。他颇有卢雪泽的风采，又较为清淳与年少。

"原来是你！赵乐鱼？"那位官人说，好像他已经见过赵乐鱼似的。

赵乐鱼听到他的声音，发现他腰间佩有一枚大理寺长官的麒麟官符。他心中想：这就是状元卢修吗？猗兰馆内，魏宜简已经表明来意，就等韩逸洲的说法。韩逸洲秀气的耳朵动了一下，神情惘然。

"韩大人？"魏宜简试探唤道。

韩逸洲一耸肩，平静地说："这事也不难办，你明日拿我的名帖到京西的万里钱庄，先支……四十万两吧。"

魏宜简身子一震，愈加恭敬地说："大人，只需二十万两。"

韩逸洲点头："我知道，但我指望事情补救得漂亮些。对我来说，四十万两与二十万两也差不多，但对……魏编修，你尽管去支好了。"

魏宜简木讷脸上闪过一瞬喜色，道："大人既如此说，宜简恭敬不如从命。我按照大人的话去办事了。"

韩逸洲拖上一句："好，只是，魏编修不要泄漏给我这里的'别人'知道。"

魏宜简知道他指的是外头的"鱼"，乘机添油加醋："他这人不正经得很，放在大人这里对编书无益，总是累赘……"

韩逸洲眉眼纹丝不动,语气不耐地打断了他:"我不嫌他累赘!我只说一句:方状元三天之内,定要过来助我。"

魏宜简与他打交道长了,知道他的喜怒无常,说得不凑趣了,会打发人走。因此他赶紧起身告辞:"好,大人不要送我了。"

他话虽客套,但韩逸洲稳坐太师椅,呆呆地凝望墙壁,毫无相送的意思。魏宜简心里自叹:人算不如天算,自己光会算人有什么用?人各有命,他年近三十还在小字辈前俯首,韩逸洲此人……不到二十,因为生在那般的人家,已经连皇家都要礼让。哎,撼山易,撼韩逸洲难。金字翰林里面的苦楚,翰林院里错综的关系,朝廷内的钱与权之争,外面的人……哪里知道?

魏宜简走出内室的走廊,望见了外厅的卢修与赵乐鱼。赵乐鱼正在胡扯,卢修好脾气忍受着。他忙点了点头,对卢修笑道:"卢大人,回翰林院来看看吗?"

卢修谦和地站起来:"魏兄,好久没见你了,尊夫人的病好些了吗?"

魏宜简道:"还那样。亏得卢状元问候她,我回家告诉拙荆,她一定高兴的。"

卢修直送他出了大门,与他叙了几句家常才回身。赵乐鱼凑过来问:"卢兄,他一直来找逸洲吗?"

卢修听他直呼逸洲,稍微意外,但他保持涵养,微笑说:"也不常来,逢年过节,或者每月中旬,他都来几次。多是与逸洲商量分配笔墨纸砚的事。他管翰林院的账嘛。"

赵乐鱼不以为然:"逸洲还在乎公家的分配?"

卢修摇首:"这不是逸洲在乎或不在乎,是有关体面。一个人即便天下首富,当了宰相,难道不需支取薪金吗?一味矫情,自命清官,别人未必有好口碑。"

赵乐鱼点头:"这话对头。卢兄,你上次来猗兰馆,我顺便听了你和逸洲讲话,并未见到你本人。都说大理寺卿与我们掌院学士天生兄弟,一点儿没错。"

卢修道:"我哥哥对你的印象不错。逸洲这人,刀子嘴豆腐心。日久见人心,你跟着他算跟对了人。"他望着赵乐鱼,寻思着那幅画,总觉得有些蹊跷。某种机关,又不是他的揣测范围之内。赵乐鱼墨黑闪亮的瞳子,佻达磊落的面容,在见面的瞬间,似乎引起他一个久远记忆,但想来想去,终于还是模糊了。他正寻思,韩逸洲走了出来,秀丽如雨雪初晴,即使给人轻轻寒意,也涤人心尘。

韩逸洲见了卢修,淡淡一笑,好像他在金殿题名时候与他初见。

赵乐鱼注视韩逸洲的笑容,感到古怪。这笑没有一点儿杂质,好像还盼着卢修来见他一般。

韩逸洲轻快地说:"卢修,你终于来了!"

卢修没料到他那么活泼,道:"我前几日……忙。大哥去看了你吗?"

韩逸洲又一笑:"嗯,学士送我药膏,我服了,精神好了许多。这边气闷,我们一起去甲秀林走走?"

卢修答应了。赵乐鱼低头托腮:"我也气闷啊,大好青年埋在故纸堆里。"

韩逸洲回眸:"赵乐鱼,孔子曰:三人行,必有我师。我与卢修两个散步,是友人。加上你,就变成师徒。以后吧。"

赵乐鱼傻乎乎地瞪着眼睛。韩逸洲拉着卢修的袖子,走进了春日明媚的阳光。赵乐鱼的脸藏在大片的阴影下,不知为什么,轻轻摇了摇头。

卢修和韩逸洲步行到柳树之下,韩逸洲突然笑出声:"卢修,你喜欢柳树吗?"

卢修道:"谈不上喜欢。"韩逸洲笑靥粲然,卢修有快两年没有看到他这种笑法了,一时忘词。

韩逸洲道:"卢修,我总是你的好朋友,不该骗你。我以后若出去,也叫上你一块,听说京里有些姑娘色艺双绝,十分不俗。我信赖你,犹如兄长,你若不愿意我去,我可以保证不混迹烟花之地。因为那里终究不是久长之计。我父母都没了,家业还是在的,你们在京交际广阔,帮我选一个好人家女儿吧?可好?"

卢修脸色红里透白,脑子嗡一声,不知道怎么回答。

"逸洲,我……要说的,你真不懂?"卢修问他。

韩逸洲还是微笑:"卢修,莫说笑了。前两年我还小,你和我亲近些没人笑话,现在不同了,别让人误会了你卢家与我韩家。"

卢修痴立在柳树下,韩逸洲眼看嫩绿柳枝随风抽打在卢修的官帽上,又说:"卢修,我不急。你慢慢物色吧。无论如何,我信任你。"

他语气柔和,但卢修的脸色,让他不忍心看下去。

韩逸洲故意踱到池边,只见一池春水如皱。他突然记起一句:洛阳城里春光更好,洛阳才子他乡老。原来首先老尽的,是他的少年心。

第二十二章：状元郎心中事

韩逸洲与卢修，足足在甲秀林站了一个时辰。哪知全被赵乐鱼尽收眼底。赵乐鱼自然不会隐身术，但他此刻所站之高楼，视野开阔也是事实。

"你还没有看够风景？"一个冷冷的声音问。

赵乐鱼嘻嘻地回头，白衣男子不悦地逼视他。

男子的额角，鼻梁，眼唇，都有优美的弧度，只是缺乏血色，冷峻如三九之冬。

"方状元，你我快是一个屋檐下的同僚了，能不能客气一点儿？"赵乐鱼建议。

方纯彦冷笑一声，丢下墨笔，沉默许久，才开腔："赵乐鱼，你别以为我不知道你的主意。"

赵乐鱼等着听方纯彦的下文，但方纯彦扫了他几眼，就不再与他说话了。方纯彦自己端坐一把椅子，屋里还剩下的一把椅子——在赵乐鱼来访的时候，被方纯彦用来搁废纸了。

赵乐鱼脚都发酸，忍不住道："状元哥，你怎么光打雷不下雨呢？"

方纯彦白皙的脸上更显出清高，仿佛赵乐鱼不过是一只蚂蚁。

赵乐鱼吵吵道："状元哥哥，你今天不说清楚，我是不会走的。什么叫算盘？我苦命罢了，本来韩大人就没什么热气的，现下你这样的冰山又要搬过来，我这条鱼还能活吗？"

方纯彦脸色微忿："世间不能活的人多了，你有什么特别之处？"

赵乐鱼傻乎乎地盯着他看。方纯彦冷笑了一声："你装疯卖傻吧！自从你进了翰林院，本已经平静下去的翰林院生出不少事端。看不出你年纪不大，才学不厚，倒会走钻营的路子！"

赵乐鱼用袖子擦了擦鼻子："这话怎么说的？"

方纯彦一边往书籍里面夹条目，头也不抬地说："你这样的人，既没有三甲的身份，又没有徐孔孟那样的后台。能够靠的只有削尖脑袋一条路。你现下稳住了韩逸洲，讨好了卢学士，拉拢了徐孔孟，仅仅差一招了：打击我或别的人。"

赵乐鱼无辜辩解："奇了！我为什么非要打击你？"

方纯彦哼了一声："这翰林院除了我，都是有靠山的主。我要是你，也会挑我这号冷板凳下手。我在藏书楼，是个丢在箱子里的棋子，好坏都不干我的事儿。我去了韩逸洲那里，变成个卒，编成了书，我不过是末几天去的，以万岁对我的印象我绝对不会邀功半分。若出了一点儿纰漏，则我与韩逸洲同责，学士大人也可顺水推舟去掉了我。"

赵乐鱼眼皮一跳："我亦不知学士为何忌讳了你？你非要说我这般，我真不认，信不信由你。"

方纯彦把书推到一旁："学士大人？他从不犯错。我不受待见，自是我不善经营人缘。我也并不说学士，就说我明儿死了，翰林院里谁会惋惜一声？"赵乐鱼眉头一皱，压下了话没说。他沉思着，好久才对方纯彦说："方大人，翰林院中的杨编修惨死，你惋惜了吗？那天徐兄中毒，请问你在什么地方？"

方纯彦一愣："我在书楼。"

赵乐鱼似宽容一笑："嗯。方兄有所不知，那日飞云阁出事，因为闲远楼离飞云阁近。织绣小童怕叫学士耽误了时间，先来了这里找你。你并不在，卢学士则是织绣在路上碰到的园丁先去通知的。"

方纯彦脸色更加苍白："你们那天叫我做什么？"

赵乐鱼道："为什么？因为你懂得医术，而且不是懂一点半点。我是已经知道了的。织绣在翰林院好几年了，自然也是知道。"

方纯彦的眼睛似流质黑白水晶："啊，你果真'练字'去了。"

赵乐鱼好像不解弦外之音，露齿笑道："千古是非心，故园情难解，飞花逐水流。你随便写的也都是药名。远志，当归，香附？都是妇科解热之药，方兄你不仅给自己看病，还替人治病，不是吗？"

方纯彦扬起下巴："你既然那么能猜，我也不必告诉你究竟如何。徐孔孟出事的时候我不在，怎么样呢？我和他本不熟，就是我在，未必肯用下刀子的法子救他。"

赵乐鱼蹲下来："一点儿不错，我可不能管你的闲事。但方大人，我并不想拉倒你。翰林院人人平衡，动了一点儿势力，其他人也跟着变化。我如果要绊你，你前天晚上去京城的某处做了什么？"

方纯彦心潮起伏，一时怒道："你跟踪我？"

赵乐鱼摇头："我可没有，我不过凑巧碰见你出门罢了。再说我一直好奇你究竟给谁看病来着。你家里的娘子，身体康健不是？听你清贫，家中除了妻子儿女，只有一个老女仆。看你袖子上新缝上的竹叶图案，好别致，针脚麻利。上了年纪的女人哪儿有这样的气力？你的身形，哪怕换了装也不会变的。因为韩逸洲没来，前日我很早空下，不过跟着你走了一段路，发现你去了京城一处小园，夜晚的时候偏门进出人不少，且男女老少都有些。其中有三个人，出了院子就去了药铺。其中一张方子我看了，并非你的手迹。你也不想让别人知道你参加了景教会不是？"

方纯彦再也拿不住笔："景教崇拜天神，与皇道有何牵涉？"

赵乐鱼捧住脸："你不要激动，实际上我也参加了你们的'小舒园'教会了。你看名册上新近的有个叫肖欢的人，便是我了。我不觉得有何不可。但万岁在十年前九鹰会后，就特别讨厌民间结社，你不知道？"方纯彦直视着少年的脸庞，他的大眼睛睿智，并没有方纯彦所熟悉的黑暗气息。他叹息一声，转开了脸。

赵乐鱼从闲远楼下来，已经过了中午，因为春盛，天气转热。他出了一身汗，口渴不已。远远看见了柳树下面，韩逸洲还凝然站着。现在就只有他一个人了，消瘦的影子落于满庭芳华之阴处。

赵乐鱼望天喘了口气：翰林院啊，翰林院，早晚得给你窒息死。怎么个个都是这样的怪人？他大步流星，一句话不说，拉着韩逸洲就走。

韩逸洲回过神："你干什么？"

赵乐鱼也不答话，他脚下飞快，带着韩逸洲跑起来。桃花竹林，都如掠影在他们身后闪过，韩逸洲被拽得胳膊疼痛，要叫住他也喊不响了。到了甲秀林角楼边的一片茵茵草地，赵乐鱼甩开韩逸洲，眼睛望着蔚蓝的天空。韩逸洲上气不接下气，捂着胸口："啊……你……你……又疯了……"他嗓子里血腥气直冲，从树荫下转换到阳光灿烂之地，眼前一片白炽。

"你别怪我，这样跑着跑着，你心里就少些郁气。"赵乐鱼说，"放心，方纯彦会鼎力助你编书的。"

"你知道什么？"韩逸洲喘了半天，问他。

"逸洲你应该问：翰林院有什么给我知道的？"赵乐鱼笑容毫不褪色，两腮红润，"马上是宫中会了，但愿风平浪静才好。"

赵乐鱼大约是翰林院里唯一盼着宫中翰林会的人，因为他很快可以知道得更多，也可以很快见到那个天下至尊之人。

第二十三章：梨花台各展风流

"闲洒阶边草，轻随箔外风。"韩逸洲冠冕堂皇，站在宫城的梨花树下，轻声吟咏。不管人心如何，春日景象万千，会把小我化于大自然中间。忽然，梨花后冒出一个脑袋："黄莺弄不足，衔入未央宫。嘿嘿，我也知道是王维的诗。但黄莺为什么要飞到宫里这种死气沉沉的地方？莫非……偷看美女？"

赵乐鱼接口，他的手指甲顺手在梨花树皮上画了个"鱼"形。

韩逸洲只道："你在这里？何不去宫门口前见学士大人？"

赵乐鱼笑说："刚才我抓蝴蝶，跟着蝴蝶跑，蝴蝶没了，只有你。"

韩逸洲微微一笑，迈步走开。赵乐鱼跟在后面傻笑："逸洲，我们一起进宫！"

长乐宫的门前，卢雪泽早在等候。他的身边跟着徐孔孟、何有伦、魏宜简三人。卢雪泽穿从一品官服，戴着御赐的金蝉翼帽，恰似常在春风中人。

"逸洲，赵贤弟，既然大家到齐了，我们一块儿入内吧。"他点头招呼。

韩逸洲默默走到他背后，各位编修也鱼贯入门。

赵乐鱼一扭头，方纯彦远远地尾随他们，颇有斯人独憔悴之感。

赵乐鱼忽然大喝一声："哎呀！东方修撰在哪里？"

卢雪泽笑而不答。魏宜简白了他一眼。韩逸洲面无表情。倒是徐孔孟说:"他?不用等他了。"

翰林们拾阶而上,登临长乐宫的梨花台,卢雪泽体贴地扶了一把韩逸洲。赵乐鱼眼前视野顿时开阔。

卢雪泽说:"此台北据高原,每青天雾景,视终南山犹如指掌。"

韩逸洲也解说道:"名为梨花台,是因为这台下梨花雪海。"

赵乐鱼啧啧赞叹:"好地方啊!要不是当了翰林,我今生无缘这里了。刚才我心中遗憾,以为看不清传说里的宫中妹妹,现在登上此地,各宫路坊,一目了然,果然美女如云!"他说得动情,馋涎欲滴。

卢雪泽咳嗽几声,把他往台里拉了一拉。韩逸洲也威吓他:"赵乐鱼,你不要在梨花台上写什么到此一游的字样,可是死罪!"

赵乐鱼还不死心,踮着脚尖张望。韩逸洲因他是自己的下属,恨铁不成钢,牙齿又作痛起来。

正在此时,皇帝周嘉已然驾到。赵乐鱼跟着大家一起行跪拜之礼。周嘉绣着龙头的朝靴晃到赵乐鱼的膝盖跟前,又移开了。等叫了"平身",赵乐鱼才发现皇帝背后侧立一人,韶靓可喜,美目盼兮。那东方谐与他眼波交汇,眼神戏谑,面上庄重。

"各位卿家,今天的春日诗会无须多礼。本来想作诗,但朕又嫌作诗老套,大家不如各展其才。朕出一个题目:半个时辰内,各人交上份有关的雅作,就可以下台到长乐宫内参加宴会。胜出者朕赐给手中太宗皇帝亲书御扇一把,各位意下如何啊?"

众翰林就算不喜欢他的主意,也不可能说不好,自然遵命。

周嘉桃花眼一挑,轻轻击掌,宦官们给每人面前抬上一张小桌子,笔墨纸砚均有。

周嘉轻摇扇子,随口吟道:"朕试诵兰亭序一遍:永和九年,岁在癸丑,暮春之初,会于会稽山阴之兰亭,修禊事也。群贤毕至,少长咸集……"当世之风,吟咏每个音节都有讲究。周嘉中气十足,嗓音优美,众人如身临其境。

皇帝一念完，东方谐先说："臣好了。"

他已经书写了一幅行书兰亭集序。他方才并没有坐下，左右手都执着毛笔，匆匆写就，笔迹却流畅清俊。

周嘉赞道："东方不仅快棋，而且快书，真是快人快哉！"话音刚落，韩逸洲从袖子里面取出一支碧玉短笛，即兴吹奏。音乐清扬，连鸟儿也徘徊不去，他不用语言，那春日兰亭的景象历历在目。

一曲完了，韩逸洲眼眸清澈："万岁，这是臣听万岁吟诵时候谱的新曲，名字就叫兰亭颂。"

东方谐笑着盯着韩逸洲，对周嘉说："万岁，后生可畏，韩大人出新思，自然占了上风。"

韩逸洲听他说话，转头去看卢雪泽。卢雪泽道："万岁，逸洲乃顾曲知音，臣也是老朽，只能记下这个，权当给逸洲陪衬。"

周嘉走过去一看："你记下全谱了吗？"

韩逸洲明白，自己新曲曲调繁复多变，原来估摸京城里杰出的伶工不听上三遍也不能吹奏，可卢雪泽竟已完全记下了乐谱。他拿过来一瞧，半晌对周嘉说："万岁，学士大人一点儿也没有疏漏。"

周嘉更为高兴，凑近卢雪泽轻声说："你当年是神童考试第一，现在还是有当年的神童风采，是老神童。"

卢雪泽当作没有听见，并不搭理。

此时，徐孔孟和魏宜简已经完成了作品。徐孔孟道："臣不聪明，随手做了这个。"他手中是一张叠起的纸头，缓缓展开正是一幅竹林名士图。这本是小家玩意，但徐孔孟手边并无刀剪，只靠手指撕拉做出精巧图案，也颇不容易了。

魏宜简死死板板地说："臣书法不如修撰大人又好又快，也不会其他才能，臣也写了一首兰亭，万岁可以过目。"

赵乐鱼好奇地探头，才发现他写的兰亭，是全部倒过来的。看他的笔势，是从末一个字倒背过来，也还新鲜。他心道：会周易的人心算都强，这魏宜简也许真能掐会算。他又去看方纯彦。方纯彦袖手旁观，竟无一点儿动静。

周嘉扫了他一眼："方编修，你的书法好，也不露一手？"

方纯彦恭谨答道："万岁，臣和其他大人比没有胜算，因此自愧不如。"

再看何有伦，画成了一幅兰亭图，他是丹青名家，不会失手。短短时间，勾勒出飘逸的人物线条，周嘉连连点头。周嘉不多言语，最后走到赵乐鱼跟前："你呢？"

赵乐鱼献宝似的呈上一张纸："我也画了一张画，还配了一个题目。"

周嘉仔细一瞧，忍俊不禁。上面乌七八糟的一大团泼墨，还歪歪扭扭写了两个字。周嘉故意骂他："赵乐鱼，你滥竽充数，戏弄朕吗？"

何有伦和徐孔孟跟着瞅了一眼，何有伦悄悄问："他画的是什么？"

徐孔孟压低声音："不好说，似乎是乌龟。"

魏宜简插嘴说："哪里是乌龟？是一个长着血盆大口的怪物！"

韩逸洲听了，心里稍微有点担心。当初在狱中之时，他曾答应赵乐鱼帮他立足在翰林院，谁知道他在皇帝面前出丑如此，真极难补救。

赵乐鱼不慌不忙道："万岁请看臣的标题：大同。王羲之为什么要写兰亭序，是因为要天地间存有一个'大气'，大人，大量，大国，不是小人，小气，小邦。王羲之为什么要举行兰亭会呢？因为南北不统一，众人喝酒玩风雅是表面，实则上是想要求朝廷把中国合二为一。所以，臣写大同，把他一篇文里面明说的和暗地里想的都囊括了。"

卢雪泽微微一笑："万岁，他这么说，也有道理。"

韩逸洲眼前一亮，附和道："赵编修的图画粗看似乎只是一片混沌，却正应了盘古开天、天下一元的典故。我的曲子，用此模糊之图，也恰好表达了意境。玄妙之处，连我自己都没有想到。"

赵乐鱼听他给自己说话，微微对他抱拳，合不拢嘴。韩逸洲虽帮他脱险，还是见不得他的怪样子，赶忙掉头。他又见东方的漠视眼光，心中一紧，只好看着桌面。

周嘉朗声笑道："你是无心插柳……"他还没说完，猛然大风吹过，掀开了梨花台边的一道帘子，众入都顺着帘子的响动看去，却都隐约看见了一个女子的袅娜身影。她的裙摆虽然给人惊鸿一瞥，但华美之极。周嘉压了压眉毛，对身边宦官耳语几句，宦官们连忙挡在了帘子前面。

赵乐鱼早就听说公主想要借此选婿，如不是刚才大风唐突，也许没人注意到悄无声息的女子呢。他环顾四周，已婚的男人都不动声色，未婚的翰林也个个事不关己的面孔。大风穿过梨花台，自然也要在禁宫回旋。

卢修身在太后宫中抄写，被吹飞了几页佛经，他自言自语："今天，是翰林宫会吗？"

一个红衣美少女弯腰帮他拾了纸头："是啊。"

卢修抬头看她，秋波明净，皮肤似吹弹得破。他礼貌转开视线，也不与她说话，继续写字。

不多久，太后的话声传入他耳中："卢修，你忙了半天，来与哀家喝杯茶吧！哀家方才看你低头的模样，与你哥哥分毫不差。十几年前，你大哥为先帝治病，是常往来内宫中的。"

卢修连忙站起来："太后，臣那时还小，不过，皇家的恩典我一直记得的。"

红衣宫女转到太后的背后，太后又欢喜地说："你家的忠心是尽人皆知的，只望你青出于蓝，也能为万岁效力。"

卢修听见远处传来奏乐声，太后道："万岁在长乐宫宴请翰林院中人。我们这里冷清，你若要想去，也可以去。"

卢修皱眉，有点难受，忙说："臣不去了，臣留在这里抄写，也长些佛性。"

赵乐鱼和大家进了长乐宫，宴席丰盛，管乐齐鸣。可皇帝的位置空着，周嘉居然还没到。赵乐鱼记起周嘉许诺的奖品，众人胜负难解，可不是不了了之?

  周嘉当然不是存心抵赖。他此刻身在梨花台上,面对帘中美人,话已经说完。

  "你看得清楚,听得清楚?"他追问一句。

  "是。"美人答道。

  周嘉展开扇子,长乐宫宴席已开,今夜无眠。

第二十四章：曲终人散双星会

酒宴正酣，赵乐鱼以手支头。燕赵舞姬，素手如玉，交织成宛若天宫的画面。再看满座之上，万岁爷之倜傥，卢学士之高雅，东方谐之美艳，韩逸洲之秀丽，方纯彦之清冷……酒不醉人人自醉。

赵乐鱼醉眼迷离，衣襟散乱。他觉得周围的一双双手，似染着罂粟红色，层叠起一道脱身不得的迷障，编织了一张使他晕眩的网。

徐孔孟拍拍他："赵兄，莫醉了，回家的路也找不着。"

赵乐鱼对他一笑。徐孔孟也开心地斟满了酒，目光转到舞女们身上去。

方纯彦一声不响喝闷酒，何有伦与魏宜简小声地交谈着。东方谐坐在皇帝的右方说着趣闻，皇帝左手的卢雪泽含笑聆听。韩逸洲在赵乐鱼的对面，挺直脊梁端坐。他滴酒不沾，目光空洞，周围的一切似乎都和他不相关，只是东方和皇帝一唱一和的笑声响了，他的眸子才蒙上一层雾气。等赵乐鱼细瞧他，那层雾气又没有了。韩逸洲身材修长，骨骼细巧，脑袋也长得不大。可他偏生就是摆出一副牛犊才有的执拗样子，在此处活活受罪。赵乐鱼想对他笑笑，终于忍住了。

"诸位爱卿，今日夜深，你等可以住宿在枢密院的值房，一会儿自有宦官领你们前去。"周嘉下了旨意。

遇到紧急大事，枢密院和内阁官员会住宿在皇宫之内。当然，安置地和内宫是绝不连通的。今夜周嘉特许翰林院人住宿宫内，是极大的恩典。

赵乐鱼闻言，哈哈笑着对徐孔孟说："正好，我醉了也有人收尸了。"

此时，从周嘉开始，传递下来一小坛酒，卢雪泽道："这是'乾坤仙'，坛中红酒绿酒决不混合，碧酒甜，红酒烈。各位大人只选一种喝上一盅。"

赵乐鱼兴奋地盼着酒坛传到他，可偏偏他是末一个。轮到了他，他从"八卦"的中心舀了一勺，猛地灌下喉咙。他吐了吐舌头："乾坤仙？什么味道？"

周嘉开口道："活该！谁让你贪心来着？"

赵乐鱼回话："万岁，臣哪里是贪心，这酒也有交界处不是？我只要红酒，绿酒就自动滚进来了。"

周嘉对东方谐笑道："这赵乐鱼入了翰林，你们也多些笑料吧！"

东方谐说："可不是！水晶宫里边游来一条鱼，大家都奇怪，这鱼怎那么胖？后来才知道，这鱼不长鱼鳞，身上贴了九层牛皮。这是赵翰林给臣讲的笑话。"

除了韩逸洲，每个人都笑了。赵乐鱼挠挠腮，也讪讪笑。他轻声咕哝道："乾坤仙，该是黑白。这酒红红绿绿，叫'欢喜佛'还差不多。"对面的韩逸洲嘴角一勾，微笑如焰火般骤然一闪。

曲终人散，各人都被宦官引去休息。周嘉退到长乐宫的后殿，银月水泻，有人留下来等他。

"小嘉，你今天还要回家去？不能和我聊聊？"周嘉苦笑。

卢雪泽从帷幕后走出来："当然不能。我不在，我的涉儿睡不踏实。杨青柏遇害之夜，要不是你突然发病，我也不会留在宫中。"

周嘉皱眉："嗯，这病好几年没有发作了。你也给我试了许多药，为什么到底不能根除？"

卢雪泽望着他说："我实在没有办法，只能控制它而已。幸好白诚行动迅速，我也来得快。宫人们终究也不会知道。"

周嘉漆黑的桃花目中一片温和："小嘉，也许总有一天瞒不住。所以，扶助太子都靠你了。今日我长女选婿，不知翰林院人怎么想呢？"

卢雪泽微笑："公主不是在太后宫中吗？"

周嘉一愣，旋即默认。

卢雪泽道："那台上的女子是谁，我不想知道。你有许多事不告诉我，我也有些事不告诉你，十分公平。"

周嘉说："我倒希望你有时候来问我。你要想知道，我会骗你吗？"

卢雪泽摇头："你知道我是不会问你的。但我了解你，你要我二弟到太后宫中抄经时，我就知道你想选他为驸马。不然，为什么非要他？你不会考虑翰林院中人，因为你不信任他们中的任何一个。"

周嘉不语。卢雪泽继续说："我二弟生在盛世，可以成为一代良相。与你的长女结婚，作为太子唯一同胞姐姐的丈夫，你也可以放心这桩亲缘。"

周嘉挨着卢雪泽，与他并排望向殿外的星空："你二弟的心事能否断了？"

"他的心事？他不想与韩逸洲争，其实他多虑了。韩逸洲是一个棘手的人物，因为你的态度。"

"我？"

卢雪泽狭长的眼平静无波："是。你对翰林院何时放心过？特别是韩逸洲。表面上他风光无限，受到你的器重。但他在翰林院里，比方纯彦更没有前途。他将来无论如何出类拔萃，都不会进入执政圈。你怎么放心他的家业？他七岁的时候，你去了趟洛阳韩家，回来对我说：'小嘉，我们算白活了。'从那时候起，你就处处防备韩家势力。你用种种方法，把韩逸洲一个孤儿圈在京城。但你并不是出于惜才，只是担心他回到了洛阳，有一天会和他父亲一样成为朝廷的心病。"

周嘉顿了顿，说："原来，你不喜欢我的做法？"

卢雪泽摇首："我同意，因为你是皇帝。你做的一切，都是为了皇权。虽然韩逸洲并非一个有野心之人，但他的金钱太多了，多得连我也怕。我前几日因翰林院经营那几处地方，财产暂时无法掉头，差老魏去问他借。他从京师一处，随便就可以拿出四十万两现银来。他的条件则是要方纯彦帮他编书，我应了。"

周嘉道："方纯彦是有才之人，虽然愤世嫉俗点……我当初并没有忍心将他从翰林院除名。"

卢雪泽扫了他一眼："你看似对翰林院中人人有心，但你对谁都无情。你让方纯彦留在翰林院中，他的愤懑才变本加厉到今天的地步。若你当初把他放出官场，以他的才学，早就可以成为大儒。再说东方，你也说是爱才，但他少年曾加入九鹰会的事，你终是耿耿于怀。"

周嘉微微一怔："你知道……杨青柏也是九鹰会员吗？"

卢雪泽点点头。周嘉问："那为什么从来不对我说？"

卢雪泽推脱："我觉得没有必要，杨青柏入了翰林是造化。如果只是因为一个历史上的污渍，就埋没了人的一生，毫无必要。九鹰会解散十年了，你还担心什么？"

周嘉盯着他许久，清风徐来，他们的影子在宫殿前似乎成了一个。他轻声说："我有我的想法。小嘉，你可以看透我，我也不再多说。只说你弟弟，我只是赏识他……"

卢雪泽端庄的脸庞上，有了一丝轻灵如少年的神采："你自己选择了，不该后悔。"

周嘉爽朗地笑了："我从不后悔，正因为我们选择做现在这般的朋友，你才能在我的身边共赏星河灿烂。你助我，我也敬你……"他的桃花眼一眯，"小嘉，我欣赏的，永远是最好的。"

卢雪泽淡淡地笑，金蝉翼冠勾勒得他的脸一片光华："越说越不正经，都要当爷爷的人，我怎么和你叫一个名字？还好你当了皇帝，我可以用家父给我起的字：雪泽。"

周嘉用扇子敲了他的肩头一下："放眼九州，如今只有你一个人还可以和我共用这个嘉字了。"

卢雪泽瞥他一眼:"还好我是大臣,你是君主。我弟弟卢修要和你一样,我倒担心中国又出个曹操。"

周嘉给他递来一盏宫灯,伴随着他走出宫门,临别才对他说:"他是长厚之人,也有自己的福泽。我作为皇帝,却不能过于仁慈。"卢雪泽理解地点了头,转身离去。

周嘉在宫门口看着卢雪泽的背景渐渐远去。他长叹一声:那个男子——只是翰林院的主人,而他周嘉——是天下的主人。可是,他望了卢雪泽十多年的背影,一如既往,卢雪泽从来没有回过头。这样的风景,也只有卢雪泽担得起。他就是这样一个有风骨的男子。

宫墙边上,赵乐鱼跌跌撞撞地进了房。陪同的宦官按照惯例,必须在内宫敲午夜鼓之前回去,因此到了门口,就匆匆告别了。

赵乐鱼出了一身大汗,也觉得累了,但房中黑咕隆咚,他不得已,才摸索着点亮了灯。灯火燃起的一刹,他闻到一股奇怪的气味。这种气味随着啪哧的火芯,丝丝弥漫在房间中。

"不好……"赵乐鱼刚意识过来,只哼一声,就倒在了炕上。瞬间,屋中重新陷入了黑暗,冷月无声。

第二十五章：鱼自天地活水来

　　白皙似透明的手，在莹莹月光下，似乎沾上清露的优昙花。它们顺着赵乐鱼的衣襟向上，只是拉开幕布一般，少年的身体就袒露在夜色中。他肌肤紧致，宛若涂蜜的缎子，细腰宽肩，畅诉着青春的生命力。

　　春葱十指，意外地收于少年的喉咙，片刻窒息。暗影中的来客，悄悄靠过来。突然，本来已经人事不觉的少年发出了一声隐在喉头的笑声。

　　赵乐鱼伸手揽住对方的腰肢，一个翻身。赵乐鱼的眼睛明亮如山鹰，他的笑更灿如白昼。

　　"啊？东方大人，我们不如打开窗子，点上灯？"赵乐鱼的手钳制住身下的美人。在赵乐鱼说话的当口，东方那双有力的手瞬间变得柔若无骨。

　　他倒不像吃惊的样子，对赵乐鱼还以一笑："何必用那么大力气？"

　　赵乐鱼也不慌不忙道："我劝你先想清楚，怕你失望。"

　　东方低声道："你怎么会让我失望？你喝了乾坤仙酒，还不醉？真是能人！"

　　赵乐鱼摸了摸他光滑的脸颊："大美人，我是吃了红酒和绿酒，但不代表我真喝下去。其实我最讨厌不明不白、不清不楚的酒，当着万岁我不好说。不过，即使我不喝酒，你刚才在灯芯里放的'千夜华梦'也算得一顶一的迷药。我还没倒下，哈哈，大概是我生来怪胎，皮厚百毒不侵。"

　　东方心知他早有防备，咬了咬唇："你进屋之前就知道有人？"

　　赵乐鱼点头："是的，我打开门的时候，闻到一种淡淡的香味，你不知道自己身上有这种销魂的味道?"

东方笑道:"你的鼻子也未免过于灵些。通常只有和我最亲近的人才能嗅出一点儿。木秀于林,风必摧之,你将来小心变成没有鼻子的人。"

赵乐鱼压住他,凑近他说:"呵呵,我只是想知道你为什么选我下手?我又不是状元文曲星,又不是玉做小财神。你要我就范,为了什么?"

他说了文曲星、小财神,东方已经知道他话中意思,微微变色,嘴上只是嗔怪似的:"你这个调皮鬼,什么也没有也足够惹人疼了。我也不知道你这样滑不留手的小东西进翰林院来究竟为什么?"

赵乐鱼嗅了嗅他的脖子,反问:"你说呢?"东方没有说话。

赵乐鱼又说:"你今天无论如何,是打错了算盘。你既然会下毒,难道徐孔孟中毒,就韩逸洲一个有嫌疑?你为什么非要毒徐孔孟,这只有你自己知道,我也懒得管闲事。但今日你入了我的屋子,我警告你……别再留下什么把柄。你以为世间人都聪明不过你吗?"

东方谐媚然一笑:"好可怕的口气,不要说徐孔孟中毒与我无关,今夜你我的事,有什么把柄呢?酒是第二个传到我手上的,你是末一个,下药?我能够吗?按你所说,我使用千夜华梦迷魂散,它一旦燃烧,药效挥发,毫无痕迹,你凭什么说我?"

赵乐鱼身子一震,东方谐也跟着他一扭腰身。赵乐鱼的大腿一紧,旋即松开他的手。赵乐鱼开玩笑般说:"既然你那么懂药,不如给我些春药还管用些。"

东方谐摇头,黑发如瀑布散开:"我从来不用那个。难道看了我,你还需要春药吗?"他并非挑逗赵乐鱼,简直是在讽刺和挑衅了。

赵乐鱼胸脯起伏:"哎,卿本佳人,奈何做贼。你在我的屋子里,若是我不欢迎你,你怎么也是错了吧。"

东方谐注视他,突然狂笑:"赵乐鱼!到底谁才是贼,你出去瞧一瞧门口的白色宫灯,然后,请君随意。"

赵乐鱼眼光一闪,将信将疑地爬起来,他跃到门前。住宿的房前,都悬挂着白色灯笼,上面用蝇头小楷书写当夜住宿官员的名字。刚才那个宦官送赵乐鱼进来的时候,赵乐鱼并未留心。

微弱的光下,宫灯一角书写六个字:翰林院,东方谐。

赵乐鱼一愣,回头望着黑压压的屋内,竭力回忆着那个外貌十分平常的宦官的模样。只听东方的笑声传出:"你请离开吧,你总找得见自己的屋子。"

赵乐鱼跺脚,也不跟他言语,顺着房檐,果然看到了自己的屋子。门虚掩着,他用手一推门。可这回又是出乎他的意料。床上已经有一个人和衣而睡。

不是旁人,正是韩逸洲!赵乐鱼心下叫苦,用手探他鼻息。不知什么缘故,他睡得特别沉。赵乐鱼小心摸摸他,确信他的身体无碍,大约睡醒了也没什么。韩逸洲为什么出现在自己的屋里?赵乐鱼已经来不及细细思考,他将韩逸洲抱起来,送回到隔壁书写韩逸洲名字的屋子,帮他掖好被子,关上了门。

宫中已经敲一更的鼓,赵乐鱼双脚点地,腾跃过花墙。他要去见一个人,好像每次见到他,都是他这个臣子迟到。

还是没有例外,周嘉在琉璃殿中,举起一个手指:"你怎么又迟了?"

赵乐鱼下拜:"万岁恕罪!"

周嘉笑道:"朕派你苦差事,自己坐在宫中逍遥,要是今夜还不见你……比方你大姐难道不抱怨?"

赵乐鱼出了一脸汗,脸蛋显得尤为红润:"大姐怎么敢抱怨?大姐她嫁给沈逐浪以后,只为了万岁才下过厨房。"

周嘉笑道:"沈逐浪是武林盟主,倒也配得起她这样的美人。除了她的手艺,你的厨艺也可以算天下前几位。可惜入了翰林院,你倒不能自己开灶了。"

赵乐鱼因为皇帝提起他的亲人,变得更加可爱:"臣本带着烧饭的家伙,但是,入京以来统共就烧过一次鸡。"

周嘉点头:"言归正传,今日你我谈论翰林院案情之前,我先请你见一个人。"赵乐鱼应了一声。

琉璃殿的屏风前,出现了一位风致娟秀的美人。她身轻如燕,眉如新月。赵乐鱼低下头,瞧见白天在梨花台瞥见的华丽裙裾。

周嘉对美人说:"他是朕派出的人。你对着他说,也无妨。"

女子对着赵乐鱼盈盈一拜:"见过大人,奴家……名叫岳雯。"

第二十六章：青楼名姬忆往事

赵乐鱼微感吃惊："岳姑娘？我多方查找你，难道你竟然一直身处禁宫之中？"

岳雯欠了欠身："是的，万岁差人将奴家秘密接进宫内，已经月余。"

赵乐鱼看了看周嘉。周嘉和颜悦色地对岳雯说："你尽管把事情原原本本地道来。"

岳雯神情间闪过一丝哀怨，即刻就恢复了平静，以叙述他人故事的口气，对赵乐鱼说道："奴家本是满树红楼的姬人，虽说薄有几分名气，但无奈身处烟花之地，也有过几个恩客。两年以前，有一个男子来了红楼。他相貌言谈均不俗。奴家问他的来路，他只说自己姓杨。不过是京城里的过客，因为当差的地方很是寂寞，所以才慕名寻芳。他前后来了几次，出手并不小气。几个月以后，因为他在院中过夜落下了东西，妈妈让小厮追他的马车，才发现他是翰林院中人。第二天奴家问他，是不是探花编修杨青柏，他也认了。从此以后，他绝迹不来。妈妈疑心揭破了他的身份，让他不痛快。奴家不信，来往红楼的体面人多了，怎么他偏要隐瞒？几个月以后，他突然又出现了。这回他似乎比昔日又阔绰了许多。晚上他喝醉了告诉奴家，他意外找到了一个重要的人。还说他要顺便借奴家的房间请客。吩咐妈妈，不要让外人打扰。妈妈看在金银面上，自是欢喜不迭地答应了。三天以后，大雪之夜，他同一个男人来到院中。那男子容色冠绝，比花还艳上几分。只是一笑，妈妈眼睛都直了。奇怪的是，他们并不要姐儿作陪，只是两人相对饮酒。妈妈好奇，让在翰林院门口走动的卖货郎奚老三儿偷偷去辨认，奚老三说：正是大名鼎鼎的东方翰林。

"此后，杨青柏经常住宿在奴家院中。奴家因年近二十，也有了从良之心。来往的中间也有富商巨贾，也有名门子弟，但奴家心下总觉得翰林的名头清贵，且都是正统的读书人。便寻个机会，问他是否愿意纳奴家为妾。他笑了笑说：翰林的位置并不稳固，且翰林院中叵测之事很多。若过得去今年，可以接受奴家长相厮守。东方大人陆陆续续来了几次，他们只是喝酒，并不见得十分亲密。一年元宵，东方大人带来了一个人，白皙俊雅，可惜瞧你一眼都让你心里透凉。奴家猜他也是翰林院中人。妈妈说若是翰林，必然是状元方纯彦无疑，奴家的一个姐妹过去经常接待方状元被杀头的贪官大哥，说那人真有一点儿相似。不知为了什么，方大人与杨青柏争了起来，奴家心里着急，不敢随便进入劝解，便从窗户外面朝内瞧，只看见了东方大人的脸，似笑非笑。他神色笃定，决不像看人吵架，因此奴家便放了心。

"今年的春节，杨青柏照例在奴家院中打发日子，到半夜的时候，有人突然送进来一张信笺。他看后就烧了，说要马上出去。我不放心，偷偷换上男装，跟着他去。我能跳掌上舞，动作灵便，脚步也轻。夜里冷极，他到了京西一个碑亭，我不敢靠太近。就听到石碑后面有一个男子笑了几声。声音好听，但绝非我所知道的任何一人。天明的时候，有一个陌生男子前来红楼，他和妈妈说话，询问杨青柏在不在这里。那男子长相并不十分漂亮，但打扮合宜，举止风流。妈妈说他并不在，那人沉思片刻，就告辞了。我的一个姐妹说他好像是翰林院的徐孔孟翰林，他是我们的对手：碧月揽胜楼的常客，平康中人都说他性格温存，好个脾气。

"杨青柏一连三天不见，奴家派人到他的住处找他，说他身在翰林院中值班。等早春他再来时，脸色憔悴不少，他偷偷地对奴家说：'并未想到翰林院中荆棘布满，棋高一着的人不止一两个。他的算盘是难成了……'奴家问他什么意思，他怎么也不肯说破。

"他被杀之前的一天,又来奴家的院中,留下一个匣子。命奴家好生保存,还叫不要打开来看。我看他神色恍惚,有些担心,但他说奴家知道多了反而不好。他被害死的消息传出后,奴家在院中哭哭啼啼,心中益发惶恐。第二日黄昏,来了一个客人指名见奴家,他以青丝面幕遮面,身上裹着青色的斗篷。他对奴家说:'杨青柏死后,你因是他的相好,恐怕凶多吉少。'他还说:'姑娘手上有什么东西?若交给我,我可以保证你的安全,让你安稳在山青水绿之地,富贵终老。若不肯给,我也不勉强,劝你好自为之。'"

赵乐鱼听到此处,动容道:"你到底是不肯给他。"

岳雯凄凉地笑了笑:"奴家是风月场上的女子,怎么也有几分心计。倘若此人是凶手派来的,奴家若给了他,他即刻杀人灭口怎么办呢?况且奴家与杨青柏总有几分恩情,他嘱托的,奴家何以轻易放手?奴家对他说:'我不知道你要的是什么东西,但以杨青柏的为人,有何秘密又怎么会告诉我这种青楼女子呢?'"

"他离开之后,奴家急着收拾行李,想暂时去一个地方避一避。东西奴家不能随身带走,就交给了妈妈。奴家也知道妈妈会打开看,但奴家真的无路可走。奴家出了红楼,本来是想南下到一个小城去。可出门就被人盯上了,两个男子给奴家看了官府的牌子,其中一人要奴家跟他上楼,问了死者与奴家的关系说:'你现在乖乖跟着我走,我保你安全;若你叫嚷起来,则你第一个就下黄泉。'奴家无奈,只好半信半疑地跟着他们走。后来迷迷糊糊地睡着了,醒来了就见到万岁。万岁说那两个人是他的心腹侍卫,他们已经知道了奴家与杨翰林亲近,看我要离开,不得不拦下。为了保护奴家,只好先安置在宫内住下。"

赵乐鱼点头:"那么说,今天岳姑娘在梨花台上,虽然见不到人,已经辨认出了杨青柏死后来红楼的蒙面人?"

岳雯道:"是的,也是今日场合,才可以在我面前凑齐翰林院的众人。东方翰林和方大人声音果然不错。那个人的声音,虽然当时刻意放低,我还是听得不错。"

赵乐鱼追问:"是谁?"

岳雯回答:"就是一个吹笛子的年轻人。"

赵乐鱼脱口而出:"韩逸洲?"

岳雯点头:"奴家只认声音而已。"

赵乐鱼看了看皇帝,转身对岳雯说:"那么,谁是石碑后的男子呢?真的不在梨花台上?"岳雯茫然摇头。

周嘉神色凝然:"岳姑娘,你还是跟着我的心腹宦官到琉璃殿后的暗室去休息。最迟明日,朕请你再辨别一个可能的人。"

岳雯下跪,顺从地与一个白发苍苍的宦官从琉璃殿旁下去了。

周嘉缓缓对赵乐鱼道:"一团浑水,你这小鱼如何逢生?"

赵乐鱼似在皱眉:"一个人两个人还好,只怕人人都与杨青柏有仇。韩逸洲自然知道些什么。但他讳莫如深,臣如何办呢?"

周嘉沉静地说:"我倒想知道石碑后的是谁?若不是翰林院中的,这条线便废了。若是翰林院中的,似乎只有一个人……"他用大掌压了压眉毛,"……不管怎样,我们先把目前芜杂的人、事理上一理。盒子中是什么?你说给朕听。"

第二十七章：琉璃殿离奇事件

赵乐鱼举头望了望琉璃殿外的一钩弯月，说："那个老鸨说她已经将文稿烧了。虽然可惜……也许可以从纸张上推测出一点半点……然而臣直觉她并没说谎。且她与我的一个故人还有渊源。"

周嘉道："你的故人？你大姐在朕面前告状，说你到处结交朋友。朕担心你将来捉着真犯人，又不忍心绳之以法。"

赵乐鱼笑了笑："万岁，臣是与三教九流甚至亡命之徒交好。但人哪有天生坏的？论私下，臣不过是十八岁的流俗少年。论公事，臣并未手软过。"他又说，"盒子里面只写有一首唐诗，说出来脍炙人口。"

周嘉眉毛一耸，听赵乐鱼念道："花间一壶酒，独酌无相亲。举杯邀明月，对影成三人。月既不解饮，影徒随我身。暂伴月将影，行乐须及春。"

"这不是李白的《月下独酌》？"周嘉的桃花眼黑得灼人。

"正是，臣这几天来反复想此诗的意思，终究没有想透。李白的这首诗歌里：我、影子和月亮才成为三个人。那么，若杨青柏有所指，影子是他自己？月亮又指谁？或者，他想说三个人，只是某一个人？谁有三重身份？谁又长袖善舞？"

周嘉注视着赵乐鱼，嘴角隐隐露出坚定的笑容："不论如何，我们现在还是有了一个线索。朕年少时候破的案子不少，其中不少线索花费了大量的精力，结果不过是混淆视听。然而……有任一可能，都不能放过。"

赵乐鱼展开笑颜,他正要说什么,俯身低头,一愣。

周嘉问:"又怎么了?不会连朕都是可疑的人吧?"

赵乐鱼迷惑地摇头,指着桌上的一方玉章:"原来这个形状的古字……是万岁的名讳吗?"

周嘉答道:"是啊,朕当皇太子时,用这个字为落款。因为当了皇帝,此字天下人都不能用了。"他不知想起来什么,笑意更深,眉间有寂寞一掠而过。

赵乐鱼道:"万岁,臣在翰林院中,几乎每个人的形迹都已经探得清楚。人人都有可疑之处,人人都有难言之隐,臣斗胆问一句:万岁对翰林院人人都有几分恩惠。可若其中哪一个是真凶的话,万岁能公正处理?"

周嘉沉默了半晌,严厉而专注地看着赵乐鱼。

周嘉缓缓地说:"朕对翰林院不少人都心爱,但于朕来说,绝对不会超越君臣界限。朕若喜欢人,并不是非要摘花回家,只要秋日那棵大树上结果。朕即使在千里之外,心中也会快乐。朕要一个人,是简单的。不过,终于毁了别人,也放纵了自己。古今帝王成百上千,朕文治武功均不拔尖。只是能在'情'字上头,待自己严苛一点儿。你明白了吗?"

赵乐鱼心中感慨万千,当即下跪:"万岁,臣明白了。"

周嘉扶起他,加上了一句话:"最后找到真凶,你先告诉了朕吧。"

赵乐鱼猛然抬头,周嘉叹息了一声,转过身去。他快步走到琉璃殿外,一个老年宦官出现了。

"天亮以后,让大理寺卿卢修进宫觐见。"周嘉吩咐道。

卢修昨日傍晚从太后宫直接回家了。因为卢雪泽深夜才回来,兄弟俩人并没碰头。卢修总是睡不安稳,清早上来了卢雪泽的卧房,想找自己的长兄说几句话。

窗子开了一缝,卢修不经意地朝内望去:侄子卢涉正在帐中熟睡。卢雪泽对着手里一件东西,看得入神,他的神态,好似男子对于最钟爱的女子那样热切、满足而安然。

卢修很少见到他的大哥流露出由衷的表情。他咳了一声，卢雪泽飞快地藏起了手里的东西，不巧卢修已经站在窗口，正好看到：那……竟然是一把锋利的刀片，在黎明里闪着银蓝的光芒！

"你来了吗？"卢雪泽轻声说，示意他出屋子来，顺便关上门，"让涉儿再睡一会儿。"

卢修强压住心中古怪的感觉，说："大哥起得好早。"

卢雪泽淡淡地说："还有几日是清明节了，你嫂子的祭日前后我都睡不着。"卢修点头。

卢雪泽端详着他，问："你昨天在太后宫可有见到什么有趣的人物？"

卢修老实说："只看见太后以及身边的宫人。"

卢雪泽笑着"哦"了一声，也不言语。

卢修本来心中有事要吐露，反而说不出什么来。正在此时，宫内来人，见了卢氏兄弟，口宣卢修觐见。

卢雪泽有些惊讶："怎如此早传你？"

卢修的眼色闪烁，说："大哥，我回屋去穿戴。"

卢雪泽止住他："慢着，我陪你去。"

卢修诧异道："大哥怎么了？万岁传我也不是一次两次，就是早些……想必也是大理寺有事情吩咐。"

卢雪泽这才微笑道："我不是为了你，因为翰林院其余众人都留宿宫城，我顺便带他们一起问了圣安，领回院去。"

他们两人的车才入宫，立刻有小黄门到琉璃殿禀报。

周嘉已经用了早膳，说："告诉卢学士，他也辛苦了，让他自去枢密院的房舍集合众位翰林，不必过来行大礼了。"

等小黄门应声走了，他对幕后的赵乐鱼说："你赶快离开吧。昨夜我们君臣密谈，不能说有三四分的把握，总也有了点眉目。"

赵乐鱼答应，迅速退下。周嘉等了片刻，才拍拍手，白诚立刻影子般现身，另外两个大内侍卫远远站在白诚身后。

125

"去请琉璃殿后面的姑娘来,你也知道该怎么办。"周嘉说。

"是。"白诚躬身。他领着其余两个侍卫,跟着一个聋哑的老宦官,绕到了琉璃殿后面的一间屋子,敲门:"姑娘,万岁有请。"

卢修和卢雪泽到了内宫门口,周嘉旨意已到,他们只好分开。卢雪泽拍拍他:"二弟,你凡事多为自己和卢家考虑,自然没什么事儿。"

卢修直到见了皇帝,心里都莫名忐忑。

周嘉和颜悦色更胜平日,只说:"卢修,昨日没见你,太后娘娘的喜好,你可猜出几分?你把昨天太后宫的见闻细细说来。"

卢修心说:太后的喜好,做儿子的怎么问起我臣子来了?至于见闻,大哥也问我,万岁也问我,可我又有什么可以讲的?他面子上向来不怠慢,依言道来。周嘉的脚动了好几下,似乎坐姿不够舒服。

这时候,白诚突然从幕后跑了出来,他身后的一个侍卫脸色苍白。白诚不顾礼节,对周嘉低声说了几句,周嘉顿时沉下脸来。

"死了吗?"周嘉仿佛难以置信。

他望了卢修一眼:"卢修,宫内有些事,你今天说的朕没法听了,你先回去。"卢修不明所以。然而,内宫的事情怎容他外臣过问,因此他便因循而出。

周嘉急匆匆地到了殿后小屋。岳雯躺在床上,只穿白色的小衣,好像睡着的模样。周嘉伸手一摸,她早已气绝。身体尚有余温,可见死在凌晨时分。

"臣无论如何也瞧不出伤口来,况且昨日半夜,老黄门和值班小宦官一直守在走道口,没有人出入。"白诚说。

周嘉脸色难看,把白诚叫到身边,吩咐几句。等白诚一走,周嘉留在死人屋中,看着不久前还活生生的丽人。过了许久,他自嘲地冷笑道:"妙!原来过了许多太平年,世上又有这般手法杀人的凶手了!"

他哪知卢雪泽等在枢密院也遇到了麻烦。

赵乐鱼姗姗来迟,一副春睡不足的样子。东方谐自己捧着棋匣,见了赵乐鱼，只是一笑，羊脂玉面上被杏花红色晕染满了。他回眸与方纯彦说话，方纯彦神色也难得地变了一变。

"怎么不见逸洲？"卢雪泽等了很长时间，才问道。

赵乐鱼揉揉眼睛："他没有来吗？我方才去他房里弯了一趟，他不在了呢，铺盖也收拾整齐。"

方纯彦眉头皱起，欲言又止。这时，徐孔孟说："赵兄？昨夜韩编修说想起来一件事，要找你呢。我就叫他在你房中等你了，你没见到他？"

赵乐鱼一愣。卢雪泽听了，说："赵贤弟，昨夜你们住宿的枢密院房舍虽然和内院不通，却也被宫门锁住，是出不去的。我和舍弟今晨进来，方才开锁。逸洲的个性，更不可能在这小片地方乱走，你可知韩逸洲的下落？"

赵乐鱼的眼睛一瞪，昨夜的点点滴滴涌上心头。韩逸洲不见了？怎么可能，他又往哪里去？昨夜他分明昏睡……

只听"哗啦"一声，东方谐的棋子洒了一地，他也不捡。他瞧着赵乐鱼，眼珠子一动不动。棋子滚到赵乐鱼的脚下，他心中五位杂陈：他悔，翰林院无人可信，他该悔什么？悔不该撇下韩逸洲？他怨，平生第一回在自己眼皮底下把人丢了，怨自己的无能？他也怕，他想起翰林院凶案的诡异，他并不是为自己怕。韩逸洲会怎么样？这案子，他竟然还是小看了对手。赵乐鱼突然抽出手来，狠狠地打了自己一记耳光。

宫中翰林会，死了一个美人，没了一个才子。然而，赵乐鱼就是从这一天起，下定决心背水一战。

第二十八章：皇帝识破杀人法

春色宜人，怎奈雾锁楼台。轻盈的小鸟飞跃琉璃宫阙，停留在丽人之手。

"今儿真是出奇了，父皇清早下旨把宫城和皇城的门都锁住了。谁也出不去。昨天翰林们的聚会难道出了纰漏？"大公主周凤笙对身后的心腹侍女说。

"不知道。翰林院最近怪事连连呢，京里都传遍了，说得不知有多玄。公主，未来的驸马是第一个发现尸首的人呢！"小侍女道。

"你个小妮子胡说什么？活该掌嘴。"周凤笙回眸一笑。

小宫女捂着嘴巴笑着说："公主，昨日在太后宫，卢状元真是目不斜视。公主那么美，他都不敢看。呵呵……"

周凤笙生得和周嘉一般的桃花眼，意外地沉静："他心在太后宫倒好了，只怕……若进了皇家，他同翰林院就没瓜葛。这是太后的意思。所以，翰林院案子早就不用大理寺过问了。"

她下定决心似的一挥袖，手腕上的小鸟被惊飞了。

赵乐鱼站在周嘉的身边，密室里只有他们两个活人，加上一具颜色尚鲜艳的女尸。这间屋子，四周墙壁内全部设有铜壁炉。半个时辰之前，周嘉命白诚将赵乐鱼带来，点上了全部的炉子。不一会儿，赵乐鱼已满身大汗。但当着皇帝的面，且还有岳雯姑娘的尸首在侧，他怎么也不能宽衣。

周嘉全神贯注，盯着岳雯的面庞看。他自己也汗流浃背，却毫不顾及，忽然，他召唤赵乐鱼到平躺着的岳雯跟前。

微光中，岳雯的眼皮动了一下，似乎随时要张开。周嘉掏出一方白色的绢帕，往岳雯的左右耳朵抹去，从她的右耳里，缓缓流出了一些类似污血的东西。赵乐鱼眼也不眨，将酷热置之度外，只是等待皇帝解释。

周嘉说："这是一种古老的谋杀方法。许多年前的西湖浮尸案中，有个雪冤的江湖大夫告诉了朕。他说百年之前，绝世佳公子、武林盟主荣团碧就这样杀死了他的前任。那是他的兄长，也是他的师傅。这个秘密鲜有人知，但今天岳雯死状让我想起来这个人。"

赵乐鱼严肃地说："我初看到岳雯的模样，想到的是：凶手可能在她的头顶百会穴钉进了钉子。但这般杀人，要她在密封的房间中，毫不挣扎或发出声响，确实困难。但我刚才发现，原来这个凶手的高超在于根本不需要进入房间就可以杀人。"

周嘉点头："当今的世界，无色无味的毒药很多，可以让你毫无感觉。但可以致死的药物中，在人死后，于皮肤或者眼底一点儿都不见痕迹的，还不存在。"

赵乐鱼的大眼睛明亮而尖锐："万岁，岳雯姑娘的右耳内有什么？"

周嘉道："有，如果杀人手法与当年荣团碧相同，就是一枚细如发丝的小针。凶手事先肯定在岳姑娘的右颈部埋下了针，若他手法熟练的话，不过让岳姑娘以为是发辫扎了一下脖子而已。然而，这就是为什么岳雯姑娘入宫来后时常皱眉的原因。以她的巧慧，必然不会告诉朕自己的痛苦。她清楚自己的处境。引来宫外的御医，不是有更多人知道她躲藏的地方？"

"这种针随着血行，一般需要一年才可以进入头颅之内一个点，人立刻昏睡而死。但要是有必要，可以随时以气味催发针快行，那么最长只需要三个时辰。"

赵乐鱼道："万岁，可从这个时间推算，岳姑娘见过的人只有你、我，还有两个宦官。"

周嘉面色阴沉："不错。老宦官和小宦官彼此并不熟悉，但都是朕确信可靠之人。朕方才见了你,才发现:是你把气味带了进来。"

"臣?"

"是的,你昨夜进入琉璃殿前的时候,身上有一股淡淡的香味。因为世间盛行熏香,翰林院中人偏好风雅,朕并不在意。但现在回头想,你是这种人吗?"

赵乐鱼猛地一看自己的衣摆,绯色衣衫的袖子居然变成了铁锈色。

他恍然大悟地说:"是蟹爪兰提炼的毒吗?"

周嘉赞许地说:"对!你这个年岁,见识已经很广!"

赵乐鱼答道:"臣知道这种毒可以催行微小的'金'物移动位置。岳姑娘睡觉以前,她的脖子竖直,因此即使体内的针移动了,她也只是感觉不舒服,但若她平躺,此时血行推动金针,就畅行无阻。对一个女孩子,下这种手段,也未免太……"赵乐鱼拍了一下大腿。

周嘉默默望了尸体一眼:"对不住她,但现在还不能马上掩埋她。这屋子太热,人马上会烂,我们先出去吧。"

"万岁,凶手有可能是昨日的翰林们。臣昨日早上换上这一身,因为不能惹人注目,臣并没有携带其他衣物。但在梨花台上,卢雪泽拉过臣。宴会上,方纯彦与徐孔孟坐在我的左右,大家衣袖常碰到,昨夜见万岁前,东方和臣碰面。臣似乎错进他的房间,而韩逸洲却在臣的房间入睡。臣把他送回去的,所以……"赵乐鱼的脸色灰白,"韩逸洲……现在失踪了。"

"朕将翰林院的人扣下,都分别隔离在枢密院的房间,而宫门已然关上。白诚自己过去监督御林军。现在,若韩逸洲还在宫内,插翅难飞。"

赵乐鱼摇头:"万岁,韩逸洲为什么会失踪?昨夜岳姑娘提了他,当然如今死无对证,但韩逸洲也可能只是知情而已,恐怕不知道全部。今天岳姑娘还要见一个人,就是大理寺的卢修吗?她死了,所以卢修是否完全清白也不得而知。"

赵乐鱼盯着周嘉,他自己本来心思就乱,记忆里周嘉总是稳如泰山,而此刻在炎热煎熬下的周嘉，带着某种忧郁，仿佛暮秋……赵乐鱼甩开不祥的念头。

周嘉走出屋子，对着那个白发老宦官示意，老宦官一佝偻身子，推开门进来。"不管如何，让朕看看翰林院的人，等下上演什么戏码。赵乐鱼，你要学着洞察学问。你毕竟太年轻了……"周嘉背对他，叹了半声。

赵乐鱼出屋子以前，最后回头看了一眼。奇怪的是，岳雯的尸体从平静的表情变成了隐约的笑容。在这位烟花女子生前，可能从来没有做出过如此绝妙的表情：讽刺，优美，深不可测。

第二十九章：大理寺内飞来礼

翰林院众人都被分隔在不同的屋子，各有各的心事。方纯彦坐在窗前，有内宫的宦官守着门。听得隔壁噼噼啪啪，他问宦官："东方大人在那边吗？"

小宦官知道他是状元出身，自然有几分钦慕，说："是，东方大人好像一直在台面上摆棋子。大人今日脾气不好，下个棋和摔家伙似的。"

方纯彦皱了皱眉："除了韩大人走失，宫内究竟还有什么变故呢？"

那小宦官不敢吭气，半晌说："大人别问我，我们底下人，哪里知道！"

方纯彦又应了一声，满面乌云道："看来今天一时半会儿出不去了。"

小宦官突然捕捉到他眼中一丝柔情，冷面著称的状元居然轻轻说："今日，是我娘子的生辰呢。本答应带着她和孩子们出去踏青的。"

周嘉亲自来到枢密院的密厅，头一个见得就是卢雪泽。

卢雪泽姜太公钓鱼一般，稳坐着。见他来了，才微微转动了一下。

"小嘉……"周嘉叫他。

卢雪泽道："没想到我回去一夜，发生了大事儿。韩逸洲失踪，究竟是为了什么呢？"

周嘉说："我并不清楚，韩逸洲正好是我想询问的人，但突然不见，也太离奇。"

卢雪泽叹息："祸不单行，你只怕还遇上些别的事儿？"

周嘉忧郁片刻，道："有人横死。"

卢雪泽眼神清明："是昨日梨花台女子吗？"

周嘉一言不发。

卢雪泽又道："万岁，你有个缺点，我只在你年轻时候说过：你太自信。当皇帝，面对群臣，你有九鼎之尊，不得不自信。但你年少时候爱好查案，虽然偃旗息鼓多年。如今又插手翰林院的案子，这种皇帝的自信就不合适了。聪明反被聪明误，就算我不知道女子的身份，也猜出几分。若真凶等知晓女人的底细，还不动了杀机？只是……何以如此之快，按说没有道理。"

周嘉背过身："小嘉，原来你怪我了。怪我今早上不让你跟着你弟弟同来，你以为……我怀疑你的弟弟，我心中就好受吗？"

卢雪泽面色在金色的阳光中似乎更加明亮："我不怪你，法不容情。不过，我不信我弟弟是什么凶手。就算是，我弟弟昨日不在宫中，除非能够飞檐走壁，不然，怎么可能杀人绑架？我弟弟一旦有差池，卢家百年盛事也就不再。这和方纯彦的落魄，一个道理。"

周嘉说："我并没有特别怀疑卢修。若女子要指认之人是翰林院的，那么就有可能是卢修。若不是翰林院中人，中国之大，何人不可能？"

卢雪泽忍不住说："我劝你赶紧找出凶手，还我弟弟一个清白。否则，你的家事、国事，不都受到影响了？"

周嘉似疲倦了："嗯。因为此案复杂，我也另有对策。现在看来，似乎让隐身人有猖獗之势。"

卢雪泽想了想："可能……还是与九鹰会有关？"

周嘉坐下来说："九鹰会，总是我的心病。纵然身为天子，有时候仍然觉得不安。小嘉，我身体渐渐不佳，所以不祥之梦也颇多。"

卢雪泽挪开了膝盖上的手，轻轻抚摸一下周嘉的眉头："梦是反的。要说不安，我才应该更不安。当年九鹰会的四个长老，我是最年轻的……此事周密，连卢修都不知道。我却没什么后悔，这十年你的江山稳固，百姓安居乐业，我也能够看到你坐在金銮殿上……这就好了……"他说得如静水行舟，嘴角还挂着轻烟似的笑容，却是揭开了一个帝国里陈年的忌讳。他也知道周嘉忌讳九鹰会，但是今日提及，一是情绪如水，到了闸口，不得不放；二是因为卢修。周嘉知道，但也只是拍了拍他的肩膀。

翰林院的人被关在枢密院的另外一边。因此便利赵乐鱼逐个看了昨日的卧房。他坐在写着自己名字的卧房内，果然闻到被子上留有自己衣袖上的香味。他从内衣夹处，拖出了一小块丝巾，闻了一闻，摇了摇头。昨夜黑暗中与东方亲近，他神不知鬼不觉从东方身上捞了件东西。当时他还没有想到岳雯这档事儿，不过出于习惯而已。赵乐鱼十四岁开始当小捕快，曾在一件案子上吃了哑巴亏，从此凡是有不速之客。他都要从对方身上取下一点东西，作为日后的凭证。当着周嘉，他并没有说东方谐夜色诱他的事儿，是有他自己的打算。他在翰林院中的日子，也顺便打听些东方的消息。东方虽然少年中探花，名扬天下，然而家中情况鲜为人知。与他同榜的四川进士，有一个因病退在京师。后来在京郊出家为僧，赵乐鱼与那僧人周旋了好几回，才从闲谈中得知他的父亲似乎是个村学的私塾先生，而母亲是个妾室。

■翰林院

"村塾先生一般才一年十余两的收入，怎么他父亲倒娶妾？"赵乐鱼问。

那人叹息说："我们也不清楚，只是四川举子一同上京的时候，他母亲来送别，是个绝美的女子。我们几个人都觉得惊奇，她这样的玉堂牡丹之容，怎肯落穷乡僻壤？当然，东方后来果然有了运气，扶摇直上。若当今翰林院卢学士升迁以后，除了洛阳韩家公子，也就是东方有可能取而代之了。洛阳韩逸洲，资历毕竟不如东方。"

赵乐鱼闻了闻韩逸洲昨日所靠的椅子，毫无气味。昨夜他把韩逸洲送回去的时候，因怕人再次换灯，虽然时间紧迫，数明白了房屋的梁数，心中记明。天亮之时回来，他推开韩逸洲房门，见韩逸洲的房中铺盖整齐。自己在自己这间房门上所悬头发丝儿又完好无损，显然无人进入。他才放心,哪里晓得韩逸洲却不见了。

赵乐鱼觉得,韩逸洲失踪有两种可能:一种可能是他自己离开。但从赵乐鱼江湖的经验,以韩逸洲昨日昏睡的程度,不太可能。另一种可能是别人劫走他,那么这个人还把被子叠整齐,就比较奇怪。这人也许是希望别人早上来找韩逸洲的时候,以为他已经起床。以韩逸洲的洁癖,被窝乱七八糟,很快就引人怀疑。可见此人相当心细……

宫中逐个盘问才开个头,卢修已经到了大理寺中。他想起今日皇帝的神色,越想越觉得不对头。大理寺卿当了几个月,他即便是纯然儒生,也懂得了不少。却听手下的长史殷勤问好:"大人从家中来?"

卢修微笑,不置可否,长史又说:"大人,宫中似乎有非常事,因为万岁关闭宫门,是否……圣体违和?"

卢修放下公文,心里一动:"是吗?万岁身体康健……也许是其他原因。"

长史轻轻地说:"大人,昨日有你的一件东西放在大理寺的书柜中,您要卑职取进来吗?"

卢修吃惊:"什么东西,我哪里在书柜放过什么东西?"

"不是大人的吗,上面有大人的签名呢。"

"是我的,我怎么不知道?"

长史不再吭声,低眉顺眼。

卢修道:"我去看看。"他快步走到外间的书柜,有精美至极的一个锦盒。上面有个夹片,果然是"卢修"二字,而且确实是自己的笔迹。

盒子涂抹了大量的香料,太过分,近乎辛辣。卢修虽然不明所以,还是当长史的面,缓缓打开了盒子。

忽然,他退后一步,撞了长史的身子。长史"啊呀!"一声尖叫,划破春日肃穆的大理寺。原来如此锦绣盒子中,乃是一颗男性的头颅!

第三十章：假作真时真亦假

自从出了杨翰林的人命案，再经过大理寺几个月的历练，卢修也不是头次经历血淋淋的场面。因此他后退几步，定下了神，把盒子捧到自己的书案之上。

阳光染着血色，照射在人头之上：头发稀疏，皮肤蜡黄枯槁，舌头稍微有些突出。他的脸还没有腐烂得辨认不出，可见被割下没有几天。

长史刚才是冷不防被吓了一跳，如今也回过神来："卑职无能，比不上大人的胆量。这……是谁？光天化日的，居然把人头送到大理寺！这世道怎么什么人都有?!"

卢修仔细端详人头，眉头深皱成一个"川"字，自言自语道："这是什么意思？"

长史用官袍擦汗："大人认得此人吗？"

卢修点头："认得，他是翰林院中的更夫王老三。"

长史心中吓一跳。原来他偷偷分析过翰林院的杀人案，趁着卢修离开，还把不少关于此案的卷宗拿出来瞧。翰林院的血案中，自己的上司，大理寺卿卢修本也有可疑。但因为王老三的证言，他与韩逸洲翰林均被排除。原来这王老三也就是个不起眼的猥琐人物，可是……为什么送给卢修，难道是威胁他什么？

他忐忑不安想着，瞟一眼卢修。卢修问他："今日万岁真的关闭宫门吗？"

"是，大人。"

卢修手指有些颤抖，强作镇静说："此事发生，又有我的签名同在。事不宜迟，你立刻去，无论如何将大理寺收到人头之事，报告宫内的万岁爷。"

长史得令而去，同时，门外的大理寺衙役们蜂拥而至。卢修不动声色，趁乱把人头发髻中插着的一张纸条塞进自己的袖口。

那边白诚忙着检查宫内出入的车辆。后宫万人，每日光说进出的柴米油盐、蔬菜瓜果就不得了，闲杂人等更是如过江之鲫。因为白诚一丝不苟，所以许多人的车辆都滞留宫门，排成一条长龙，抱怨声此起彼伏。不一会儿，有一辆宫车从宫里出来，也不排队，就直接前趋。白诚拦住了："请问是谁的车子？么么不懂规矩。"

那人轻声说："白侍卫，万岁让我先回翰林院，我还有急差。"

白诚听到卢雪泽的声音，立刻把手里的剑收起来。

"学士大人，这是当然，不过万岁的旨意，每辆车都要查，你不会介意我冒犯吧？"

卢雪泽道："大人客气了，请便。"

白诚立刻掀开帘子，也不马虎，仔细搜查一遍。下得车来，连车底都不放过。卢雪泽也不和他言语。白诚见他颜色疲倦，一抱拳头，卢雪泽的车就扬长而去。

白诚随口说："卢圣人怎么用宫内的车？他自家的车呢？"

守门的一个侍卫说："大清早，他弟弟卢状元用自家车先离开了。"

白诚马上问："嗯，那么大理寺卿的车子，你们仔细搜过没有？"

"那倒没有，他离开……万岁的旨意才来。"

白诚摸了摸下巴，抬头望天，若有所思。

周嘉送走卢雪泽，第二个轮到东方谐。他面前的桌上摆满棋子，居然是一个"无解之局"。周嘉走近，他似乎没有发觉。

东方谐念道："菱透浮萍绿锦池，夏莺千啭弄蔷薇。尽日无人看微雨，鸳鸯相对浴红衣。"

周嘉定定听他念："嗯，你也喜欢这首吗？"他好像忘记自己皇帝的身份，神态古怪，只是对着东方的脸看。

东方谐立刻起身，下跪请安。周嘉默默注视他在桌上布下的一盘棋，道："东方，你从四川来京许多年了，只回去过一次，你家乡的母亲不惦记你吗？"

东方谐面上透出一种苍凉，说："臣父早亡，臣母已经在青城山入道，因此，回家也没意思。"

周嘉背着双手，也不叫他平身，说："你上次回四川，好像已经是五年前的事儿了。你没有先回京城，反而去了洛阳。蜀道难，你护送一个少年走了万里的路。朕倒是屡次在想，你究竟带他领略了什么风景？"

周嘉说话，威严里透着和悦，而他的桃花眼，自从方才听了东方谐念的诗，就一直结着霜气，透着森森寒意。

东方谐已经明白了皇帝的所指，他的手指甲上因为刚才打棋子用力，指甲里面出现了斑斑的淤血。他一反常态地直起脊梁，朗朗地说："万岁，那时臣不过是受人之托。臣虽没出息，但对着父母新亡的一个十三四岁的男孩子，臣还能、还想、还敢做什么？"

周嘉冷笑一声："大胆，你忘记了自己的身份吗？朕平日对翰林院的人，过于纵容，所以才会出了一个个的不臣之人。"

东方这才低下头："万岁，臣失言，万岁恕罪。因为韩逸洲失踪，臣的心绪纷乱，既然万岁圣明，已经知道臣与韩逸洲结识多年，那么臣不担心倒不像个人了。"

周嘉心中依然对那首诗念念不忘，但到底是皇帝，他压制下自己心头的潮水，说："韩逸洲失踪的晚上，你究竟做了什么？"

东方谐想了一想，说："臣就寝时候，已经深夜，黑暗中有人摸进屋子，恰好是赵乐鱼。臣和他说了几句话，也就散了。臣……与赵翰林向来话不投机。只是纳闷他为什么到臣屋子来，想是灯笼为人调换所至。臣向

■翰林院

来浅眠，半夜的时候听到门外有动静，臣以为是哪个同僚睡不着，出来闲逛的。因此并没有理，似乎是徐孔孟，叫了一声谁的名字。臣翻身起来，又睡了下去。"

周嘉问："你怎么肯定是徐孔孟呢？"

东方谐回答："他和我相熟多年，况且上次他受暗算以后，嗓子一直没复原，有点哑。除了他，翰林院的人，没有这种哑里带沙的嗓子。"

周嘉点头，又问他："你常来往宫中，按说众翰林里，只有你和卢雪泽与内宫太监最熟，是不是？"

东方谐说："一点儿不错，万岁手下的宦官，臣几乎都熟悉。臣对这里的路也算是熟悉。万岁要是已经怀疑臣，臣无话可说。万岁要是想赶快找到韩逸洲，则要从其他人身上入手才有用处。毕竟，臣也不知道他在哪里。"

周嘉傲然地看着这个人，好久才说："你还是等在这里，朕也不会冤枉你。"

东方谐既然提到徐孔孟，周嘉就要召他来。他自己在枢密院的主座上端坐着，发现徐孔孟平日一丝不苟的衣物上有了一些褶皱。

徐孔孟苦笑说："万岁，臣因为等在房中无聊，只好先歪着小憩片刻，臣中毒以后，身子虚弱。"

周嘉与他本是表亲，不拘小节地说："有人说，昨夜半夜你叫了一声，看来是做了噩梦，是不是呢？"

徐孔孟眼睛一眨，说："臣虽然没有噩梦……但今天早上韩逸洲出事，臣还真不敢欺君惘上。昨夜臣不胜酒力，第一个离席到枢密院，早早就睡了。半夜的时候醒过来，听到隔壁房里有人说话，那人说得大声，言语中有好几次称呼'逸洲''逸洲'。臣以为有人闹酒风，起床去看。还没到门口，看见翰林院编修官服的人走在我前面，手里提着一个白纱灯笼。我怀疑是老魏，叫了他一声，他没答应。我又以为是何探花，揉了揉眼睛，那人突然隐遁不见了。臣突然想：那样子……那样子……"

周嘉催他:"说。"

徐孔孟嗓子更沙哑了:"臣当时想,别是死掉的杨翰林。这念头一来,臣浑身起了疙瘩,也不愿意跟在外面逛了,赶紧回屋。"

周嘉笑了笑:"孔孟,你不是女子,怎么如此迷信。杨青柏死掉已经是板上钉子。因为当时,虽然他被分尸剖腹,但他的头可是放在翰林院的书桌上的,从颈部齐齐割下,完好无损。"

徐孔孟吞了一下口水:"是,臣胡说的,但因为那个影子,臣并没有到隔壁的房间里去。第二天臣起床,才发现吵嚷的是韩逸洲的房间。"

周嘉思索着:"杨青柏的样子,只要是个身材高大的男子,穿上差不多的服饰,从背后看都有七八分像。"他顿了顿,"不过,真假难辨,总有蛛丝马迹。"

此刻,才有宦官报告:"万岁,大理寺有紧要事上奏。"

大理寺中,如今是草木皆兵,卢修正盘问每个关于盒子来路的细节,盒子是昨天他在宫中时候送来的。送盒子的是一个给大理寺长期送盆景的老人。据他说,这是有人放在他预备带到大理寺的盆景中的。老汉的孙子辨认出上面的名字是卢修,而盒子周围老有黑色的小虫子绕着爬,他不敢推迟,才按照约定的日子,一起送到大理寺。

老汉当差四十多年,似乎没有说假话,卢修坐着,心里也是七上八下。话一点儿不错,关心则乱,只有卢修知道纸条上的七个字:"韩逸洲在我之手。"

翰林院

第三十一章：少年名捕之赌局

白诚等人在宫城门口盘查到下午，也没有发现韩逸洲的影子。白诚嘴唇给晒得起皮，不断敲击着剑柄。

"大人，这人要么早就运出去了，要么就是在宫里藏着。"一个禁卫军军官对他说。白诚点点头，直望着角楼发愣。

"白侍卫跑差辛苦，吃力不讨好。"有人说。

白诚扫了那人一眼，自言自语地说："光我自己扛点苦算什么？"

眼看黄昏就要降临，周嘉让白诚去见他。

周嘉道："还是没有吗？"他神色不快至极，嘴角却噙着皇者才有的冷笑。白诚许多年没有见周嘉这样认真过，往日即使面对胡虏，周嘉也能谈笑沙场。

白诚说："万岁，臣都仔细搜过了，据臣与禁军分析：清早上就是卢修大人的车进出过，我们也不好搜查他家里。是不是呢？"

周嘉的面部僵硬了片刻，说："即使是卢家兄弟做的，也不至于把人藏到家里。再说，岳姑娘认人之前，卢修已经有嫌疑，她现已死了，卢修还杀自己在杨青柏案子的见证人？还要藏起小韩？为了什么？"

白诚不敢搭话。说话之间赵乐鱼走了出来，脸色是异乎寻常的凝重。周嘉对他道："你也听到方纯彦、何有伦、魏宜简三人的供词了？"

赵乐鱼应了声："方纯彦说自己什么也不知道，也许是实情，他除了和东方谐比较接近以外，向来两耳不闻窗外事。昨日安顿，他的屋子是唯一朝北的,按理应该潮湿阴暗。和其他向北的屋里一样,可方纯彦睡的被窝却温和松软,可见夜里睡过人的。臣发现枕头下面有一幅软木的小塞,这乃是要睡觉之人为了防止噪声而带的物件儿,早上起床的时候他也许是落在了屋里。何有伦对万岁说的话,有一点儿问题。他说昨夜自己没有起夜过,但他住宿的屋子门口却有他的脚印。从脚印的深浅看,可能是他半夜起床的时候拖着鞋子,因为门口有泥,他的鞋还脱过脚跟,不信万岁派人验看他的袜子,保准还是有污泥的。他为什么要说自己不知道?可能是要隐瞒什么?也许是不想多事儿。至于老魏,他与韩逸洲平时来往不少,而且均是超乎翰林院书本文章以外的事务,臣以为:许多纠葛因银钱而起。韩逸洲的失踪,可能他知道一点儿端倪,但他不说,臣暂时也拿不出他的错来。"

周嘉叹息说:"这三人即使有什么嫌疑,若没有帮凶,又怎么可以将韩逸洲那么大个人藏起来。"

赵乐鱼道:"臣想,韩逸洲已经不在宫内,毕竟我们住宿的地方,等于是内宫与宫门的夹墙内,方圆不大。此处皇宫,岗哨侍卫颇多,而地道机关完全在万岁掌握之中,太不安全。他要杀韩逸洲,便杀了他,何以冒险藏匿他?若不杀,则是要挟某人无疑,或索要韩氏金钱?如今以凶手缜密心思,哪里是要钱那么简单?"

周嘉听了说:"你的想法与朕差不多。杨青柏之死,恐怕也是出于复杂的动机。但朕一直以为,杨青柏的死状十分奇特,凶手不会一次杀死他。若要毁坏尸体,恐怕并不是出于仇恨,而是要掩盖他的死因。就算最有经验的仵作也不能从一堆烂肉中寻找痕迹。是吗?"

赵乐鱼眼睛黑亮,好像龙潭火石:"万岁英明,臣也觉得:杨青柏死时,不一定是凶手真正下手的时候,这样大家的不在场证明都是白搭。至于杀死那个醉鬼王老三,反而是个败招。"

白诚忍不住挠着脑门:"那又怎么讲?"

赵乐鱼答道:"他杀这个人,绝不应该是此人发现了什么秘密。此人位卑，因嗜酒，人也常糊涂着。比方说要弄死他，完全可以神不知鬼不觉地把他往京城的哪个湖里一推。可是凶手明目张胆地往大理寺送人头，明摆着是要告诉卢修什么消息，而且对他是个警告。卢修自己演戏？又不大可能，因为昨日就算梨花台岳雯露馅，他布置一切很难如此迅速。据刑部派去大理寺协作的人给万岁才上的报告，王老三死了已经三天了。可见，一切都是精心设计的。"

周嘉站了起来，说："所以……你们如今只有等，等他那边先动。有了蛛丝马迹，自然可以收网。"

白诚似乎明白过来。周嘉吩咐他："去，把翰林院的人全部送出宫。派人盯住他们。特别是东方谐，此人刁滑，貌美不过是外面的皮而已。"

赵乐鱼闻皇帝的口气，眼睛眨了眨。少年眉间一层忧色。周嘉望了望他："你别急。"

"臣心急，因为臣若能反应快，还可挽回什么。可现在韩逸洲落在人手，再受点罪什么的，臣即使救得了他，也终身不安。"

周嘉坐下凝视他，好久才说："要成就一个捕快，不知道死多少人。难道人人都是罪有应得？你大姐说得没错，你啊，还是早点走出这里为妙。"

赵乐鱼半跪在他膝盖前，略带哽咽道："万岁，臣是江湖人，只有漂泊红尘，若这个是非圈子不要我，我去参与武林争斗，又能快活吗？臣以前嫌自己年轻。若结束了翰林院案子，臣也……臣愿意……在翰林院这一盘赌上我萧超的命。"

暮色沉沉，十七八岁的少年，美目如琉璃，脸色如蜜缎，可惜谈论的却是生死、赌局。周嘉也曾经年少，记忆深处也有人与他一起参与赌局。他们胜了……但是……

想到这里，周嘉伸手摸了摸赵乐鱼的头，慈爱地说："萧超，你和你大姐，为了朕分担了好几件事。朕给你赏，你不要。这一次翰林院，朕就是此刻跟你说：你输了，朕不怪罪你；你赢了，朕赐给你一块免死金牌，但是有一点一定要记住：别赌上你的命。"

白诚目送着翰林院众人出宫门。他们都不坐轿，直接走出大门去。东方谐一家的车子在宫城外候着。东方谐沉着脸，夕阳下仍旧艳丽不可方物。他沉默着要上车，突然伸手呼唤方纯彦："方大人，顺路，我送你一程。"

方纯彦也不推辞，众目睽睽之下跟他上了华丽的马车。车子一开动，东方谐才说："你娘子今天生日，但愿你还来得及回家。"

方纯彦沮丧，雪白的脸上恍惚着，客气地说："你费心，没想到……"

东方谐冷不防问："什么？"

方纯彦淡淡地说："没想到，你还与韩逸洲这么好。我看他闷闷不乐好些时候，原来……"

东方谐打断他："现在提起他，是不是不合时宜？我与他已经断了关系。至于你我，你总不见得……"

方纯彦板着脸："不会。我从昨夜开始，就只惦记我娘子的生日。她跟了我许多年。布衣荆钗，还受我父兄连累。我虽倒霉，总是个人，至少在她的生日这天也不能想别人。"

两人无语，东方谐似冷极，抱了肩膀缩在角落。平日的威风、煊赫、凌厉似乎都随着夕阳而落幕了。

卢修从大理寺出来，太阳已经落山。他步履沉重，总想着回到家去，为了韩逸洲的安危，还是避人耳目的好。他带着一些文书，不是重要的，而是心里太没着落，必须有重量捧着才安稳些。

赶车的家人候在门口，说："二老爷，把东西放在后面的箱子里。"

卢修任他从自己手里把东西接过去。大理寺门口火把通明，还亮着，家人打开车后的箱子，不禁"咦"了一声。卢修回神过来："怎么啦？"

"二老爷，你看这里。"

箱子内，有一件白色的衣袍，上面有斑斑如桃花的血迹。那衣袍十分考究，卢修只看一眼，就认出是属于谁的——韩逸洲！

卢修抱着那件衣服,心几乎要扑腾出喉咙。排山倒海的惊惧迎面袭来,血色的印渍似乎随着晚风化开,勾勒出韩逸洲血淋淋的面容。

冥冥中,他看着韩逸洲惊惧、绝望。他马上伸出手叫他:"逸洲!"

第三十二章：卢雪泽临危不乱

背后有一只温暖的手，搭在卢修的肩膀。他一回头，是兄长卢雪泽。"大哥？"

卢雪泽说："二弟，人头事件我已经知道了，韩逸洲的事儿你也知道了，是吗？别着急，我来接你回家，到了家我们兄弟从长计议。"卢雪泽的声音还是一贯的不紧不慢，但他细长明亮的丹凤眼中，竟然失却了沉静。

卢修甩开他的手："不行，我现在不能走。大哥，你看，这白色衣服分明就是韩逸洲所有的。我无论如何不能走开。"

卢雪泽拿过衣服，仔细瞧了瞧，伸手摸了摸卢修的额头："二弟，是不是你太累了？这哪里是韩逸洲的衣服，这是我的旧衣服啊。以前我和他那般年龄的时候，最喜欢雪白的衣裳，你还记得是吗？"

卢修似乎不相信，红着眼睛说："大哥说什么？血迹如何解释？"

卢雪泽呵了口气，不慌不忙地解释："前几日你侄子调皮，划破了手。他把我的旧衣服从箱子里面翻出来玩，被血弄脏了也不敢放回去，大约就丢在这里了。家里的车子又不是一辆。"

卢修抿着嘴："大哥，你不能骗我，哪有这样的巧合？"

卢雪泽垂下睫毛，端丽如长江月的脸庞上闪过一丝的不快。他道："二弟，你为了别人，还怀疑起我来了。就算韩逸洲的血衣在你这里，你也是一万分说不清，幸好不是。他不见了，我比你还急。难道做哥哥的还捉弄自己的弟弟？"

卢修不说话。卢雪泽拉了他，眼睛对家人一扫。家人立刻说："是，二老爷，小的今天赶车，也没觉得……什么与众不同。至于衣服，小的整天守在老爷的车旁不敢偷懒，确实没人可以放进去。"

卢雪泽柔声打断他："谁要你多说话，二爷会错怪你不成？"

家人立刻噤声。卢雪泽几乎是把弟弟拽上了车子，一把拉下厚厚的车帘。发现卢修表情哀哀的，他叹息了一声，把他的手放在自己的膝头上，和卢修儿童时代一样拍他的手来安慰他。

"二弟的手是做千古文章的，也是可以掌管权柄的。大哥爱惜你的手，超过自己。所以你小时候动我治病的刀具，我就生气。"

卢修不知他要说什么，瞪着前方失神。

卢雪泽又道："大哥都是为了你好，你与韩逸洲朋友一场，我庆幸。韩逸洲现在失踪了，我难受。因为你心里牵挂得紧，我和你一条心，当然也难过。只要有办法，我们一定让他平安。"

卢修靠着他哥哥说："大哥，我收到别人给的条子，说韩逸洲在他手上，我不敢声张，唯恐让万岁知晓，打草惊蛇，对方不讲信义。逸洲……很危险……"卢雪泽一边听，一边点头。

卢修整理了纷乱的思绪，捡重要的说："不知道他要什么？要钱？那直接去问韩家要，什么没有？要人？难道是要我？我和谁有冤仇呢？要别的，我卢修不过是大理寺卿，天下的事儿什么我做得了主？"

卢雪泽拉出一块丝帕，小心翼翼地在卢修鼻翼两侧揩。那丝帕中含有淡雅的幽香，似乎春兰在冰冻的泉水下开放，让人心神怡然。

卢雪泽听着车子在路上的行进之声，悠悠地说："这个人分明是要和我们卢家作对。但我是卢雪泽，若我那么容易败，我已经死了一千次了，置之死地而后生。二弟，有我在，你不要担心，天塌了也是我顶着。"

卢修的眼前模糊，睡意昏昏，他拧了自己一把。卢雪泽在阴暗的车中拉住他："傻弟弟，睡上片刻，到了家大哥叫你。"

卢雪泽的声音异常柔美，蛊惑。卢修不禁靠在他身边，感觉好像死去的父母都在卢雪泽身上复活了。

车子到了卢家，卢雪泽下车来，自己把卢修抱起来径直进入后堂。他把卢修安顿在一间给客人用的卧房内，给他除了外衫和靴子，又给他盖好被子，盯着他瞧了好一会儿，才走了出去。

卢四垂手在屋檐下站着。卢雪泽轻声地说："二老爷累了，这一睡大约要三四天。你要给我仔细照顾好了。从今夜起，我自己睡到二爷的房中，凡是给二老爷的一切东西，你全给我过目。"卢四听他口气，连忙称是。

卢雪泽皱眉，抬头望月，又说："还是不要把涉儿送去外祖父家了。孩子离开我，我也不能放心。"

卢四迟疑："老爷……"

卢雪泽对他微笑说："放心，我自有分寸，只是你要管住家人才好……"他们正说话间，卢涉已经从外边奔跑进来："爹爹！爹爹！"

卢雪泽对卢四努嘴。卢四退了下去，关上了门。屋中只剩下卢家兄弟父子三人。

卢涉好奇地说："咦？二叔那么早就睡觉？听说大理寺杀人呢，亏二叔睡得着。"

卢雪泽把他一把抱起来，整理下儿子隽秀脸上披散的碎发，说："你可不准说你二叔。以后要是爹爹出远门，只有二叔照顾你，你要伤了他的心，家就没了。家没了，我的宝贝怎么办呢？"

卢涉似懂非懂地点头。卢雪泽搂着他，亲了亲他的孩儿面："好儿子，你要好好读书，好好做人，跟二叔在一起，有我没我都是一样地过日子。我也知道你去橘楼看书……"

卢涉歪着脑袋。卢雪泽道："以后准你光明正大去了，好不好？只有一个条件，这几日爹爹要忙，你不能和爹爹睡。我把前几年回乡的秦妈妈接来了，你由她照顾。"

卢涉使劲点头，抱着卢雪泽的脖子。卢雪泽闭上眼睛，父子这样相拥了半个时辰。卢涉发困了，卢雪泽才顺着过道，悄悄把他交给了一个白发老妇人。他迂回来到书房，赶车的家人同卢四都候着。

卢雪泽问："你细细说来，怎么二爷车上有了血衣？"他不怒自威，眼神如雷电。

家人一五一十地说："小的真不知道，早上送老爷和二爷进去的时候还好。小的因上茅房，托一个御林军帮忙看一下车。回来，二爷就闷闷地坐在车上。我看二爷脸色不好，哪里敢多嘴？车子比平时沉些，但二爷在宫里面得赏也是常有的事儿。后来到了大理寺。大理寺乱了套，小的也挤在里面看热闹，就忘记这一茬了……"

卢雪泽听着，忽然问卢四："今天府中有什么外人出入？"

卢四回话："刚才老爷去大理寺的工夫，有一个算命先生来过。说是秦妈妈请他来的。"卢雪泽眼睛一张。

卢四说："他已经走了，陪着秦妈妈在府里转了一圈，就从小门离开了。我一直陪着少爷，也没送他。"

卢雪泽笑了一笑："那个算命先生是不是身材比二爷高一丁点儿，满脸大胡子？"

"是。"

卢雪泽又笑了一声，自言自语道："鬼孩子！居然到我家来了……我卢雪泽若不知道他在哪里，反而好受些！"

卢四等人听不清他说什么。卢雪泽道："现在给我备车……我要去一个地方。"

卢四心说：那么晚了……但他也知道最近有非常变故，连忙应了。还是那个家人，赶着车送卢雪泽出了卢府。

一路到了卢府不远处的一处山庄，夜间宁静，万籁俱寂。原来是卢家的祖坟。卢雪泽在一个一个墓碑间徘徊，最后停在一处坟地之前。他在边上的土堆上坐下来，凝视着墓碑。月华浸染着萤绿，将他的面孔、披风都染透了。不知过了多久,卢雪泽才动了一动。

猫头鹰在山林中不甘寂寞地叫了几声。卢雪泽瞟了瞟几块掩盖在柏树林中的石碑,大声地说:"你出来!"

没人回答。卢雪泽又大声地说:"每年这时候我在夫人墓前,你都在,不是吗?我忍了许多年,难道现在你还不肯出来?"

一个人影,从墓碑后面怯生生地冒出来。

卢雪泽的眼睛潮湿,不知道是由于夜间的雾气,还是因为心底的泪水。他们俩人,几乎同时叹息。

■ 翰林院

第三十三章：光华之人苦恋心

那个人影一步步靠得近了，生是往后退了尺许。

卢雪泽苦笑道："穿得那么单薄？我记得你初入翰林院那年夏日，光着脚坐在飞云阁前玩水。可不是就着凉了，半夜里烧得说胡话。"

一片阴云挡住了半边的月亮，只因那人的一个微笑，旷野之上顿时春华欣欣，芳馨连天。东方谐的眼波，湮没红尘，追忆往事，他的脸上洋溢着幸福的神采，说："病了有什么不好？可惜自从那次以后，我从未着凉过。我有时候恨那次我病的时间太短，不然你肯定……"

卢雪泽不置可否，离开了他妻子的坟墓，迎面向东方谐走去。

东方谐眸子中灿烂的华梦，似乎被卢雪泽现实的表情所打破，他抖了一下。

卢雪泽温和地望着他，说："傻孩子，每年我这天到此处独坐，你都在那里偷看着我……今天夜已深，你怎么还等？要是我不来，你打算等到天亮？"

东方谐眼尾的媚气流露出天生的俏皮，他道："如此星辰非昨夜，为谁风露立中宵？可惜，你终究是无情人，辜负了我的欣赏。"

在夜风中，即便一弯剪影，也是忧伤的情诗。

卢雪泽轻声问："难道你对韩逸洲就算有情有义了？"

东方谐的思路被打断，他剧烈地打个寒颤："我是对不起他……我从四川第一次送他到洛阳，天地可鉴，根本是没有什么邪念的。峨眉天下秀,秀不过韩逸洲,花重锦官城,也美不过这少年。我母亲教他学琴,他家人的噩耗还是我告诉他的。我一路开导他而已。与我分别的时候,他对我说:'东方,我要去翰林院,因为你在那里……'然后,他来了。后来,翰林院派我与他去洛阳的时候,我也不知道……"他似心痛得说不下去,许久才说,"我不该招惹他,但是……他在我心中的分量远不如那个住进我心中的第一个人。嘉,你最能体会这种感觉,不是吗?"

卢雪泽凝重地注视着他道:"我看对方不会那么快就对逸洲下手。他不过是对方的一个棋子而已,恐怕是冲着我来的。"

东方谐问:"为什么只对你?我一直寻思……你和杨青柏的事情到底有没有关系?"

卢雪泽凤眼中水雾消散:"我说不清,但我可没有见血的习惯。我也没有杀死他。你……呢?"

东方谐恨恨道:"我早就想杀他,因为他和我喝酒的时候,泄漏出他要挟你的事……那时我就有了杀心,但是……人并不是我杀的。在翰林院中,原来人人都恨他。今夜我在柏树林里面,对着你家祖坟思量再三,我想到一件至关重要的事。"

卢雪泽抬了抬眉。东方谐说:"他曾经说,九鹰会旧事,有一人的命运关系三人。我原来以为,这三个人是你,我,他。然而我现在觉得,他说的三人,并不包括他自己。也就是说,还有另外一个人潜伏着,此人是谁?他默默地在我们周围许多年,到底要做什么?"

卢雪泽冷笑道:"他闹出那么大的动静,为了除掉我们吗?我倒真想会一会此人。"

"嘉,我们在明,他在暗,你凡事小心。我就怕我们见他之日,就是他要致死我们之日。"

卢雪泽踱了几步,缓缓地说:"东方,你的心思我也不明白……许多事我不是不知道,但我不会揭发。不过,你要有分寸,若不是你的小算盘,事情何以如此复杂?"

东方谐咬牙道："你说什么?!"

卢雪泽摇头："徐孔孟为何中毒？乾坤仙酒内的机关是什么？"

东方谐愣住，他望着卢雪泽，静静地聆听。

卢雪泽说："你的小动作瞒得过我吗？我在宫中宴会结束后，又尝了剩下酒坛中绿色的酒，里面有轻量迷药。你的目的，不过是要让赵乐鱼醉倒。因为你推测他的个性，一定两种颜色的酒都尝试。于其他任何尝绿色酒的人，安睡一觉，也没关系。所以按照从你以下传递的顺序，只有方、韩、赵三人喝过绿酒。夜间在你屋中，到底发生了什么？"

东方谐垂下头，脸色居然变红了，像个初出茅庐的孩子。

卢雪泽也不追问，只是找块大石头坐下："你啊，一个人一个人接着游戏，总有一天引火自焚。过去的不说了，方纯彦、韩逸洲，再有赵乐鱼，你怎么就不珍视自己？"他的口气特别体贴，虽是责备，但还是让人沐浴在温暖关怀中。

东方谐扭着脖子，眼泪涌上来："你叫我怎么办？我不是你这样的圣人。你……"他看了看卢雪泽，终于不忍心说下去。况且他心中本来有愧，底气在卢雪泽的面前也不足了。

卢雪泽也并不见怪，伸出手来，将他腰带上的一片落叶掸去。

东方谐慢慢落坐在青苔上，靠着卢雪泽的脚踝，喃喃地说："我现在只是担心逸洲，逸洲……"

卢雪泽一动不动地让他靠着，与他共听着夜间自然的合诵。他想起在翰林院的夏夜，十八岁的他念给十五岁的少年东方一首旖旎的诗：

菱透浮萍绿锦池，夏莺千啭弄蔷薇，

尽日无人看微雨，鸳鸯相对浴红衣。

十年，弹指一挥。

第三十四章：清明浊酒少年游

　　半夜里下起了小雨，赵乐鱼蜷缩在屋顶上两个多时辰，身上湿透了，也不敢动一动。北方比南方的雨点要大，落在赵乐鱼的脸上，滴滴答答。沙尘掺杂在雨里，赵乐鱼身上为污水湿透。他听着底下人走动，翻个身也是不能。

　　他想：若天亮了，该到清明节了。清明时节雨纷纷，真是一点儿不错。他现在的样子必定狼狈至极。从前，有个美人说得一点儿不错："小鱼儿，你自找的！"他是自找的。还有件更滑稽的事，清明节这天，其实是他生日。太阳出来，他便在这世界上活了整整十八个年头。他无声啐一口。太阳在哪里呢？年年生日都是见不得光的。

　　终于，卢府的管家离开了屋子，还轻轻在外头落了锁。赵乐鱼等他走远，拨开瓦片，下面的屋子里，卢修果然是睡着了。赵乐鱼把宝押在卢府了。卢雪泽出门，外面自有皇家的人跟着他。但卢修呢？他衡量一番，觉得卢修是不能指望了。

　　雨下得更大的时候，卢雪泽回来了。赵乐鱼望见他的马车进了院子，他入了东面一间屋子。因为风雨之声肆虐，赵乐鱼也稍微敢出点动静。他倒挂在一棵柏树上，伸着脖子盯着屋内的卢雪泽看。从他的角度，正好透过窗户看卢家的主人。卢雪泽坐着，似乎在擦拭什么物件。

　　不久，中年管家小跑而来。赵乐鱼连忙把头埋在枝叶中，竖着耳朵听他们谈话。

"老爷，刚才有个更夫，给二老爷送这信。"卢四说。

"什么样子的更夫？"

"不知道，只是个打更的人，说是人家托他送信的。"卢四说。

"怎么不扣住那个更夫？"卢雪泽轻轻责备道。

他摆手让卢四出去，看了看信，面无表情，将信又放进了自己的怀中。

赵乐鱼正伏着，背后突被一颗小石子打了一下。他是江湖出身，对于攻击的本能反应就是改变身体姿势。但是这次，他只是稍微摇晃了一下。他根本没有回头，但当第二颗石子打过来的时候，他接住了。不是石头，只是石榴籽而已。那手法异常精准，江湖上可以做到这样精确的力道的，不超过五个人。小鱼在明处，那人刚才想杀死他，根本就不费吹灰之力。

赵乐鱼眼睛向来尖，看到石榴籽一端，雕着米粒大小的娃娃脸。难道有人和他开玩笑？可他在此处境，没办法细细思量。

与此同时，卢雪泽推开窗子，对着外面深呼一口气。卢雪泽面对夜空，笑了笑："呵呵，我家好玩吗？在我家你想找出什么？"赵乐鱼险些从树上掉下来，但他脸皮够厚，依旧不动。

卢雪泽说："小鱼儿遇到水，不能游水了？"

赵乐鱼这才干笑一声："大人你好，我和大人搞鬼，确实是自不量力。"他说着，从树上一跃而下。

卢雪泽温柔一笑："你这孩子，哪里是鱼？我混水摸鱼，却捉到一条泥鳅。"

赵乐鱼爽快地抹了一把脸："大人一回来就发现了我，是吗？"

卢雪泽道："是。也没什么稀奇的，你看那里。"

赵乐鱼顺着他的手指，原来屋里面有四面不同方位的镜子，刚才赵乐鱼栖息的树杈也在镜子的范围之内。

"你扮成算命先生到我的家里，怎么会如此轻易地走？我请你下来，是想和你一起商议个法子。"

赵乐鱼反问:"什么法子?"

卢雪泽道:"你是万岁派出的探子,我早就知道了。你的身世本来离奇,况且你是在翰林院血案以后进来的。翰林院中,除了三鼎甲,就只有非常背景人物才可入院。我们年轻的时候,父亲都督促着当代的豪族名录,为的是到了官场上绝对不犯别人的家讳。而你赵乐鱼,除了与万岁认识,还有谁家与你有往来?"

赵乐鱼微笑着站在雨里,点点头。

卢雪泽又说:"万岁在两年之前,曾经到江南巡查。杭州府派出的人中,有三个受到万岁的嘉奖。万岁赐我的书信中,提到过一个少年。你来翰林院以后,我托杭州府的朋友去探寻杭州府那个少年捕头。回信说:他不在杭州,在两个月前到西南一带办差去了。那少年,难道不是你吗?萧超。赵,与你的名已经有一半的相同。你母亲是已故的江南名厨陆彩岚,乐就是打陆来的。鱼字,是因为你在家中的小名,就是鱼儿。对不对?你的大姐,原是江湖上的第一美人,武林盟主夫人——'女孟尝'萧景春。你的二姐,正是御前侍卫白诚的夫人,芳名萧景秋?"

赵乐鱼挺起胸脯:"一切都瞒不过大人的慧眼。大人若是连凶手也一起告诉小鱼儿,小鱼儿岂不喜出望外?"

卢雪泽回答:"所以要请你下来,我刚才收到了一封来书。"

赵乐鱼走到屋檐下,身上还滴滴答答的,卢雪泽也不把书信拿给他。只是借着灯光读给他听:"清风之日,明月之夜,江畔之阴,河源之阳,来取欲取之物。"

赵乐鱼皱眉:"把字头连起来,就是'清明江河来'?明日正好是清明,但江河又指什么?"

卢雪泽不急着解答。这时,卢四顺着回廊来了,手里一个托盘:一套衣服,一个小碗,一叠手巾。

"老爷,都按照您的吩咐。"卢四说。他瞅了赵乐鱼一眼,眼神有点惊异,马上又恢复一副本分的奴才相。

卢雪泽对赵乐鱼说："你把姜汤先喝了。我方才回家的时候，让卢四去给你熬了。你把衣裳换了，大事临头，莫要着凉。"

赵乐鱼摇头，十分坚定。

"韩逸洲吉凶难测，我们还是早日想出对策为上。"赵乐鱼说，"我淋雨，挨饿，受冻，次数太多，本不是娇贵的公子。"

卢雪泽也不强求："随你吧。"

赵乐鱼对着他手里的纸条仔细地查看，说："这信上面每个字都是把其他人的书贴里的字，剪下来的。亏那个人有这份心思。"

卢雪泽叹息说："不错，此人居然还可以搞到舍弟卢修的亲笔签名。舍弟不是那种到处留字的人。这样的草体书，舍弟也不会用在公文上。今日我弟弟出宫时候，他也没想到，自己马车中藏着昏迷的韩逸洲。在大理寺为了人头混乱的时候，此人又神不知鬼不觉地把韩逸洲运送出去。他能够在皇宫中偷出个人，又敢隐藏在大理寺中，胆子真大过天。至于弟弟车子中血衣，确实应是韩逸洲的。"

赵乐鱼说："大人是如何料到呢？"

卢雪泽道："我是大夫，从血迹的新鲜程度看，大约是今天的早上沾染的。把衣服留在二弟车中，一来是警告我们，二来是设下埋伏，对我兄弟不利。"

赵乐鱼眼眸幽深："为什么要对大人不利？大人平日有得罪人吗？"

卢雪泽说："我本意并不想得罪他人。不过，世间要取得高位，要邀得恩宠，就一定得罪人。不瞒你说，我到翰林院十四年，前后多少人要扳倒我，都输掉了。而我的弟弟是驸马的人选，这个年纪就当上大理寺卿，妒嫉的人，也多的是。"

赵乐鱼打断他："大人，那人总该和你们还有些联系吧？为什么用韩逸洲威胁你们？"

卢雪泽说："舍弟对韩逸洲有兄弟之谊，自然不会袖手旁观。我和二弟兄弟同心，也不能坐视不理。至于别的联系，我一时还想不起来……"

赵乐鱼还要说什么，只听外面一阵嘈杂。雨夜里面有个女人的嗓音："别挡着我，让我见学士大人……大人！"

赵乐鱼和卢雪泽闻声望去，一个二十岁上下的女人头发蓬乱，在几个家丁阻挡下大呼小叫。卢雪泽对赵乐鱼使个眼色，自己走到廊下，示意家丁放开女子。女子丰腴娟秀，卢雪泽觉得她有些面熟。

她开门见山地说："大人……我是翰林院的编修何有伦的夫人，为何我家相公不见回家？"

卢雪泽这才想起为什么她面熟，原来何有伦过去以画仙女闻名。现在看来，多半是脱胎于他自己的夫人。卢雪泽讶然："怎么会呢？各位翰林都出宫了呢……"

何夫人泪光莹莹："听说翰林院里面出了大乱子，而他迟迟未归。我家相公若有……我夫妻到京时间不长，举目无亲。大人一定要帮我做主。"

卢雪泽温言安慰她："不会有事的，我自当尽力。天一亮，若他还不回来。我就入宫去请示万岁。"

何夫人忙说："谢大人。亏得相公一直说大人是好人，实在名不虚传。学士，我家相公向来与人为善……"她说着，眼睛一溜，"哎呀，你不是画上的少年吗？"

赵乐鱼指了指自己，何夫人点头。赵乐鱼连忙躬身，也没有多说什么。

何夫人道："相公画了一张你的画呢，有人高价定的。你是谁？"

卢雪泽说："这就是赵乐鱼编修。"

何夫人点头，迷茫地说："怪了，既然是一起供职的赵翰林，相公怎么瞒着我？"

赵乐鱼问："瞒着什么？"

何夫人定定地看了看卢雪泽的脸，说："没什么，我也许会错了相公的意思。"

第三十五章：女孟尝现身京都

再说皇宫里的周嘉，他一整夜都没有睡好。自从昨日半夜白诚密告以后，周嘉就脸色低沉，半夜里面还含混地说了几句梦话。黎明时分，他身边的老宦官也不敢叫醒他。他外表像是个风流天子，实则异常勤勉，忙起国务通宵达旦，因此经常独宿。他对后宫嫔妃都不坏，但说不上特别垂青哪个。自从皇后张氏四年前去世后，后宫的首位一直虚着，倒是十四五岁的大公主在帮着太后张罗着内务。

周嘉忽然坐起来，叫："朕要见卢雪泽。"

此言一出，把龙床外环伺的太监吓了一跳。

总管太监不敢怠慢，跪下说："万岁起了？启禀万岁爷，卢学士已经在宫门外候着。"

周嘉不声不响，任由宦官们服侍穿衣。四周鸦雀无声，过了一会儿，周嘉道："让卢雪泽去书房。"

总管递上一个折子："这一位，也来了。"

周嘉快速翻看，沉吟片刻，说："这位是朕的客人，请到太后宫中，朕稍后去。"

他穿好龙袍，早膳也不吃，大踏步地向书房走去。走到半路，他停了片刻，宦官们不敢出大气。周嘉望着龙袍上精细的刺绣出神。随后，才慢吞吞地迈了步。

御书房内，只有卢雪泽与周嘉两人相对。

周嘉桃花眼中，只是一片深不可测。他干笑了一声，也不说话。

卢雪泽凤眼一眯，开门见山地说："何有伦失踪了。"

周嘉道："……他怎么会不见？匪夷所思。"

他不好说自己派去的人盯不住何有伦，因为这样，等于告诉卢雪泽：东方乃是有人跟踪到了卢家祖坟的。他也怕，怕触及了他自己的新伤口。

卢雪泽说："你昨日听他们都说了些什么？"

周嘉想了想："何有伦似乎没说实话。"

卢雪泽又道："我们现在怎么办？"

周嘉说："你，知道了什么？"

卢雪泽没有说话。周嘉笑了笑："小嘉，我忘了。你有话也不对我说，我是白问了。不过，我每次见到你，几乎要把问题都撑破了肚子。"

卢雪泽眼皮一翻："万岁！臣首先是为皇上着想，然后是为我卢家考虑，第三是翰林院一众人，最后才是臣自己，信不信由你。"

周嘉道："大清早说这种气话做什么？我们什么年纪了，你还像孩子。"

卢雪泽道："我从来不像孩子，你才是呢。你坐下，听我说。"

周嘉心中不快，但也不便发作。这么多年来，卢雪泽处处在帮他，除了皇帝的地位，他并不觉得有什么优越之处。

过了一个时辰，周嘉才到了太后宫。太后年高，到这时还歇着。周嘉直接去了殿东的一个房间。那里，有人等候他。

"夫人别来无恙？"周嘉对着一个高大美妇笑道。她一身云锦宫装，头上只是一根剑形金钗而已。那位夫人微一蹲身，十分的大方。

"万岁，还是叫妾身春儿好呢。妾此次是入京给老太后赠送寿礼，道听途说了几桩稀奇的事儿。"美妇笑道。

"春儿，这一番纠葛，不过是猜谜语而已。"周嘉说。

美妇的眼睛更为明亮："是，谜语是血写的，不知道猜中了奖品是什么？"

周嘉微笑:"看来,让朕头疼的事情,你全都知道了。"

美妇嘴边一个梨涡:"嗯,沈逐浪在大江南北有八位侧夫人。妾要不能眼观八方,早就出笑话了。"

周嘉略带歉意地说:"春儿,怪朕让小鱼儿卷入此次事件吗?"

萧锦春一笑:"实话说,妾有一点儿怪万岁。小鱼儿他侥幸立过几次功。但要他到高深庙堂,翰林风月中,只怕他还是太嫩了些。"

周嘉想了想,问:"沈庄主不是在昆仑山吗?他也知道了吗?"

萧锦春哈哈一笑:"万岁,春儿的家务事,不是非要让沈逐浪出面的。不过,妾也不是孤身一个人到京。"

卢雪泽出了宫门,一群孩子挡住了去路,其中一个,把手伸到车窗边掏钱,卢雪泽随手扔了一块碎银子过去。那孩子欢天喜地地道谢,帮着卢雪泽把车帘放下。卢雪泽这才发现,车子里面又多了一张纸条。

他探头去看,窗外是熙熙攘攘的京城大街,哪里还有那群小孩的踪迹?条子上写道:"今夜子时凤屏山请君独往一叙。"条子是手写体,字迹歪斜别扭。他略微迟疑一下,便将条子收进了袖中。他闭上眼睛假寐,对马车外的喧哗充耳不闻。

第三十六章：赵乐鱼深入虎穴

赵乐鱼直到正午时分才进了翰林院，院门外多了好几个御林军把守，与平日的光景大不相同。他径直入了徐孔孟的住所。徐孔孟正躺在一张贵妃藤椅上发愣。

"你昨夜没回来吗？"徐孔孟问。

赵乐鱼点点头，发现徐孔孟面色潮红，就说："你病了吗？"

书童织绣抢着说："还不是吹风淋雨闹的。"

赵乐鱼问："你昨天上哪里去了？"

徐孔孟道："昨天我去了趟父亲家，回来得晚了，有点着凉。"

赵乐鱼点头，问："今日翰林院中没有人来公务吗？"

徐孔孟道："不知道，今天晚上太后那里有祭祀我家祖先的仪式，我下午要走。"他说着咳嗽了几声，织绣连忙过来给他捶背。才一碰他，徐孔孟就龇牙咧嘴。

赵乐鱼问他："怎么，徐兄闪了腰？"

徐孔孟支吾道："啊，我下马车的时候不小心，扭了一下。"

赵乐鱼先是去面见了周嘉的，因此知晓昨夜徐孔孟确实去了城北郊外的徐府，但怎么会平白地闪腰？徐孔孟家仆佣成堆，他向来是坐马车来回，怎么让他这大少爷淋雨？昨夜雨水，分明是深夜才下的。一个人在深夜于自己的家中闲逛，未免奇怪了些。赵乐鱼笑了笑，只好闷在心里。

周嘉派来的人，至今还在翰林院门口等着徐孔孟，因此他的行动都在

※翰林院

官家眼里。赵乐鱼知悉他也有秘密。读书越多，秘密藏得越深，大约如卢雪泽，如东方谐。他与徐孔孟又瞎聊了几句，顺着翰林院的石阶小路，往猗兰馆走去。远远看到韩家书童清徽眼睛肿得和桃子似的，坐在门口。

"赵乐鱼，我家大人不见了。"清徽哇哇哭开了，赵乐鱼拍了拍他的头发。

书童又说："昨夜官差把韩家封掉了，大队人马都围住我家。我被他们赶出来了。"

赵乐鱼心下一震，韩逸洲家中那么多宝器。宫内的人这种时候，还要趁火打劫，真是叫人心寒。他拉了拉清徽的手："别急，我看不过是要钱而已。你家的钱，是谁管着？"

清徽一愣，咬着嘴唇："嗯，洛阳总账房主管韩家所有的财政。大人对此并不热心。大人在京城可以随意支取金钱，莫说韩家钱庄是中国最硬的招牌。就算到了蛮荒之地，只要大人写的字条：五百两便绝对是五百两。不过……有个人问大人借了许多钱，大人把好多钱也寄存在他那里。"

赵乐鱼说："你怎么知道？"

清徽抽泣着说："我是书童。大人以前每个月都出去几次，是不带着我的。但是，平时在家中或翰林院见客人，我也会偷听。大人的耳朵很好，其实每次都是知晓我在。但客人走了，半句话也不说我……魏宜简前后拿走了大人百万两。本是为了翰林院京城的生意，但是，前几日，我听到大人与他说话。大人说，那时是公家，现在是为了魏编修私人，你不该拖欠太长。大人又说，自己不会逼太紧，只要到清明过后，还给他一些就行。"

赵乐鱼道："有这等事？清徽，你知道百万白银是什么意思吗？怎么你口中和儿戏一般？"

清徽顿足："骗你是狗。大人现在不见了，那个魏宜简肯定开心透了。我早上就去了飞云阁，他根本就没来。倒是东方大人坐在那里，拉着我问了几句。"

正说话间，一个白衣男子顺着翠篁走来。居然是方纯彦，他手里提着一个篮子。

"方大人，你真去买了午饭给我吗？我吃不下，我想等大人回来。"

方纯彦冷漠地看了一眼赵乐鱼。转脸用对待小孩子的口气对清徽说："我说了，你总要吃一点儿。你不吃，难道人会飞出来？"

赵乐鱼没有料到他和东方都来翰林院中，对他点点头："方兄，你睡得不好，眼睛四周活脱脱像个獏。"

方纯彦昨日回去，陪着娘子庆祝了生日。娘子入睡以后，他倒确实睡得不好。不过赵乐鱼一提，他便有几分不痛快。他不痛快，就不说话。

赵乐鱼说："方大人去买饭，要经过飞云阁吗？大人的衣领上，沾染了菖蒲气息。"

方纯彦道："是啊，你的鼻子比狗灵。我去飞云阁又如何？"

赵乐鱼说："没什么。不过对方兄的行踪好奇而已。今日猗兰馆中明摆着没有公务，你倒还来。平日你都不去飞云阁的，今天性情大转，连菖蒲花也要去赏吗？"

方纯彦青白面皮上没有一点儿表情，像是一个大理石的面具。

他一字一句地说："你小子什么都知道的。那么我去飞云阁，还有什么奇怪？彼此心照不宣好了。"他这话说得满不在乎，流露出一种傲气。

赵乐鱼不说话。方纯彦告诉他："猗兰馆出了事，但翰林院还是要开下去。上次内阁阁老中风，而内阁中人，怎么可以趁乱就守在家中？"

"所以方兄就来了翰林院。"

方纯彦目光相当平静："是的，我与你们本来就不同。你们来不来翰林院，是你们的事，我只管自己来就好了。"

赵乐鱼点了点头，望着灰蒙蒙的天空："要我说，你不来也好，你也许可以在家研究研究字帖，弄点拼字取乐。"

方纯彦沉默着。若是别人，肯定会问赵乐鱼："你什么意思？"可他方纯彦偏不会问。因为他不对赵乐鱼开口，赵乐鱼也就不会再三地说话了。

他没有想错，赵乐鱼在猗兰馆内兜了一圈，果然无聊，说："我肚子饿了，这几天装神弄鬼地穷折腾，把我的肉也减去不少。我得吃午饭去。清徽，你莫急。你要害怕，晚上到我那边去住宿得了。"

清徽说："我不去，我要回家。我怕人家偷我家的东西了。我家实际上是有一本器皿登记册的。我回去一件件对，若少了一样。我就要告上京兆府去！"

赵乐鱼回头："原来你家有这样的册子？"

清徽点头："是的，但大人不让我乱动。"

赵乐鱼出了翰林院，遇到东方谐。他叫了他好几声，东方谐才对他勉强一笑。他匆忙得很，一只脚已经踏上了马车的小梯子。

"大人哪里去？回家吗？"

"嗯，我不太舒服，还是回去的好。"东方谐说，他气息很弱，像大病初愈之人。

赵乐鱼对他拱手，东方谐扬长而去。赵乐鱼在翰林院街对面随便买了几个包子，正要离开，看到一个老妇人在翰林院门口苦苦哀求，让人通报。

守门的军士听着应了，过了不多久，方纯彦飞奔出来，大汗淋漓。

老妇人叽叽喳喳的，方纯彦脸色大变，拽着老妇人就上了一辆等候的马车。赵乐鱼发现，有两个商人打扮的人跟着方纯彦的马车。从他们精干的身形和穿行速度来判断，定是周嘉派出的侍卫无疑。

赵乐鱼走到翰林院门口，问军士："方编修怎么心急火燎的样子，一路去了？"

军士认得他是赵翰林，说："才刚他家里女仆人说，他的一个孩子在街上玩，被什么东西烫到了脚。"

赵乐鱼眯着眼："真巧。"

军士问："你说什么？"

赵乐鱼说："没事。方状元懂得医术，现在回去还来得及。"

他也没进翰林院，就消失在熙熙攘攘的人群里面。走不很远就到了魏宜简的家门。

魏家院子不大，在一坊中也算得富丽堂皇，与魏宜简平淡无奇的样貌完全不同。佣人说魏宜简一直在房中休息，让赵乐鱼稍等片刻。许久，才出来一个麻脸小丫头，请他进去。赵乐鱼有个习惯，对不好看的女人异常地和气体贴。

他自小见到家中的两位美貌姐姐如何受到男人们的照顾，知道漂亮女子最不缺少这个。因此，他对丑女，反而要殷勤得多。

他微笑着问小丫头："姑娘，请问你家老爷昨天回来就没出去过吗？"

小丫头看他生得英俊，羞赧道："是的，老爷昨天回来以后，来看了看夫人，说是自己这几天大凶，必须在房中避一避。"

赵乐鱼问："那我如何才可以见到他？"

小丫头说："你不能见老爷。老爷现在单独在一间屋子里面，说夫人也不能进去，怕她也沾染了晦气。我们都不许靠近屋子的。"

赵乐鱼对她更温柔地笑笑，一口白牙齿别提多齐整："你叫什么？几岁？"

小丫头说："我叫小水，十三岁。"

赵乐鱼道："好名字。"

小水扑哧一笑："好什么？我家老爷好算。家里小火，小金，小木，小土……"

赵乐鱼打量四周："你们可是要搬家吗？"

小水道："你怎么知道？我家老爷和夫人最近是要搬家。"

赵乐鱼说："你们在院子里面丢了一些破旧的家具，新买来的花盆也随便摆放。不是不打算在这院子常住的意思吗？"

小水一笑："你讲出来就没什么了不得。老爷给人算命，也是这样，若说穿了原来平常得很。"

赵乐鱼也笑："本来就没什么了不得。"

他们进了一间阴暗的屋子，四周都被帘子遮挡得死死的。屋子里一股浓烈的药味，似乎整间屋子，都是药水里面泡出来的。一个女子坐着，身后有另外一个小丫头扶着她。她似乎弱不经风，又未老先衰，赵乐鱼忙对她作揖还礼。

"妾身子不好，也不出门，这些年来，还是第一次见客人，实在是我家相公没空。"她慢悠悠地说，吐字吃力。

"夫人不必费心，我本想就翰林院琐事请教魏兄……既然他不便，我略叨扰一会儿就走。"

魏夫人也不让上茶，便说："相公不大对我提外面的事，我也没精神管。"

赵乐鱼道："夫人还是将养身子重要。昨日夫人见到魏兄，他就说大凶吗？"

魏夫人说："不错。昨日我犯病，早早睡下了。他来与我说……我随口应了。今天他把自己关在屋子里面，没人敢去打扰。"

赵乐鱼问："我听小水姑娘说，魏兄有意搬迁？"

"是啊，因为相公嫌风水不好。"

赵乐鱼顿了顿："夫人，我年轻不懂事，想请教你，魏兄的吉凶真算得很准吗？"

魏夫人一阵哮喘，喘过气才说："准。当初我们是指腹为婚，他十岁的时候就根据我的八字，算出我身子不好，但还是坚决说娶我过门。我小时候从来没病没灾的。不过，一进门就病倒了。"

赵乐鱼道："我有重要的事。能不能让我去他所在的那间房子，我也不见他，隔着门和他说几句话而已。"

夫人似乎为难，幸好小水在一边撺掇："没什么不可以，要是不让赵翰林去，老爷出来了又怪我们。"于是，赵乐鱼跟着小水到了一间屋子附近，屋子外有个池子。

小水说："这里的水，通往外面。"

赵乐鱼喊了几声，无人答应。

赵乐鱼眼睛一转，说："小水，我刚才将自己随身带的一把扇子放在座位旁了。你可以帮我去取来吗？"

小水一笑："没事，我去给你拿。"

待她离开，赵乐鱼就走到门口，将怀里一个如纽扣大小的东西从门缝塞了进去。不一会儿，门缝里面冒出一股蓝烟，还是一点儿动静也没有。赵乐鱼取出一根细丝，三两下就开了锁。不出他的估计，屋子里面空空如也。墙上只有一幅八卦阴阳图。赵乐鱼默念着："江畔之阴，河源之阳。"

他眼睛一亮，自言自语地锁上门："是这样……"

小水已经拿着扇子赶来，问："翰林说完了？"

赵乐鱼点点头。

■ 翰林院

第三十七章：熊熊火海救逸洲

入夜，周嘉无声地坐着。

"万岁，刚才东方谐离家以后，禁军们奉旨搜查东方谐家中，在他的床头密龛发现了毒粉。恐怕他还有同谋。臣已经派了四个人跟住他。"

"知道了。"周嘉似乎有点痛心，"你们要捉活口。若死了人，你用自己的头来顶。"他这话说得很重，丝毫没有余地。

白诚一叩首："遵旨。"

万籁俱寂，远处山间偶尔几声猿鸣。子夜清幽，卢雪泽孤身一人出现在翠屏山口。他披着毛皮的披风，头脸都只露一半，眸子还是如浊世清泉，沉静过人。

翠屏山名为山，实际上并不高，四周的山坡围住谷地。像是一个天然的碗。卢雪泽在山口等待了片刻，就看到山间升起一点红色的灯火，影影绰绰，似乎在动。他顺着山路往前走，每一步如履薄冰。

渐渐地，对方的轮廓明朗起来，也是一个高挑的男子，同卢雪泽一样，披着猩红色的披风。卢雪泽忽然站住了，手中的琉璃灯摇晃不已。

"怎么是你?"他似不能呼吸，也不能思考。

不用那人走到他面前，他已可以认出来。那额头轮廓，一瞥即可醉人的眼睛。

东方谐用手拨开风兜，黑发被山风吹起，他脸上的表情似惊似怒："你?"

两人面面相觑，卢雪泽忽然叫了一声："不好！"

他拉着东方谐向山口疾走，东方谐断断续续地说："我在今日早上收到了一信……刚才，我还以为你是幕后的人……"

卢雪泽道："我们上当了……"他的脚下突然被什么绊了一下，手一扶地，却是软绵绵的，他缩回手，全是鲜血。东方谐不顾一切扑到他身上。他们同时发现，地上躺着一个人。

"是何有伦！"东方谐惊呼。在这个当口，东方的灯笼熄灭了，四周更黑。卢雪泽摸了摸何有伦，他还没有死。

两只眼睛诡异地张大着，对他们全无反应，肚子上鲜血直流。

"怎么办？"东方谐焦急说，"我们把他运出去？"

卢雪泽摇头："不行，若现在还不救他，把他背出去，他就死了。我们两个在荒郊野外，运送翰林尸首，无论如何说不清。"

他从衣服里面抽出一把薄刀："我现在给他治。你帮我拿着琉璃灯。"

东方满头冷汗，鲜血引来了虫子。有几条顺着他的袖子往上爬，他也顾不得："嘉，能行吗？现在……我早应该告诉你的……这样就不会……"

卢雪泽开始用刀，一丝不苟，将自己披风垫在何有伦的头下。

他问："你的中衣是新的？丝绸？你现在脱下来，把它撕成条。"

东方谐把灯放在一块山石上，开始脱外衣。

卢雪泽把刀子顺着何有伦的横隔插进去，何有伦叫唤了一声。

四周的山坡上，顿时出现了许多的火把。

"万岁谕旨，捉拿嫌犯！"几百人的声音在山谷里面回旋。

东方谐看了看卢雪泽，他居然头也不抬，只专心致志地在何有伦腹腔中用刀。

东方谐涌出了泪，嘴角却挂上了笑："嘉，我想这样死了，也是值得的。"

卢雪泽这才说了一句："阿谐，不要说这些……"

东方将中衣褪下，用外衣裹住自己。

翠屏山的此刻，他们并肩作战。虽然对他们两个这都是陷阱。何有伦终于从昏沉中苏醒过来，他眼神迷乱，牙齿内发出几声疯狂的笑。

赵乐鱼在京都内唯一的"江畔之阴，河源之阳"处等了好久，也没一点儿动静。他觉得心里越来越没底。

今天在魏宜简家，他看到了阴阳之图，阴阳实则同体，也就是说，纸面上的意思，就是说江畔与河源，是一个地方。在京都有大江横亘流过，好多可以称为江畔的地方，但河源呢？护城河等于没有方向。而城外有两条大河，究竟有哪一条是与京城直接结合的呢？没有。只有一个地方：三层高的"望河楼"，这本是一家著名饭馆，在江的北畔，望向确实是两条河的交会之处，而且，若作地图的话，望河楼这座标志建筑，恰好也在两河的南方。可是，他等到现在，都没有任何人出现。

眼看夜半约定的时候要到了，赵乐鱼望着星空，回想今天的点点滴滴，他忽然想到：徐孔孟赴宴，方纯彦孩子受伤，何有伦失踪……一切的一切，都是说明……翰林院……只有翰林院中，是没有人的！他险些中了调虎离山之计。他跃起来，拼命奔跑。他从甲秀林进入翰林院，夜间，为了防止藏书和书稿的安全，翰林院门口的卫士根本不能进来。子夜将到，他只有时间到他以为最可能的地方：猗兰馆。他从猗兰馆的天窗爬进去，屋里面伸手不见五指。他顺着屋子一间间摸索。终于在里屋的一角，摸到一个人，他只要摸到那光滑的脸蛋，就知是韩逸洲。他点亮了火折子，韩逸洲的眼睛反射性闭起来，好像很久没有见光了。赵乐鱼忙将他口中塞的布团取走。

"逸洲？逸洲？我怎么那么好运气，找到了你，若是迟来……"

他抱住了韩逸洲，喜极了。

韩逸洲的嘴角都是血迹，赵乐鱼问："受伤了吗？"

他情急之下用手拉开韩逸洲的衣裳，白瓷似的皮肤上除了一个淤黑掌印，并没有些微伤痕。赵乐鱼心下一松，他最担心的事似乎并没有发生。

"来不及解释，我们先出去。"赵乐鱼趴在地上，示意韩逸洲爬上他的背。韩逸洲索性往他身上一倒,赵乐鱼的身子稳稳地驮住他。

赵乐鱼走了一步,韩逸洲顺着他的耳朵说:"我听到你爬窗的声音,就知道你来救我了,翰林院中只有你晚上会来这里……小鱼儿……"

这时,屋子里面忽然明亮了起来,又热又闷。熊熊的火光,顺着猗兰馆四周燃起。

"着火了?"韩逸洲惊叫。

"妈的……"赵乐鱼知道,这样的大火绝非偶然,而且算准了他爬进去的时候,才点着的。有人不仅要致死韩逸洲,还要一箭双雕搭上他。

浓烟冒起,呛得赵乐鱼背着韩逸洲,不得不退回里屋,里面有一个小窗,若没有受伤的韩逸洲,他绝对可以逃生,但他根本不可能放下他。韩逸洲是失而复得的人,此刻,那纤细的双手紧紧地抓着赵乐鱼的肩膀。

今夜,赵乐鱼临时改变了计划,白诚也不可能在此地接应他。

白诚在周嘉面前,与他约定在望河楼附近的巷口埋伏的。

赵乐鱼刚才只身赶到翰林院,仓促间只是用了信号,也来不及通知了。"你把我放下,快走吧。"韩逸洲对他恳求道。

赵乐鱼摇头:"逸洲,我把你从那窗口托出去,有点火焰,你别怕,护着脸冲过去,我随后就出来。"

韩逸洲摇头,但赵乐鱼不管他。韩逸洲的手,碰到灼热的窗口就弹开,他的身子也支撑不了自己的重量。

"你快走吧,我以前对你不好……"韩逸洲放弃了,坐在地上喘息。

大火给他的脸上镀上年轻亮丽的神采,他虽然面对死亡,一双眼睛依然纯净无尘。

赵乐鱼心里一动,也瘫下来,搂住他的腰:"我也不走了,要死一起死吧。你到了阴间教我写字,我给你每天炖烧鸡吃。"

韩逸洲眼睛里亮闪闪的。赵乐鱼让他背对着火,面对着自己。

一片火海,引来救火的卫士,大批人看着猗兰馆附近的所有房屋分崩离析。他们虽然不知道里面有人,但是翰林院的书稿也是国宝。火势汹涌,人们来不及压制它。随着焦炭灰烬的弥漫,有一个金色影子,抱着两个人从屋顶飞旋而出。

那一刹,人间的凤凰重生。

凤凰于飞,谁,是天外飞仙?

第三十八章：昨夜星辰昨夜风

赵乐鱼做了一场梦，他感觉自己在烈火中被炙烤，骨髓中都翻滚热气。五色的魔影在黑暗中叫嚣，他也抗争，但终于屈服于软弱的天性，听任自己为火舌吞噬。在昏沉的时刻，他看到了韩逸洲，但又似乎不是他。漫天大雪，他们水深火热。他醒过来的时候，极其疲惫。他发现独自躺在张床上。

屋内宁静，有一盏快熄灭的油灯。

赵乐鱼先是长出了口气，忽然，他猛跳了起来，大喊了一声："韩逸洲！"他转了下头，床边的地上，有个人抱膝而坐。透过乌木面具，一双黑白分明的眼睛望着他。

"是你？"赵乐鱼咧了下嘴，好像笑了一笑，而后他皱起眉头，伸手去摸后脑勺。一阵疼痛，他才发觉自己的左手缠上了白纱，根本不易动弹。

"你的手烧坏了，恐怕以后会留下大片的疤痕。我要晚来一会儿，你这小魔王就到阎王爷面前去听差遣了。"那人说着站起来，虽然时值春天，他还穿着冬装。

可是，简单的衣服在他的身上，却让人觉得说不出的合适、华美。乌木面具毫无生气，可那双灵慧的眼睛，充满朦胧的仙气。

赵乐鱼问："韩逸洲安全吗？"

那人昂头一笑："呵，请问谁是韩逸洲？"

他抬起手指，举止清逸若舞："……你说和你一起的小白脸吗？我顺便救了。多亏你的手臂够长，他在你怀里毫发未损，我把他丢给一个姓方的翰林了。"

赵乐鱼惊道："方纯彦？他也在翰林院中？那我现在在哪里？"

"你当然在我的住处了。怎么大火一烧，脑子不好使了？"那人瞳仁一闪，"该不是做了什么不好的事，遭受天遣？"

赵乐鱼惭愧地笑了一声："老天眷顾才是，不然怎么有美人来救命？我最近老想起你说我当捕快吃苦头，都是自找的，真一点儿不错。那么说，我大姐也在京都？"

"是。沈夫人不便出面，因此带上了我。"

赵乐鱼想了想："听白诚说，你七天之前，还与我姐夫一起在昆仑山。如何来得及赶来？"

"也没什么来不及，日夜不停，不吃不睡，肯定来得及。"

"可见你的武功更高了，前夜在卢府，是你用核儿打我？我也想过是你，又觉得不大可能……你现今是武林二当家了，不服不行。"赵乐鱼说，伸手指乌木面具，"快脱下来，你光屁股的时候便和我一块玩耍，现在还要这个劳什子？"

少年一笑，摘下了面具。他只不过十七岁，是江湖上传奇的人物。

赵乐鱼当然熟悉他，他自己最好的朋友：冷静晨。

赵乐鱼数月来，在翰林院的风波中屡次困顿。只有此刻见了好友，才感到轻松。他对冷静晨说："可惜不能在你这里久留，我必须赶到翰林院去。情势不知变化到何种模样了。"

冷静晨微笑，脱了鞋子坐到床上，把赵乐鱼挤到一边："小鱼儿，我想不到你竟然趟翰林院这无底浑水。天子脚下的是非，难道有对错吗？谁是好人？谁是坏人？我们武林中每天不知道要死多少人，多数人连仇家都没处找去。你怎么就答应了查这案子？"

赵乐鱼摸了摸鼻子，没说话。

冷静晨继续说："我暗中跟了你两日，翰林院中从道貌岸然的圣人学士算起,都是九转肠子的货色。皇帝老儿用了你,把他们当年的是非全盘告知你了吗?昨夜我跟着你从河边狂奔到翰林院,你爬进去找那姓韩的时候,我瞥见一条黑影。按说我冷静晨跟人,绝没有跟丢的道理,但心里还是惦记你,便没有穷追不舍。还好……把你救了出来,我看到不少救火的禁军,其中有刚赶来的方状元。他说自己懂得医术,自告奋勇地给你们救治。我也不说话,只看着他。果然好手段,你的手,若不是他这样的良医在场,恐怕要伤筋骨。我不放心你,恰巧白诚领着埋伏在河畔的禁军们到了。他当然不会泄漏我的身份,只说我是皇帝请来的高手。我与他约定,天亮后把你送回翰林院你的住处。"

赵乐鱼沉思着,身体挪了挪。

冷静晨仰面躺下,含笑说:"睡觉你都睡不踏实?亏我想着你的生日。"

赵乐鱼也笑了,把枕头推给他:"方才小人占了公子的床,现在请冷公子用枕头。"

冷静晨侧身说:"不用。我从小和你挤在一起的时候多了。你什么时候如此好心?"

赵乐鱼讪讪的,也躺下。冷静晨的身上有种气场,总让人神定气闲。赵乐鱼心中记挂着翰林院的人与事,但冷静晨千里奔波,又是他的知己,情面难却。他只好乖乖地睡下,手上的伤倒并不让他担忧。他想起了韩逸洲,心中矛盾。赵乐鱼不好男色,可是,在那种生死相依的情况下,他还是很担心他。

"小鱼儿,我不想当什么二当家。"当赵乐鱼以为冷静晨要睡着的时候,他轻声说,"你也别当捕快了。我这次去了天山,景色之开阔,足以洗涤人心,你我年轻,何必拘泥于朝野和江湖的争权夺利?"

冷静晨清澈的声音回荡在屋子里,居然有点悲伤。

赵乐鱼低声说:"好是好……只是将来的事也说不定。"

冷静晨沉默了。赵乐鱼叹了口气,合上眼皮。

第三十九章:树欲静而风不息

黎明时分,翰林院的大火终于被扑灭了。扑火的禁军们个个赤着胳膊,为炭火熏黑的脸上大汗淋漓。不要说分出职位高下,连彼此辨认也有困难。

白诚从一丛烧焦的树木后面走出来。夜幕甚浓,众人根本看不清他的表情。他也不说话,只是顺着小径,朝徐孔孟的住所"翠斟轩"走去。所有人都筋疲力尽,白诚也不例外。空气中本来弥漫着令人难以忍受的焦炭气味。到了翠斟轩的窗下,他依稀看见了一个白色身影。

借着朦胧的曙色,方纯彦在靠窗的桌上书写。他是大家公子出身,又是位状元。白诚也知道他的名头。可是,这个时刻的方纯彦,对失火处的噪杂显出超常的漠然,似乎屋内是一片清凉世界。他的风范,竟让白诚刹那间肃然起敬。

白诚用眼睛扫了扫他派去"照顾"方纯彦与他的病人韩逸洲的几名禁军。有人悄声说:"白大人,韩大人睡着了。方状元寻来纸笔,也不点灯,写到现在。"

白诚抖了抖身上的烟灰,他抱拳道:"方编修,多谢你来得及时。翰林院中除了卢学士,还有你这样的良医,真是幸事。"

方纯彦没有搭理他。白诚有点不自在:"方编修孩子不是受了伤吗?怎么想得到来翰林院呢?"

方纯彦的鼻尖动了一动,抬起毫无血色的面孔:"我在家见了翰林院的冲天火光,想来看一看。"

白诚问:"韩大人与赵编修没有大碍吗?我要给宫内准信儿。"

方纯彦说:"韩修撰受了惊吓,只不过眩晕而已。醒来就没有大碍了。至于赵翰林,不是给万岁派来的高手接去了?白侍卫问我做甚?他的手可以复原,当然手上会留疤痕。"

白诚脸色不变:"嗯。我是例行公事,编修请勿见怪。"

白诚是周嘉的亲信,就连卢雪泽也给他面子,但方纯彦此刻连半句答话都没有。白诚习武,眼力颇好,方纯彦的字里行间有许多他不太懂得的记号。

"这是什么?编修现在要写下?"白诚试探地问,并不指望方纯彦回答。

方纯彦轻轻地说:"韩逸洲主持编撰的曲谱恐怕早就烧毁了,我这几日参与,也记下些,及时写下来,也算对得起我自己。"

白诚搓了搓指甲关节:"佩服。状元稳如姜太公,心急火燎的时候,还可以挂念做学问。"

方纯彦嘴唇上浮现出半点笑容:"心急火燎,改不了命。我只是尽我的人事而已。"

白诚走进里屋去看韩逸洲。方纯彦忽然停下笔,也跟着进去……

谁也没有注意到屋上的影子一闪,冷静晨已经抱着赵乐鱼入了对面的紫竹小筑。

他把赵乐鱼放在床上,解开他的穴道。赵乐鱼眨巴眼睛道:"我的手受伤,脚好端端的。你为什么非要点我的穴,抱我回来?"

冷静晨摘下乌木面具,笑得灵巧:"我愿意。"

赵乐鱼摇头:"你真是孩子脾气,还在卢家丢的石榴籽上雕着娃娃脸呢。"

冷静晨在四周翻看,发现赵乐鱼的锅子:"哎呀,我好几天没有吃饱餐了,你什么时候烧鸡汤给我喝呢?"

赵乐鱼玩笑道："你的救命之恩，我每天给你煮汤也是应该。"

"救命之恩？这话可见外。"冷静晨笑了笑，"我得离开了，过几日再见。你要当心，猫也只有九条命，何况你是只老鼠。"

赵乐鱼点头。冷静晨把一个翡翠盒子塞入他手中："这是给你的寿礼。"赵乐鱼打开，一朵墨色的雪莲花清艳无比。

冷静晨道："我为了它，花了一夜，才爬到昆仑山的悬崖壁上摘的。"

赵乐鱼皱皱鼻子："你这疯子……我不爱花啊草啊，你费那么大劲儿干吗？"

冷静晨秀目里似乎住着春天，温暖一片："我知道。是我喜欢这朵花，想让你和我一起看到它。从现在起，它就是马上枯萎，也值得了。"

赵乐鱼还没有回神，冷静晨一晃就不见了。他闭上眼睛，墨色的雪莲香气奇异。他爬起来，在屋子里朝外眺望。韩逸洲，是否在那里呢？

韩逸洲没有醒，白诚和方纯彦在他的床边候了好久，彼此也不说话。他们两人说是等着韩逸洲醒，眼神没有一个盯着韩逸洲的。

屋内只有三个人均匀的呼吸声。忽然，有人从外面冲了进来，白诚一看，正是自己的一个亲信。

"白大哥！不好了……我们……我们……"那小子咽了口唾沫。

白诚和那禁军大眼瞪小眼，连方纯彦也为之侧目。

那人上气不接下气地说："我们刚才清理瓦砾，发现……一具烧焦的尸体。尸体上……有翰林才有的金牌。"

白诚慌忙朝外走，方纯彦也不由跟了他出去。他走了几步，回头朝床上的韩逸洲看了一眼。第一丝早晨的阳光射入屋内，恰好照亮了韩逸洲如白玉观音的脸。不知什么时候，昏睡大半夜的韩逸洲已经睁开了眼睛，犹带着一丝笑容。

第四十章：卢神医妙手回春

所谓红粉骷髅，无论怎样的人物，去了皮肉都是丑陋的。众人看白诚仔细审视尸体，焦臭的味道引人反胃。有个少年禁军忍不住捂着鼻子，被白诚打了一记手。

"没出息，活像个娘们儿。"白诚狠狠地骂道。

他对着远处的方纯彦招手："方状元，请你过来。"

方纯彦走了过去，见尸体焦黑，面部都烧得模糊，宽大的牙床暴露在阳光下。他手心有点出汗，愣了一愣。

"是他吗？"白诚的目光炯炯，审视方纯彦的脸面。

百无一用是书生。这方纯彦刚才救人一板一眼，可见了尸首能寒成那样？！

方纯彦稳定心绪，道："我觉得是，身量和牙齿都像。这身上的腰带扣子也是。"

白诚脱下一件外衫罩住尸首，朗声道："你们把尸体运到刑部，把三位老仵作都请来。此外，去翰林院编修魏宜简的家中，请他夫人无论如何到刑部来一回。"

白诚问方纯彦："你有没有金牌？每个翰林的金牌有所不同吗？"

方纯彦点头："我有，但我没有怎么研究过别人的……"

他瞟了一眼衣服下的尸体："魏宜简，他怎么会在这里？"

白诚上下扫了他几眼，摊开手："我是神仙才能明白。方大人，你好好顶着翰林院的差事吧。眼下你们这儿，还顶用的没有几个了。"

方纯彦脸色微变："卢学士……东方大人……不来了吗？"

白诚没有回答，黑着脸苦笑。

过去的一夜，对东方谐真是惊心动魄。他并不知道翰林院中的大火，也没有经历皮肉之伤。但天明之时，当他面对着卢雪泽，他有一种虚脱之感。虽然被禁军团团围住，但是没有人敢于惊动卢雪泽。开始，卢学士只是说了一句话："若任何人碰到我，那么……万岁是见不到活口的。"

大家都注视着这位学士将闪着寒光的刀片插进一个鲜血淋淋的人的腹部。在何有伦一声呻吟之后，卢雪泽扯下一片衣袖，将布片横贯入何有伦的口中。对东方谐说："你勒住两端，别让他咬伤舌头。"

东方谐照着做，他的脑子里乱糟糟。他想：既然何有伦命都不保，还想着他的舌头做什么？可是他绝对不能问。他注视着卢雪泽镇定如千年深潭的眼睛，看着从何有伦的身体里抽离的沾满鲜血的手指。

东方谐忘记了一切，他甚至幻觉自己回到多年前，还是那个初入翰林院的外乡少年。只有卢雪泽的声音，才可以让在繁华的京都里面茫然的他恢复平静；也只有卢雪泽有这样的气场。

黎明时分，卢雪泽依然旁若无人。他只是专心地缝合，又从内衣里面抽出了丝线。他的动作仿佛绣花的女郎，又如抚琴的隐士。但东方谐看得分明：他的嘴角露出一丝淡然、欣慰的笑容。众人目瞪口呆，他们也似忘记了自己是来抓人的，并不是来观摩神医救治别人的。

太阳出来的时候，卢雪泽停下手来。他环顾四周，似乎在感谢缄默的军士们。他把何有伦的身体靠在自己的膝盖上，掏出一方手绢，先帮何有伦把额头上的汗水擦干，再将自己手上的血抹去。他松了一口气说："好了，小谐。他不会死。"

他的声音如此镇定，让最铁石心肠的人也可以心弦一动。

东方谐什么也没说，只是"嗯"了一声。

卢雪泽把何有伦放平，对着为首的禁军头目点头："谢谢众位。请你们把此人运送到宫内太医院。我跟着你们走。"

禁军头目抱拳:"卢学士,恐怕其中有些误会,您到了大内,万岁爷自然明断。"卢雪泽微微一笑,表示十分理解他的处境。

"请。"禁军头目指给他看一辆马车。祖宗立下的规矩:文官七品以上除非确定罪刑,不然,都不能在囚车内抛头露面。

虽然昨夜不确定哪个翰林进入埋伏,但还是预备下了两辆马车。

卢雪泽平静地说:"一辆留给受伤的何编修,我暂且与东方大人坐一辆,可否?"

旁人是无法拒绝这样的请求的。因此,东方谐跟着卢雪泽上了一辆马车。东方谐突然落下泪来。卢雪泽沉默着拍拍他,然后垂下手臂,一动不动。"小谐,你不必担心。"他说。

东方谐嘴唇不悦地抿了一下:"我没有担心,你……没什么事就好。"

卢雪泽注视他道:"我不会有事。"

卢雪泽轻声道:"你一旦入狱,我不会再来看你。但你要相信,有我在,你必定无事。"

东方谐还有点痴痴呆呆,缺乏平时的伶俐劲儿。他好半天才回神:"嘉,我入狱?我昨夜和你一样是被人骗来的。"

卢雪泽皱眉:"是啊,我不过说说,你也累了……"

东方谐说:"我到现在还不明白究竟入了怎样一个圈套,真正冤枉。我还有些担心逸洲,那人……不打算放了他吗?"

卢雪泽悠然说:"想也无用,不如你现在瞌睡一会儿。我看韩逸洲要死了,这盘棋倒不好玩了。你睡吧。你才进翰林院那会儿子,最喜欢瞌睡。"

东方谐也不推辞,他半躺下。虽然二人狼狈,身上还沾满血腥之气,东方谐却体会到某种可望不可即的温情。他本来想告诉卢雪泽一句话,但还是没有说出口。

车子行进到宫门附近,居然有一个黄门郎出来宣旨。卢雪泽推醒东方谐,众人也连忙下马。

"万岁有旨:翰林院学士卢雪泽,回府修养,着御林军善加照管。翰林院修撰东方谐,即刻着刑部严加审问。"

东方谐听了,朝天一笑。他没有去看卢雪泽,他害怕卢雪泽流露出不忍。卢雪泽更不吃惊,对宣旨的黄门郎说:"很好,谢万岁。我这就回府。"他对着远处的宫墙正门,仰头微微一笑。神态却冷漠至极。他和东方谐擦肩而过。对御林军的马车摇摇手,只顾往前走。一队御林军跟随着他。他迎着日光,步履异常地慢。终于,他把宫殿、东方谐,和所有的人抛却在身后。

第四十一章：不畏浮云遮望眼

赵乐鱼是个闲不住的主儿，冷静晨一走，他就东游西窜。翰林院中烧死了魏宜简的事情，自然也尽落他的眼底。

白诚交代了些事情，直接进宫去了，也没有来得及去看一看受伤的小舅子。赵乐鱼躲在暗处，看着状元方纯彦一步步向甲秀林走去。

甲秀林内，微风吹过，竹叶沙沙而歌。方纯彦徘徊许久，径直往书楼而去。赵乐鱼想了一想，还是没有跟下去，反而回到了紫竹小筑。

昨夜的所有，在他的脑海中一再重复。赵乐鱼用自己没有受伤的一只手敲着脑袋，喃喃道："没什么，没什么。"但最终他还是觉得心里有点什么放不下来。

他十八岁了，记忆里面：只有小时候与冷静晨一起偷喝茅台酒的时候，看着小伙伴花瓣似娇嫩的脸颊高兴，错把他当成小姑娘，借着酒疯玩闹。那时候冷静晨才八九岁，武功没那么高，名头也没那么响。没人怕他，只觉得他挺可爱的。但现在，给赵乐鱼一万个胆子，他也不敢去跟武林中的"冷公子"瞎玩闹了。况且冷静晨长大了，根本不像姑娘，赵乐鱼把他当亲兄弟。

赵乐鱼头痛不已，更为案情心烦。要是翰林院不结案，他就得一直在这个网里，飞不出去。不知不觉，他已经踱步到翠暨轩的海棠树旁，隔着一层纱窗，就是韩逸洲休憩之处。赵乐鱼扬起脸，剑眉锁起，似乎想到了什么。

"小鱼儿,你怎么不进来?"忽然,韩逸洲的嗓音飘出了窗外。赵乐鱼一跳脚。

"我,我,我以为你睡着呢。"赵乐鱼隔着纱窗说,额头上出汗了。

"我醒了。你没事吗?你……进来吧。"韩逸洲的声音听不出喜怒哀乐。

赵乐鱼不假思索,从窗口一翻而入。韩逸洲竟坐在床头,好像有一丝笑容。

"小鱼儿,你这样的身手,怎可以当翰林呢?"韩逸洲微笑。

赵乐鱼不知道他何所指,在他床尾拖了一把椅子,"啊"了一声。

韩逸洲道:"你应该去做贼。"

赵乐鱼哈哈一笑,汗珠都淌到鼻子了。他随口说:"我下辈子投身去做贼,不偷别的人家,只偷洛阳的韩家。"

韩逸洲突然不笑了。赵乐鱼本意是说:做贼也要到韩逸洲这样的巨富家去偷才过瘾。但韩逸洲不笑,赵乐鱼这才发觉,自己的话也有歧义,他顿时口渴得厉害。

韩逸洲垂下眼皮,又说:"昨夜好险,我们差点没命。我们究竟怎么逃出来的?"

赵乐鱼装糊涂道:"是大内高手出手相救。我……也不很明白。你失踪那么长时间,可有记得什么?"

韩逸洲低头半晌,慢慢地说:"我一直昏昏沉沉,就算记得点儿,也是不真切的。"他抬起眼睛,望着徐孔孟墙上贴着的一幅刺绣的"千里扬帆"图卷。

赵乐鱼本指望他可以提供一些线索,但韩逸洲却闭口不谈,他也勉强不得。只听韩逸洲又说:"我只记得我在馆中等待的时候,人也清醒了,屋子里却依然那么的黑。翰林院对我就像地狱。我生无可恋,但还是怕死,不肯放弃别人来找我的希望。我……"他没有说下去。

赵乐鱼用力点点头。韩逸洲目光逡巡到他的手背:"你的手疼吗?"

赵乐鱼摇头:"我皮糙肉厚,算不得什么。"

韩逸洲爬到床尾:"手给烧坏了,不会留下什么疤痕吧?"

他语气带着歉意。赵乐鱼还从来没见他对自己如此和颜悦色过,不禁咧嘴一笑:"咳!这又不是脸上。就算烧在脸面上,我照样找得到媳妇。"

韩逸洲笑了笑。赵乐鱼问:"你什么都记不清了?"

韩逸洲清澈的眸子注视他,没有回答。赵乐鱼也不回避,注视着他。屋外花树随着逐渐增大的西风,不断轻扣窗扉。

卢雪泽到家的时候已近中午,他家门口也有禁军看守。

卢雪泽抖了抖衣襟上的灰尘,才踏入自家的府邸。

"老爷可回来了!"家人卢四凑上来,满脸惊喜。

卢雪泽对他温和地展颜,道:"禁军什么时候来的?"

卢四说:"今天天不亮的时候。我怕下人们慌张,把他们都集合到东北的院子里去了。老爷您回家,人心也就安啦!"

卢雪泽漫不经心地一笑,对卢四说:"事情还没有了结。我现在等于软禁在家。你心里知道就好,并没什么可以怕的。"

卢四谨慎,点头称是。他又告诉卢雪泽:"昨日翰林院好大一场火呢!老爷不是从那里来的?"卢雪泽停了步子,不置可否。他仰面望了望青天,叹息一声,没有追问一个字。主仆二人默默地前后行走了一大段路。

卢雪泽才开口问:"我的涉儿呢?"

"少爷刚才在花园读书,嬷嬷看着呢。"

卢雪泽"嗯"了一声,自顾自地走到一间上锁的屋子。

他和卢四交换了眼色,轻轻地说:"你去东北院子,让家人散了吧!"

卢四连忙离开。卢雪泽打开了锁。屋子里面,弥漫着淡淡白兰的香味。卢雪泽叹息了一声,伸手去撩床帐,还温柔地唤了声:"二弟?"他愣住了。本该躺着卢修的床上并没有人。卢雪泽猛地回头,一阵狂风,本已敞开的门,"咣当"一声又关严实了。"大哥不必担心,我还在这里。"卢修在一片昏暗中说。

卢修穿戴整齐，从床后绕了出来。卢雪泽发现他脸色惨白，眸子中凄然的神色，让人不起恻隐之心也难。卢雪泽不自然地应了："醒了多久？"

"也有半天了。"卢修坐到床沿上，"大哥，我没有想到你居然对我也用心计。你的心思我明白，怕我涉险。但你让我睡了几天，却让我死了一半了。"

卢雪泽平静地说："枯木尚可逢春，你年纪还轻。若说死，也是我先死的好。"

卢修咬了咬嘴唇，道："大哥，你与韩逸洲失踪没有关系吗？杨翰林失踪的夜晚，你又在哪里？"

卢雪泽直视他答："没有关系。不过，我想他的事，经过昨夜的大火也可了结。"

卢修愤然打断他："大哥！难道我不是你可信赖之人？为什么你宁可瞒着我……"

卢雪泽走到卢修面前，说："二弟，你要怪我也是应当的。我为了卢家的前途，不可以让你和我一般去冒险。我以为你断然没有孤身营救韩逸洲的能力。你书生意气，优柔寡断，没有武功，所以，即使我任由你去，你能救他吗？"他的语气开始还算平和，到后来竟非常严厉了。卢修许久没有说话，推开大门，卢四站在门口。

卢修问："怎么啦？"

卢四禀告："二老爷病好些了？老爷，方才……"

卢修一把扯住他："翰林院中怎么样了？给我备车，我现在就要去！"

卢四连忙躬身说："二老爷别急。刚才门房得到的消息，翰林院中的韩大人得救了，只是烧死了另外一位翰林，到底是谁，小的还没有打听详细。"

卢修跌跌撞撞地往院子外走。卢雪泽叫住他："二弟，现在你还去做什么？我家已经受了牵连，禁军守门，你也不可以随意出入的。"

卢修回头看了看卢雪泽，眼睛发红，面孔上没有怨恨，只有哀伤。卢雪泽走到他身边,拍了拍他。落花吹过,卢雪泽淡然地说:"二弟,你若恨我,就记住这次的事,绝不要原谅我。你以后胜过了我,这家就是你的,什么都可以在你的掌握之中。"卢修沉默着,推开卢雪泽,向后花园走去。

卢雪泽对弟弟的背影,才勉强一笑。卢四在边上看了,觉得这也算是主人二十多年来最难堪的一个笑容了。

卢雪泽问:"你刚才要回什么话?"

卢四轻声说:"听说,翰林院里面大火烧掉了一处馆舍。赵乐鱼受了伤,韩修撰没什么大碍。现在,有人求见您。"

卢雪泽皱眉:"这种时候,我家还有什么人来访?"

"徐孔孟大人。他奉太后懿旨而来,禁军也无可奈何。老爷,见还是不见?"

卢雪泽沉吟片刻,说:"快请,请他来筜月松风厅见我。"

徐孔孟一身湖绿缎子春衫。帽子、扇坠子、衣带都配有同种光泽的碧玉装饰,真是顾影自怜。卢雪泽想来,翰林院中除了徐孔孟,没有一个不伤心、不狼狈的,倒亏得这个人,还能春风得意。

"徐贤弟,这两天来天翻地覆,难为你还是逍遥。"他笑了笑。

"我直接从太后那里来。今天出宫时候,都说韩逸洲修撰得救了?"

卢雪泽苦笑:韩逸洲得救?他二弟伤心,他卢雪泽受牵连,东方谐下狱,烧死一个,重伤一个,内宫消息如此闭塞?还是这位徐孔孟本来就没有心肝?

他自知憔悴,疲惫至极,静听徐孔孟来意。

"学士这里的禁军,不过摆摆样子。大人不必担忧,皇上那里暂且不说。太后已经将大人视为一家人了。"徐孔孟贴近了卢雪泽的耳朵,"大人,太后昨日在宴席之上,已卜定公主婚期,三个月内卢家就出非常的贵人,不是一桩好事吗?"

卢雪泽正色道:"徐贤弟,你今天来……"

徐孔孟道:"大人,我今日来,不过是为太后赐给令弟状元郎一些养身的补品而已。他告假数日,太后以为他为大理寺的人头受惊。但大人也知,太后在万岁面前,一旦开口,无事不成。"

卢雪泽一阵目眩。他回想起弟弟那张惨白可怜的面孔。

"徐贤弟还不知翰林院有人死伤吧?"卢雪泽说着,观察着徐孔孟的表情。

徐孔孟道:"我不清楚。太后倒说了:万岁一旦说结案,此事就必须被忘却。"

卢雪泽凝视金色的阳光,掉头说:"君王之心,难测。"

第四十二章：世上如侬有几人

君王之心，对卢雪泽尚且难测，对周嘉自己，未尝不是如此。

天近黄昏，白诚陪着皇帝穿行在刑部黑暗的大狱中。

上午他回宫禀报了一切后，周嘉先是照常处理公文。用了午膳，便动也不动，坐在御书房。直到刚才，他才问了白诚几句话。

"尸体是魏宜简的吗？"

"回万岁，是。他夫人已经来认尸了。那位夫人病骨支离，倒还能定下心神。"

"韩逸洲没有死？"

"是。沈夫人带来的人救他和赵乐鱼出来。奴才隐瞒得还好，众人未对冷公子的来历起疑心。"

"东方呢？朕要去看看他。"周嘉说了这么一句。

白诚不明白周嘉为什么要到大牢去看望东方谐。周嘉面无表情。猜不透他到底怎么想。

东方谐是上午入狱的，不是白诚经手此事。所以到了大狱，白诚与周嘉都跟着年迈的刑部官员走，到了一间单人牢房。

周嘉走在前面，对牢房里面瞅了一眼，冷峻地说："你们可以下去了。等朕叫你们。"

尚书连忙退下，白诚跟着退下。

天还未暗，牢里已点起了火。白诚目光被什么所牵绊，于是他又向牢里望了一眼。他看到一双手，一双本来是不可增一分、不可少一分的妙手。他宁愿自己没有看到这双手——因为这双手没有一处皮肤是完好的。

每个曾经主宰琴棋的修长手指，都像腐败的残花，留着骇人的血污。

第四十三章：却上心头君与臣

监狱森然。不知何处，有淅淅沥沥的滴水。

周嘉默默凝视着牢中的东方谐。他衣衫不整，半坐在地上，风度颓然。然而他的一双眼睛，映眜着狱中的火光，艳丽无比，让鬼神也为之销魂。

周嘉年轻时代，见过不少诡异的血腥场面，但相熟的人被这般用刑，且为他亲眼验证的，实属罕有。他俯视着东方谐，没有出声。

"万岁可来了。"东方谐对他嫣然一笑。十指连心，他的指尖都血肉模糊，痛得手腕跟着眼皮不时抽搐。可是这笑容，美色焕然，周嘉心头为之一震，随即升起某种不可名状的痛楚。他说："东方，你可知罪？"

东方谐微笑着说："臣本来就是有罪的人，然而刑部让臣招的罪并非我之所为，臣可怎么办呢？"

他的微笑甜蜜，惹得周嘉心头疼痛更是挥之不去。

周嘉道："每个罪犯都这样说。朕也为你可惜，你棋错一招，从堂堂翰林走到阶下囚的地步。你拖延着不认，也是风雅的劫难。"

周嘉斩钉截铁。东方谐低头想了想说："万岁，臣有一件事不明白。若万岁允准，现在斗胆问圣上一句……"

周嘉点头。东方谐仰面，下巴到脖子处整片都是淤血。他轻声说："万岁，你到底要臣招什么？"他这句话，异常微妙，眸子锐利盯紧了周嘉的脸。

翰林院

周嘉一愣，道："东方，你这是何意？翰林院乃是朕的储秀之地。难道朕以九五之尊，竟然陪着你们玩这种低贱的杀人把戏？"

他面色端重："君要臣死，臣不得不死。朕真要谁死，谁即刻就死了。朕倒不怕什么昏君的名头。天下太平，百姓安居，朕就没有对不起祖宗。"东方谐沉默不语，神情冷淡。

周嘉又对他说："东方，你少年加入九鹰会，算不得会中的领袖。你的母亲为洛阳名妓，也算不上你的错处。但你此次无论如何逃不脱干系。在你的家中已经发现了毒粉，难道还怪朕冤枉你吗？"

"毒粉？"东方谐颇为错愕，"那虽然也是毒，可是万岁，并不致人死地。"

周嘉冷笑："常人并不晓得的毒，亏得朕认识。"

他不想听东方谐的辩解，直接将话题转到他心内梗着的部分。

"东方，你家中有个贴身的仆人说，你偶然独自出城，与某一外室住宿。去年冬天，你黎明归来，穿得却是另外一个男子的内衣，那人的衣裳上绣有翰林才可用的仙鹤图样。后来你急匆匆去水房，找回了那衣裳。朕想问你：那人是谁？"

东方谐咬了嘴唇："万岁！臣总归是国家翰林，怎可因为下里巴人的指控就给臣定罪？何况此事，要牵扯进别的翰林！"

周嘉一甩龙袍袖子："也好……你可以慢慢地想。天下没有不透风的墙，你护着别人，别人未必好心向着你。只怕你受了别人的利用，还蒙在鼓里。"东方谐闭上眼睛，也不知道是否疼得难受，满脸的汗水。

周嘉不再多说，径直走出来。他回到宫中不久，萧锦春就奉命前来觐见。周嘉吩咐萧大姐：莫要让太后知道她来。萧锦春果然十分周到，妆扮成了一位普通的宫女。她见周嘉脸色铁青，给周嘉端上一盏已经由宦官尝过的茶。

"这是什么茶？"周嘉随口问。

沈夫人道："是万岁喜欢的紫笋新茶。"

周嘉品了一口："你还记得我的喜好。"

沈夫人说："万岁是家父家母的朋友，况且我姨母在的时候，我已经是个大孩子了。"

周嘉微微变了脸色，沈夫人跟进一步："万岁向来身体不错，如何这两年气色不如从前呢？"

周嘉摇头："朕这几年，确实有恙。不瞒你说，这病来势汹涌。虽然朕并不很放在心上，但如今国家栋梁到了彼此暗算、互相陷害的地步，朕真为此忧虑。"

沈夫人道："万岁，翰林院的事。以春儿的拙见，可大可小。万岁如今正要为太子稳定江山，若刨根问底，并不是社稷的福气。比如我夫君沈逐浪，这么多年来经手的仇杀冤案多了，他坐牢盟主的位置，何尝不是常装作糊涂，为了利益放下公平二字。我三弟若想得通这个，也可以乐得逍遥了。"

周嘉仔细听她说话，眼中蔼然："春儿果然担心小鱼儿搅进这无底深渊……"

沈夫人坦然一笑："万岁，春儿本是自私之人，哪里担得起女孟尝的名号？"

周嘉半晌才问："你此次带来一个高手，是否是冷公子静晨？"

沈夫人蛾眉一抬："万岁！他一个小孩子家，如何担得万岁称呼他公子二字？"

周嘉朝她看了看："有时候朕也好想回到从前，想起你小时候的一切。命运无常，喜欢的人偏偏不可接近，喜欢你的又白白辜负了。春儿，你也有自己的苦处。沈盟主夫人众多，但终究没有子女，这个冷静晨近两年声名鹊起，难道不是你们夫妇的有意所为？江湖，是三分之一的天下。我称呼他一声公子，也是自然。"沈夫人叹息一声，对周嘉耳语几句。

过了一盏茶的工夫，有个绝美少年在宦官带领下步入宫门。他一身黑色的便服，周身似乎有淡淡光晕。少年婉然芳树，穆若清风，便是赵乐鱼的知交冷静晨。

周嘉受了他大礼,与他寒暄几句,越发感觉沈逐浪选对了人。

"你这次在翰林院救人,还看到了什么?"周嘉郑重地问。

冷静晨道:"臣只见一个人背影,他的身量似很矮。"

周嘉点头。沈夫人道:"静晨与小鱼儿从小相熟,极有分寸。此事对我夫君也不会泄漏半字。"

周嘉含笑看了看冷静晨。冷静晨眸子深邃,缓缓跪下:"万岁,臣有一事相求。"

周嘉笑了:"你也是帮着夫人劝我放小鱼儿回江南的是不是?"

冷静晨也笑,露出一排皓齿,朗声道:"不是。"

周嘉坐下,说:"那好,你就说吧。"

第四十四章：无事不登三宝殿

入夜时分，赵乐鱼守着面前的一堆吃食发呆。皇帝并未宣他进宫，白诚也没有来见他。魏宜简被烧死的消息随着魏夫人在家门悬挂白幔不胫而走，传遍了整个京师。徐孔孟因为向来与魏宜简亲厚，便去了魏家帮忙主持吊唁。听说赵乐鱼受伤，他还派了贴身的小童织绣前来服侍。

织绣一来，摆上了不少美食，说是徐孔孟的父母送给赵乐鱼吃的。赵乐鱼哪里有胃口，但对那天真小童，少不得说上几句。两人有一搭没一搭地闲聊，他发现徐孔孟的童子也知道不少翰林院的典故。

"你们徐翰林平日里与谁最接近呢？"

织绣随意在编织同心结，抿嘴说："我家公子和谁处得都差不多。总之，翰林院里除了卢圣人，他最没有仇家。说起来他与魏翰林的官儿也一般大，所以他们亲密些。"

赵乐鱼道："魏翰林这次横死了，你们公子必是伤心的。"

织绣摇头："当然了。但我家公子说人活在世上，早死的人不过早些解脱，剩下的人不如专心吃喝玩乐，也没有白来一遭。"他停下手，歪着头说，"不过，魏翰林死得真蹊跷。他最怕热，大火起了，怎么不逃呢？他又不是和韩大人一样被人关在屋子里面动弹不得。不过，听说东方翰林可是被抓了……"

赵乐鱼默默地听着，问："织绣，韩大人现在正在你们公子的屋内休息。他精神头差，你莫要到他面前说什么烧死了人，也不要说某某翰林被

翰林院

抓进刑部的事。"

织绣使劲点头。赵乐鱼又说："织绣，你家主人平日宠你，但是，你家主人的事情你也有许多不知道的，对吧？"

织绣不服气说："我哪里有不知道的呢？清徽虽然尾巴翘得高，但韩大人哪里当他心腹？大冬天里面和人闲谈，都打发他出来站着。"

赵乐鱼笑道："你家主人为什么至今没有成家，你知道吗？"

织绣想了想，憨笑说："赵翰林，你问这个做什么？"

赵乐鱼微笑："可见你不知道，才来反问我。"

织绣脱口而出："不是。我家主人有喜欢的人了。你没有到过我们徐府，公子内室里面就悬挂着公子自己绣的一个条幅。"

"是什么？"

"蒹葭苍苍，白露为霜，所谓伊人，在水一方。"织绣捂起嘴巴，"赵翰林，你千万不能说是我讲的。"

赵乐鱼笑道："我能吗？"他正色说，"你家公子是万岁的表亲，人品也出众，不知道何方神圣，你家公子求之不得。"

织绣随口说："我怎么知道？前几日我家主人腰间吃了伤，也是为了这个。"

赵乐鱼故作好奇："哎呀，怎么也是……"

织绣压低嗓门说："公子先接了一个来信……"他打住了，顽皮地一笑，"反正回来腰就伤了。我要多说，他知道了会打我。"

赵乐鱼剑眉一扬："我有个欢场上非常吃得开的朋友，他说你家主人常常去京城有名的满树红楼。那里有四个色艺双绝的名姬。"

织绣道："才没有，我家公子喜欢去的不是那，但今年春节的时候，我家主人受了卢学士之托，去了红楼一次，我问他怎么换了人家，他只说是打听个事儿。"

赵乐鱼心里一动，还要再问，却听得有人叩门。

织绣连忙去开了，只见幽暗月光之下，有一玉树临风的男子站着。

织绣忙将他让进:"方大人……"

方纯彦对赵乐鱼看了一眼,说:"我有事商量。"

赵乐鱼对织绣说:"你且去附近逛逛,都是禁卫军,你可别乱跑。"

织绣答应了。赵乐鱼等他走远,才问:"方兄有事吗?也不回去?"

方纯彦道:"才给韩修撰把了把脉。"他顿了顿,"我当然不会找你闲聊,只是有事情请求。"

赵乐鱼笑了笑:"方兄,你还给我疗伤呢,我哪里能推辞。不过,你求我之前,我想请问二事。"

"请说。"

赵乐鱼道:"第一,昨日方兄如何那么快地赶来翰林院?第二,今天何以方兄就断定死者是魏宜简?"

方纯彦端凝着他说:"第一,昨日我与娘子为小儿烫伤,把家中的存货用完了。夜间出来买所缺的药。因为孩子烫得不轻,我特为让娘子带着他一起上车,以便及时敷药。也正因为这原因,归途中看到翰林院火光的我,才可以背着治疗你灼伤的药膏赶来。第二,我也是大夫,魏宜简当日与我共事,后来也到藏书楼来找书,他的左槽内牙齿有两颗镶银。我忘不了的。况且人虽烧焦,骨架还在,魏乃是翰林院中唯一胖大之人。他的夫人都已经认了,难道还有我们怀疑的余地吗?"

赵乐鱼说:"没有。"

方纯彦低下头:"赵乐鱼,你知道了我与东方的关系,并曾经旁敲侧击地让我来韩逸洲处帮忙,是不是呢?"

赵乐鱼困惑而惊讶地看着方纯彦:"是,你不会……"

方纯彦恳切地望着他道:"他现在入狱,我觉得以他的能力,并不能做如此之杀人大案。刑部管得虽严,但总在人的手里,终归有些漏洞。我父兄入狱之时,我也曾走门道进入看望他们过。东方娇弱,身边没有药品食物。我想来想去,只有托你去大牢内看望他。"

赵乐鱼问:"你怎么知道他没有如此能力?"

方纯彦说:"当初被杀那个姓杨的,如此讹诈他,还曾经调戏他,他都一退再退。"

赵乐鱼道:"杨翰林怎么敢如此?他有东方的把柄不成?"

方纯彦道:"我并不清楚,他们都是九鹰会的人。具体的恩怨我不关心,只是见不得姓杨的那人面兽心的东西猖狂。还好他死了。没想到的是,他死了却没有完,一条又一条人命跟着去了。"

赵乐鱼想了想:"好吧,我答应你,算是还情。若要我做更多,我可没有办法。"

方纯彦说:"自然。"他拱手,"娘子还在家里等我,我得快些回家了。"

赵乐鱼叫住他:"方兄,你为什么帮东方大人?"

方纯彦露出一丝苦涩的笑:"我是惜身保妻子之徒。我对他可不是你想的那样。我只是报恩,在翰林院他帮过我。"

赵乐鱼听他缓缓诉来,但听屋外有人走动,他推开门,见韩逸洲正由清徽搀扶着走过。逸洲若无其事地对赵乐鱼和方纯彦笑了一笑:"我待不住徐兄的地方,因此还是回家去歇着。昨日遇险,多谢方大人和赵翰林相助。"

赵、方二人满腹心事,唯恐耳力好的韩逸洲听了去,一时也想不出合适的话。韩逸洲都快走远了,赵乐鱼才叫道:"你不用担心,馆里的书我们还可以重新编的。"

韩逸洲回头:"嗯,倒是你的手坏了,要小心。不能洗澡,你就是一条臭鱼,但你还是可以来我家。"

赵乐鱼发现他的语气比原来成熟了不少。

韩逸洲慢慢与清徽走到翰林院口,没有再说话。清徽斜眼看去,他的玉色脸上完全没有片刻之前与赵乐鱼说话的平和。他扶着韩逸洲上轿,脆声对轿夫道:"走吧。"

韩逸洲不声不响,他胸中似乎有一团让他惶恐、郁闷、悲伤之极的东西。轿子一动,他向前一俯身,吐出了大口的鲜血。

第四十五章：摘花高处赌身轻

白诚直到二更鼓过，才来到翰林院。翰林院经此一劫，一时也摆不起清贵的架子。戴刀的武官在院内外随意出入，即使在半夜里也灯火簇簇。

"赵翰林歇下了吗？有什么人出入？"白诚问一个亲信。

"方韩两位大人俱已归家。赵翰林休息了。"那人说。

白诚觅去，悄悄开门，黑暗中小鱼儿以手托腮，原来是昏睡了。

他摸了摸赵乐鱼的额头，些微烫手，桌上食物并没有吃下多少。

"老三！"白诚叫他。赵乐鱼睁开了眼睛："姐夫。"

"你好些了没有？若叫你两个姐姐知道，我可是吃不了兜着走。"

赵乐鱼咧嘴一笑："我绝对不会告状的，不过我也应该给你个讯号，不能老是冒冒失失。我们在明处，对方在暗处。"

白诚接口说："全是我的错，要是我留神一些，把大队人马放在埋伏地点，跟着你一路来翰林院就没事了。"他自责完，把案子其他的进展笼统地说了一遍。

赵乐鱼手一动，疼得歪了嘴巴，哇哇叫了几声："姐夫，你们抓了东方谐？那么卢雪泽呢？其他的人呢？"

白诚答道："卢雪泽有人监视，他并没有杀人的时间。而东方谐就截然不同，他不但从御前侍卫的眼皮底下消失了几个时辰，还在何有伦的被害地点出现。况且，那日岳姑娘所中的毒粉，也在他的枕头下的机关内发现了。万岁现今还要他招出有私情的男子是谁呢。"

翰林院

赵乐鱼诧异道："万岁如何不急着追查案情，反倒咬住这个不放？难道也作为破案的一个切口吗？"

白诚摇首："关心则乱，你小子管住自己的嘴，别对着万岁嚼舌头根。"

赵乐鱼笑了笑："当初我对人人都怀疑。但此次若说东方谐干的，那他也太明目张胆了。东方乃围棋国手，要是真布局，不可能那么莽撞。他虽然消失过几个时辰，但他完全可能也是与卢雪泽或者我一般，在对方营救韩逸洲的幌子下着道。至于岳姑娘的被害，凶手想要陷害东方的话，完全可以调虎离山，将毒药放置在他的枕头之下。"

白诚摸了摸已经长满胡须的下巴："言之有理。"

赵乐鱼又说："还不止呢。若东方是主谋，那么至少有帮凶的，不然他与卢雪泽众目睽睽之下困在山谷的时候，我在翰林院中看到的人影作何解释呢？"

白诚警觉地问："呃，什么人影？"

赵乐鱼道："我是说，另有在翰林院放火的人。"

"哎，是吗？亏得有冷静晨救你。他的武功真乃出神入化，他与你差不多大吧？身手竟然有超过武林盟主的架势。怪不得他声震大江南北。你侄子一哭，我那老婆就对着他瞪眼：要再哭，江湖上冷公子就要来了，把他唬得连鼻涕都缩回去了。"

赵乐鱼跟着哈哈一笑，白诚又与他交头接耳说了一炷香的时间，才起身："明日你按照万岁的吩咐，也可以到魏家、何家转转。翰林院内有肚子里真有几两墨水的方状元挡着。韩逸洲那病秧子看来又要躺上好几日。"他已经走了几步，回头欲言又止，看得赵乐鱼不自在，"老三，我想不明白，就算当时有人想烧死你，你干吗不先逃出来呢？你比你大姐小十来岁，岳母拉扯你容易吗？你二姐说了：'你两岁的时候，岳母把你带回杭州，为了你都瘦得不成样子了。'"

赵乐鱼想起母亲，眼圈红了，一时难以解释，只说："我……以后小心。"

白诚满意点头，又道："东方谐已经认了他在枕头下藏有毒粉。所以你说什么栽赃的倒想多了。"

赵乐鱼站了起来："他那么快就承认？难道不想活了吗？"

白诚干笑几声，眉头成了疙瘩："这帮子书生，我要明白他们我也不姓白了！可惜东方谐生了那么一幅颠倒众生的皮相，竟然得罪了万岁……"他顿时停住，自己拍了自己一个嘴巴，道，"你睡上半宿，我先回了。"

赵乐鱼关上门，一回头，见墨色衣服的冷静晨坐在他的床边，冲他一笑。

"你怎么那么快又来！"赵乐鱼定下心说。

冷静晨道："我帮你去打听些事儿。还有，我想着你会肚子饿。"

赵乐鱼觉出他的得意，问："你听见我和白诚的话了？"

"我本在屋里，你们不理我，我也不想插嘴，只好听了。你怎么没有说是我看到一条黑影？"

赵乐鱼明眸闪闪："我怎么敢把你冷公子拉到这种案子里面当证人？"

冷静晨不说话，拿了东西自顾自递到赵乐鱼的嘴旁。

赵乐鱼是真的饿了，推托反而失去磊落，就着他的手狼吞虎咽起来。冷静晨看着赵乐鱼吃，眸子中如春天一般温暖。他娓娓道："小鱼儿，我今天去了三个地方。你且吃，听我说完。第一，我去见了皇帝。到了如今，他好像并不想穷追此案，他是口不由心、心不由命的可怜人。其实我很小的时候就见过他，那时候他的身体比现在要好一些。第二，我去了刑部大牢……此事除了你，连夫人也不知道。我看见了这案子的关键人物：东方翰林。真是美人，从没见过被折磨成那样还如此美的人。刑部现在不对他上刑了，就是不让他睡觉。他本受伤了，但那伙人变着法子不给他安宁。要知道：刑架之下，有几个硬汉？若日夜不睡觉，会折腾成半疯。我就不知道东方可以坚持多久了。第三，我去帮你调查九鹰会了。"

翰林院

赵乐鱼嘴里含着食物："你怎么调查？"

冷静晨道："我现在是二当家，要去找些通晓武林典故的人也不难。九鹰会中也有部分武林人士参加……离我们最近那位先生暂时不在，我又为此去了华山。"

"那么短时间你来回华山？"

冷静晨笑了："也算练功。我这几年惯于差遣人……不大跑腿了，哪里像你，还是劳碌命？"

赵乐鱼不好意思地笑了："我大姐呢？"

冷静晨道："她今日离开了京城，再三思量还是不与你见面了。我三天后走，你按照地图来找我。"他说着，掏出一张羊皮纸。

冷静晨没有住下，说怕打扰了赵乐鱼的春梦。赵乐鱼呼呼睡到第二天早上织绣来叫醒他。他逛了一遍翰林院。方纯彦是唯一来编撰的翰林。这个上午，赵乐鱼发现：原来方纯彦是个"真状元"，他做每件事都井井有条，不仅一人应对飞云阁和翰林院内外琐事，还半天就将烧毁稿件的书目大纲整理完全。

赵乐鱼虽然帮不上忙，但以他目前的身份还要装样子。方纯彦因为昨日答应代他探监，无形中与他站在一边，连目光也不再那么冷冰冰的。赵乐鱼胡思乱想：原来这个方纯彦，绷着脸还挺迷人。他曾经想过：东方谐是个滥情之人，但好像也不是。

赵乐鱼的母亲在世的时候常说：人不可貌相，海水不可斗量。比起令他改观的东方和方状元，翰林院中有一个人，一直像最深的海，也许太平静，让包括赵乐鱼在内的人都生出一丝迷惑。

第四十六章：小鱼儿探病吊丧

何有伦重伤之后，没有被送回家中，反而被周嘉留在太医院。这太医院处所极幽，旁有深廊，北窗洞开，琼花飞舞。赵乐鱼无心欣赏，直奔安置何有伦的屋子。

一体态丰盈小妇人正满面愁容地站在门口，见了赵乐鱼，她道："是赵翰林啊？"

赵乐鱼轻声道："亏何夫人记得我。万岁垂怜，命我来太医院取烧伤药。顺路我也来探望下何兄。"

何夫人取出手巾，擦了几滴泪珠："多谢赵翰林。有伦现在半死不活的，能有人还记挂他，也不枉他入了翰林一场。"

赵乐鱼问："方才听太医们说何兄的伤势已经稳住。夫人你不必担忧至此。"

何夫人惨然一笑："你进入看看便知。"

赵乐鱼走进屋子，只见床上有一个人眼睛张得老大，望着天窗，正是何有伦。他的面色如蜡，眼神飘忽，时而咧开嘴如傻子般痴笑几声，时而露出惊恐害怕的神情，不自禁的唾液顺着下巴往下淌。

何夫人细心用帕子给他抹了干净，说："早上醒过来就是这样子，太医们也说一时无法可想。真不知道他招惹了什么恶鬼，人家这样变法子害我们全家。"

何有伦的眼睛依然一动不动地盯着自己的上方，无动于衷。

何夫人又说:"总以为进了翰林院是读书人天大的好事,哪里晓得会这么倒霉。当初我们一家在江南丰衣足食,夫妻恩爱。可不比此刻幸福万倍!"

赵乐鱼叹息说:"人总不知道后来的事情。"

他竭力宽慰何有伦的夫人:"你丈夫是一时受了惊吓。老人们说的失心疯也不是没救的。夫人且放宽心,万岁哪里能不管呢?"

何夫人对赵乐鱼瞅了几眼:"赵翰林可记得那天我在卢雪泽家提到的话?"

赵乐鱼点头:"可是夫人提及有人出高价让何兄画我的肖像?"

何夫人眉目中凝结着一股子怨气:"对,那天卢雪泽看了我一眼,好像是要我别乱说。我现在越想越不对头。赵兄弟,我丈夫这般了,为什么翠屏山中的两个嫌疑人,只有东方谐入狱,他学士大人就让万岁格外开恩?"

赵乐鱼摸了摸鼻子:"据说乃是学士救了何兄,而且他也有脱身事外的证据吧?"

何夫人忿忿然说:"有后台的就都是无辜的人?!我家相公白白遭难。卢雪泽自有通天的人护着,那个绣花枕头徐孔孟也没人过问。只要太后一句:他当夜人在宫中,便无人敢质疑了。"

赵乐鱼忙问:"夫人怎么会想到徐孔孟?"

何夫人为难半晌,才压低声音说:"他……前几日众翰林在宫中住宿,也就是韩逸洲失踪那天。我家相公偷偷告诉我,他觉得徐孔孟鬼鬼祟祟的,他好像买通太监在半夜出入内宫……"

赵乐鱼对那女人肃然说:"嫂夫人,此话不可乱说。虽然何兄现在重伤未愈。但此事当真的话,不仅徐孔孟要掉脑袋,连何兄也有隐匿之罪!"

何夫人捂住嘴巴:"啊!?我才来京,并不知利害。赵兄弟你可不许瞎说。"

赵乐鱼道:"我只当没见听。嫂夫人先安心在太医院陪伴何兄养伤,何兄的神志肯定能复员。嫂夫人若心绪平静，他只怕还好得快些。"

何夫人连忙称是，她一个妇道人家，耳根子软，虽然明知道是宽慰，但心境自然好了一点儿。反倒是赵乐鱼心情沉重。他本来想着何有伦能吐露些有用的线索，可是他现在状如白痴，怎么也不能指望了。倒是何夫人随意的几句话，连带他想到了徐孔孟。他与自己，也好几日没有照面了。虽说徐孔孟现在老魏家帮忙治丧。其实魏宜简的尸体还扣在刑部手里，赵乐鱼本以为，所谓的吊唁是过个场子。可到了他家门口，才发现他在京城亲戚多得吓人。

赵乐鱼早早就在外袍里面穿了一件黑衣裳，出了太医院便换了这身。及至入了魏家，便有家人给他送上纸笔。

赵乐鱼一愣，就听到徐孔孟的声音："赵兄，你可是翰林，写一幅挽联总归义不容辞。你右手也没有受伤。"

他抬头一看，徐孔孟穿着死者兄弟辈的丧服，虽然也是白麻布的，可线条流畅，衣袖和腰部还有微微凸起的隐约花纹，禁不住佩服他有这种穿衣的心思。赵乐鱼咬了咬牙，写下"流芳百世"四字。他过去没给人写过挽联，因此选了这四个字。但写完了又觉得魏宜简这么个人，好像流芳三世也很困难，突然为自己的违心红了脸。那魏家人不明所以，还以为少年翰林为自己一手字而难堪。

徐孔孟招呼他进入灵堂，左右陪哭的男女老少顿时大放悲声。徐孔孟中气十足："魏兄！赵兄来看你了……哇哇……"

赵乐鱼被众人的哭声震得耳朵里嗡嗡的。他留心四周，并没有魏夫人的踪影。

"魏夫人悲伤过度，不能起床，因此小弟在这里代为处理。"徐孔孟注视赵乐鱼说。

他还要与赵乐鱼说什么，管家又进来通报："四表姑的侄媳妇，陈夫人来了。"徐孔孟对赵乐鱼摇头，甩手迎了出去。

赵乐鱼与魏家亲友寒暄一轮，才得以到灵堂外松一口气，便听得有小女孩扑哧一笑。他的身边，跟着个系着白头绳的麻脸小丫头，正是上次遇到的婢女小水。

"赵翰林，你怎么一脸苦相？还挂了彩吗？"

赵乐鱼抬头对她微笑："别取笑我了，你家老爷送命，连我也被火烧坏了手。"他说完，从袖子里面掏出一个小瓶子，"这是玫瑰露，味道清甜。你拿去尝吧。"

小水喜道："多谢赵翰林！你手总会好的，怕什么？倒是我家夫人可怜。"

赵乐鱼问："她病倒了？"

小水说："真的，老爷平日对夫人也说不上如何亲热，但夫人还是十分伤心的。"她翻了翻白眼，"所以我们才引狼入室啊。"

赵乐鱼目中精光一闪："此话怎讲？"

小水环顾四周，将他拉到更僻静的角落，说："赵翰林，你也是读书人，我们家现在这些爷们奶奶都忙着号丧了……他们要什么呀？"

赵乐鱼一笑："不错，你家老爷并无子嗣，却有份家产，怪不得人人都想着呢。"

小水说："怪不得了……但是赵翰林，你知道吗，那个徐翰林是假仁假义。"

"为什么？他不是你家老爷的好朋友吗？可见不能热心做好人，反而给你们骂。"

"我哪里冤枉他？昨夜一片混乱，深夜我和小土服侍夫人。夫人突然要喝一种陈年的心疼药。那药老爷平日放在储存瓷器的屋子里，我不得已摸黑去找。听见声响，我当时还以为是鬼，吓得躲在一边，怕鬼来捉了我去。谁知道，我定睛一瞧：这鬼正在翻箱倒柜，把一个个瓷瓶、瓷杯看来看去。"赵乐鱼不语，眼睛盯着小水。

"你猜他是谁：就是徐孔孟！"

赵乐鱼眨了眨眼睛："你莫看错了，徐翰林家非常宽裕，如何把这些放在心上?"

小水也不恼:"随你怎么想。夫人现在病着,我不敢声张。若事后少了些东西,我每天诅咒他不得好死。"

赵乐鱼咳嗽一声,果然,有人来了,却是管家:"赵翰林可在?"

赵乐鱼答应了。管家说:"韩逸洲大人派人来吊唁,来人问起赵大人呢。"赵乐鱼跟着他出去,见韩逸洲书写的巨大挽联被悬挂在自己的挽联之上。清逸的字,正如韩逸洲其人。

有一男子挨近他:"赵翰林,在下是我家韩大人在京师钱庄的管事。此信是我家大人给翰林的。"

赵乐鱼打开一瞧,韩逸洲写了一行字:"乐鱼,今夜请君来寒舍一叙。"

第四十七章：似曾相识燕归来

赵乐鱼在魏家盘旋不久告辞，徐孔孟一路送他出来。

"现在东方谐入狱，可以水落石出了，只可叹老魏命丧黄泉，让人惋惜。"徐孔孟对赵乐鱼说。

赵乐鱼拍了拍他："徐兄，说实在的我也不爱上这家门，我上次来的时候就听说魏家一直闹鬼。"

徐孔孟奇道："闹鬼？我可没有听说。"

赵乐鱼挤眉弄眼道："鬼肯定是有的，只要不是老魏的冤死鬼就得了。"徐孔孟肩膀一颤，嘴唇哆嗦了一下。暗处一声猫叫，有只野猫溜过庭院。

赵乐鱼笑了笑，眼光似乎穿透人心："徐兄，我刚认识你的时候，你就给我做衣服，似乎阴差阳错还剥了我衣裳，好一场笑话。兄弟当你是兄弟，说一句多管闲事的话：徐兄水晶心肝的人，何必要为他人做嫁衣裳？蒹葭苍苍，白露为霜，所谓伊人，在水一方……徐兄，若隐瞒许多，最后不但牵连无辜，连水中央的那人，也要蒙上尘埃了。"

徐孔孟脸色通红，一句话也说不出来。他穿了一身风流典雅的丧服，此刻配上他哭笑不得的表情，真正滑稽。

赵乐鱼不给徐孔孟缓过神来的时间，拱手道："小弟胡说八道，徐兄听过便罢，过了几日翰林院见。"他说完，挺起胸膛招摇过市。本想直接去韩逸洲的家，但他想起韩逸洲那古怪脾气，说了"今夜"。月亮没有出来就去他家,谁晓得韩逸洲有什么说法?

他独自一人来到了京城著名的川菜馆"鬼面居",点了一壶剑南春酒、一盘辣子鸡,还有一大盘饺子,狼吞虎咽地吃起来。他心里有一点儿得意,他没想到方才徐孔孟那样轻易被击中要害。也许单相思的人,比那些惯于彼此暧昧的人更加脆弱。他原来想,徐孔孟可能想打某人的算盘,所以……但没想到真的是他!他究竟是什么样的人?有人需要他赵乐鱼的画像,是他吗?为什么?

赵乐鱼是越吃辣椒越不亦乐乎的小子。他吃到最后,在自己雅座里面放声开唱。他本五音不全,加上嗓子给辣椒弄得哑了几分,歌声自然好不到哪里去。引得伙计不断探头探脑。一直到有剪月牙爬上柳梢,他才心满意足地下了楼,终于在翰林院外宣泄一番,他浑身舒坦,信心大增,几乎认为翰林院的案子胜利在望。

那伙计对他赔笑:"客官走好。"却没有加上都城里堂倌通常客套,"下次再来。"

赵乐鱼吃不准韩逸洲的意思。二人昨夜刚告别,以韩逸洲与他的交情应该不会到一日不见就有满腹的话与他"叙"的道理。赵乐鱼现在关心的是:韩逸洲为什么对人说他什么也想不起来,他似乎要等待一个时机吐露些话。究竟何时?为什么?

到了韩逸洲家,清徽已经在月下候着他。赵乐鱼穿过外庭,好几个挺精致的轿子停着。他问:"有贵客来访吗?"

清徽说:"我家大人化险为夷,消息在商贾圈子里传得飞快。这几个都是天下闻名大商人,与韩家关系向来不错。全是老太爷一辈的人,因此推却不得。不过,说不定明早真有贵人从洛阳来呢。"

赵乐鱼道:"我还以为你家大人向来讨厌这些人情文章。"

清徽回嘴:"就不许人变一变?我本来觉得你不学无术,满嘴泼皮,但现在知道你和大人共患难,还真的挺佩服你呢。"

赵乐鱼哈哈一笑,清徽领他进了一间有三面雕花大窗的屋子,桌上全部是上等碧玉做成的杯盘碗盏，筷子却是银质的，筷头上有个微型的饕餮。只有两双筷子。此时明月东升，映照着青翠的玉盘中白米晶莹。

赵乐鱼苦着脸咽了口口水。清徽道："大人也对你刮目相看了。"

赵乐鱼说："你家大人只叫我来小叙。"

清徽笑道："你有所不知，我家大人叫人小叙，就是请你吃饭。"

正说着，韩逸洲已经站在门口。他的袍子外面披着一件素纱，堪称落花无言，人淡如菊。他走了进来："小鱼儿，你到了吗？是不是饿了，吃吧。"

赵乐鱼答应着，低头举起了筷子。韩逸洲坐在一旁，默默吃了一会儿，才说："你上次在我生病的时候给我吃鸡汤。味道是不错的……我也知道你手不好，所以才特地定了这些……但愿你可以开胃。"

"嗯。你身体已经好了？"

韩逸洲道："还可以，我两天以后就要回翰林院了。我花了三年时间编的书也都烧了，要重新写起……"他观察着赵乐鱼，"不过，也不必重新写。"

"为什么？你的记性那么好？"

韩逸洲摇头："人有旦夕祸福。我也不是不明白这个道理。当年我去了四川学琴，我父母就双双染病西去……我编写此书的时候，每写一节，实际都留有底稿，洛阳的管家每三个月来的时候，我便让他带回洛阳韩家，因此……只要回去一次，就可以找到大半。万岁也不会不准的。"赵乐鱼瞪大眼睛看着韩逸洲，突然发觉银色筷子头上的小小饕餮都张开了眼睛。

"这筷子遇热，饕餮的眼睛就会张开。"韩逸洲轻描淡写地解释。

赵乐鱼的脑子转得飞快：韩逸洲果然周到，还有底稿？那么他言下之意，是要回到洛阳一趟吗？

韩逸洲笑了笑："小鱼儿，你陪我一道去洛阳一遭，好不好？"

赵乐鱼沉默着，好一会儿才说："……现在翰林院没有结案……"

韩逸洲道:"这几天便结了。"

赵乐鱼以为听错了,韩逸洲又说:"不出几天,我们就可以上路。你的伤势用了这药膏,那时候也差不多可以落水了。"他说着,从身上取出一个白玉瓶子,"家父得的药膏。当年连太后要,都只是给了一点儿,现在你拿去好了,也算我的一点儿心意。"

韩逸洲说得那么肯定,似乎结案很有可能。洛阳的韩逸洲与眼前的韩逸洲,是不是完全不同?或者他要暂时逃避什么,或者他终于想要回归富甲天下的生活。

韩逸洲轻声叹道:"小鱼儿,其实……今天是家母生日。家父在她之前有许多女人,但见到她的第一眼就成了傻子。她在世的时候说,若她去世以后,每逢她生日都希望她的逸洲能够痛痛快快地喝几盅酒,吃几口菜,找两三朋友,赏月听琴。所以……当年我去四川,她并不同意,我还是去了……你知道什么叫年少无知吗?不提了……提那些做什么,白白地难受……"

赵乐鱼柔声说:"我当年也不听娘的话,现在要想听她数落都难了。凡事想得开些,你叫我练字,我悟出一个道理:落笔就无法改了,但重新开一张白纸,也许能写得更好。"

韩逸洲低声道:"不错,你通透。我还不到二十岁,何必每天凄凄惨惨的……"他仰脖子灌酒,"为了我娘,我也偏要活着……"

他们边吃边聊,不知不觉过了一个时辰。

今天赵乐鱼出翰林院的时候,守卫禁军就说了请他早些回去住宿,不然深夜出入引起不便。赵乐鱼正寻思如何告辞,韩家的老仆人却进来递上名笺。名笺镀金,芳馨四散。

韩逸洲也不隐瞒,告诉赵乐鱼:"恰巧从洛阳有贵客来访,你同我一起去会也无妨。"赵乐鱼想不出合适的托词,慢吞吞地跟在韩逸洲的后面。

月光洒满地表,清风徐来,有一贵公子如仙鹤般悠然信步。

"韩兄?别来无恙?"那人说。他年龄尚少,然而风流蕴籍,灵秀逼人。顾盼之中,俏波流慧,春日的阳光总在眸子的深处凝聚。

"这是谁?"那公子指了指赵乐鱼。

"啊。"韩逸洲介绍道,"这是赵乐鱼,翰林院中的编修。我欲以他为助手,前去洛阳家中。"

赵乐鱼迅速收回几乎"贪婪的"视线,他似乎听到自己心跳的声音。来人竟然是冷静晨!?不过,赵乐鱼分明听到冷静晨说:"幸会,鄙姓萧,单名一个夜字。在家排行老三,韩兄与熟识的人都叫我萧三。"

姓萧?排行老三?赵乐鱼翻着白眼,简直要昏过去了。他抬起头来,对面的冷静晨却面不改色,眼中没有一丝一毫的波澜。

第四十八章：卢家圣人与好人

韩逸洲对冷静晨说："三弟，我足有四五年没有见你了。你长大了，倒越发显得精神了。吴老夫人好吗？"

冷静晨笑道："老人家好着呢。韩兄去年送去的千年高丽参，颇有成效。这次我在洛阳总账房知道韩兄失踪的消息，急得了不得，还好韩兄吉人天相。"

韩逸洲对冷静晨近乎亲热地一笑："要说你才是贵人的命。这次我能够化险为夷，多亏了眼前的这位赵乐鱼！"

冷静晨眯起眼睛，手中象牙扇轻摇："原来赵兄如此本事？"

赵乐鱼"哈哈"笑了几声，他自己才是货真价实的"萧三"。但看这光景，冷静晨早就认识韩逸洲，且与他有交情。

大约冷静晨冒充萧公子已经有好几年了。赵乐鱼光在江南当捕快，对北方的商贾豪富圈子并不熟悉。因此只好睁着眼睛地看冷静晨那小子瞎掰。

韩逸洲发现他眼中几分迷惘，对他说："萧公子在京城走动不多，但他的外祖母——湖南的吴老夫人与我家交情极深。我的洛阳总账房在两湖的生意也常靠萧公子与吴老夫人照料。不过，他小时候秀气得很，哪有现在的干练？"

赵乐鱼斜了冷静晨一眼，已经明白吴老夫人大约是武林盟主一个潜在的支持者。既然沈逐浪夫妇没有子女，那么冷静晨这个少年二当家的地位不言而喻。他在江湖上行走，见过他真容的人很少。江湖上的规矩，走到江湖以外，又不得不换个身份。有钱有势人家子女众多，因此冷静晨这个孤儿才成了吴老夫人的"外孙"。当然，"萧夜"只是冷静晨众多的身份中的一个。冷静晨此刻来，不知有何奥妙……

赵乐鱼心里嘀咕，表面上不再流露一点儿。他带着礼貌而好奇的目光看着冷静晨与韩逸洲交谈。冷静晨犹如春天，温暖灵秀。韩逸洲犹如秋天，清冷雅艳。

"韩兄，你此次准备回洛阳一次吗？"冷静晨不失时机地问。

韩逸洲点头："嗯，我确实准备回去一次。"

冷静晨笑道："那好，我在京城的事儿办完，我们同行可好？"

韩逸洲顿了一顿，睫毛微动，说："可以。"

冷静晨趁着韩逸洲出门去吩咐童子的一刹那，对着赵乐鱼狡黠微笑。赵乐鱼突然明白过来：原来冷静晨大费周折，竟然要陪着他？真是好兄弟！

洛阳之行，如何才能抛开翰林院目前的泥沼局面？赵乐鱼想着，说："洛阳风土我向往已久，不知道萧公子最欣赏什么？"

冷静晨说："洛阳最有看头的就是韩家，洛阳人有不服皇帝的，没有不服韩家的。韩兄，你家的四绝，可曾说给赵兄听呢？"

韩逸洲在外面，借着月光看哑老仆送上的一张纸片，头也不回地搭腔："三弟，你别胡说！"

赵乐鱼瞅着他的背影若有所思，嬉皮笑脸地对冷静晨说："公子见识得广，也带带我们这些不开眼的乡巴佬。若不然，我到了洛阳，叫老相好卖了，还蒙在鼓里。"

冷静晨答道："赵兄过谦了。你能当上翰林，足见不是乡巴佬。韩兄家的四绝还是值得一提，看赵兄人物风流，可别错过了。第一绝，韩家的园子，若去一遭瑶池仙阁，也不过如此。第二，韩家的牡丹，洛阳牡丹甲天下，韩家姚黄魏紫都不是凡品了。第三，韩家的厨子，韩家菜虽然从不外传,但他们的眼里,哪里有御膳房厨子的地位?第四,嘿嘿,就是韩家的美人……"

韩逸洲面色微红地走了进来,疲惫之态难掩。赵乐鱼看了看他,才说:"我不能很晚回翰林院,我先告辞,逸洲你小心修养……"

韩逸洲应道:"我知道……"

他看了看冷静晨,冷静晨只是低头品茶。韩逸洲问:"三弟啊,你打算住在这里?那我叫下人准备去。"

冷静晨道:"别!我也要回了。还是让赵兄先走,我有轿夫,赵兄只有两条腿,我不急。"

赵乐鱼开颜一乐,对着他们拱手,洋洋洒洒地走了出来。韩府前果然有一顶华丽的轿子,还有七八名精壮大汉恭敬地守候着。赵乐鱼也知道他们乃是冷静晨的手下,但其中没有一张是他熟悉的面孔。

远处的酒楼有卖唱的小娘歌声委婉:"月儿弯弯照九州,几家欢乐几家愁。"

赵乐鱼沿路闲逛,经过了庄严的卢府。他寻思着卢家兄弟:一个是在风云莫测的翰林院里当了多年的"大圣人",一个在大理寺那般严正的地方当"好人"。也真难为了兄弟俩人。此刻他家门口禁军守卫森严,不知道"圣人"和"好人"是何心态了?

一墙之隔,卢修在月下慢慢散步,踩着自己的影子,神色抑郁。皇帝不仅软禁了卢雪泽,还下旨让他"修养",暂不用去大理寺。说得体贴,其实是要他"避嫌"。

韩逸洲安然无恙,今日还送来一张客气的帖子。他向卢雪泽道谢,还顺便问安卢修。

魏宜简的死讯传来,卢修心情更不好。他在翰林院的时候,与众人都相处和睦。魏宜简死于非命,卢修还为他洒了几滴眼泪。卢雪泽派了卢四带着厚礼和卢家兄弟的挽联前去吊唁。至于东方谐入狱,卢雪泽虽然知道来龙去脉,却不对卢修吐露。卢修也不愿意去问他。回忆起来,他认得东方谐时日不短，似乎东方谐十六七岁的时候常常来他家串门。小卢修跟着他学习围棋，加上自家兄长，三个人一起作联句诗。少年的东方那般美丽、风趣，卢修作为孩子，心中总是羡慕不已。

不知何时起，东方谐渐渐疏远了他们，即使卢修入了翰林院，也只是表面客套。他不知卢雪泽究竟做何想法。自从那天回来，卢雪泽似乎对一切都淡淡的，没有什么反应。他本来沉静，于卢修这样的亲兄弟，也是深不可测。

卢修想着，已经来到了橘楼。卢雪泽埋头欣赏自己收藏的古画，他对着灯，望着一幅肖像凝神。卢修眼尖，一眼就看见画上的英挺少年。那人像与赵乐鱼一个模子刻出来的。他见过这幅画，印象更深。

他咳嗽一声，卢雪泽放下手里的画，微微一怔，含笑望着他："二弟，你还没有歇息？有事？"卢修转眼一瞧，那幅肖像已经被卢雪泽的手指拨到一堆唐人山水下去了。

"嗯，大哥，我想问你：东方谐真是凶手吗？"卢雪泽面无表情地说："应该不是吧。"

卢修道："那大哥准备一直如此僵持吗？对万岁也不辩解？我方才想起嫂子临死前说的话：她说东方这人表面坚强，实则脆弱如琉璃，也是可怜之人。前些年我们与他交情不错，现在见死不救，大哥忍心吗？"

卢雪泽道："你怎么料定他会死？"

卢修说："我在大理寺并不是白白吃饭。刑部的手段我不知道吗？"卢雪泽笼起手，沉默了许久，他笑了几声，在静夜中有一丝绝望的味道。

"我不能帮他，若我开口为他说一句话，他才是真死定了！"

卢修嘴唇哆嗦一下，眼神复杂："为什么？"

"二弟，我早就说了，万岁决定的事你好去干涉吗？"卢修脸色发白，他内心某一处被强烈地撞击着。他低下头，柔声说，"可万岁还定能听进你的话……"

卢雪泽叹息："不错，但我为什么要替东方说话。他那个人有龙阳之好，你又不是不知。当年我是为了东方着想，他从此执迷不悟……也是无法了。我与东方间是清白的，若我一辩护，万岁是无论如何都是不信的。"

卢修坐了下来："大哥！这么多年你也承受了许多，只是……翰林院的案子，到底是谁所为？当年的九鹰会究竟是怎样的内幕呢？"

■ 翰林院

第四十九章：太后钦定金玉缘

卢雪泽许久也没有说话，这时，卢四急匆匆地上来通报："老爷！老爷！宫内来人了。"

卢雪泽连忙带着弟弟下楼，趋步来到前门。

一名大太监候着他们，见了卢雪泽和卢修，才说："传太后口谕：明日清晨，宫门一开，就请大理寺卿卢修往太后宫觐见。"

卢修点头领旨。卢雪泽对那太监微笑着说："如此晚了，还有劳老总管前来宣旨？"

那大太监笑道："卢大人这里的差事，给老奴办，不是太后赏老奴的脸面吗？万岁这几天都到三更才歇。满宫的娘娘们和我们都得改了时辰……"

卢雪泽对卢四挥手："既然老总管来也来了，不喝杯茶可不行。"

卢修默不作声，跟在卢雪泽的后面。

大太监推辞："心领了，太后还等着老奴回话，老奴办差可不敢怠慢。"卢雪泽一笑，从仆人送上的托盘里拿了一个小盒。

"也不勉强公公了，这包新茶请收下。"

卢修自然知道，茶叶外面的盒子，便是纯金的。他平时也学会了这套，但还不如大哥做得自然得体。

太后要他一早入宫？不知此事下文如何？

清早时分，卢修等候入太后宫。不多时，便有宫女传唤。太后乃是先帝的皇后，又是当今皇帝周嘉的生母。地位尊荣，无与伦比。自从先帝亡故以后,她一直深居简出,吃斋念佛,似乎已经不闻世事。

卢修进入暖阁时,太后正在看小太监宫女们博弈。

"你不必拘礼,平日里喜欢玩棋吗?"太后慈祥地问卢修。

"臣不怎么擅长,臣平日除了读书,也没什么爱好。"卢修答道。

太后笑了:"可见是老实人。青年人有几个知己谈书论道,也是雅事。"

卢修等待她说下去。太后停了许久,才对小侍从们喊道:"可别输光了!"接着,她便打发他们下去。她把卢修上下看了几眼:"你哥哥这几日只在家?"

"是,家兄谨遵万岁圣旨。"

太后轻笑一声,抚摸着自己的指甲:"他也是万岁跟前的老人了。先帝的病也多亏了他,不然……唉……他是天下的神医,无论如何,也能救自己。"

卢修忙跪下:"太后娘娘,家兄乃是翰林院之首,平日行为也是读书人表率。他从不结党,对待万岁和娘娘更是忠心耿耿。翰林院中案子,以臣之见,可能并非一人所为,而且里应外合,也许不止是翰林中人。"

太后闭着眼睛听着:"你应该去说给万岁听听,我年纪大了,不管这等是非。倒是孩子们的将来,我不得不管些。"

卢修眼观鼻,鼻观心。太后原来只是觉得他貌好,端丽中且有一股读书人的庄严。此刻晨曦中,她突然忆起当年少年卢雪泽与太子在她的宫中初见的时刻。

"卢修,你也过了弱冠。你是个状元,人人都赞你品貌特出。父母亡故,长兄如父。你哥哥把你的八字早送到了宫内,经人卜定是天作之合。现在我寿辰在即,你和大公主随着祝仪成婚,也算了却皇家心事。"

卢修对这话并不吃惊,但真来临的时候,他只感觉空洞的麻木。他知道自己应该说几句感恩、荣幸的话。但满腹经纶的他,什么也说不出,只是跪得越发低了,头陷于双肩,几乎要触到冰凉的金砖地。

太后笑了一声："怎么？"

卢修才道："臣……生性驽钝，且身子骨弱，恐怕不能消受这天大的福分。"

"你可是万岁钦点状元，你驽钝的话，万岁岂不是闹了笑话？你的身子向来不差，可不要因为死个把人而吓坏了……同皇室比，那算什么？"太后语重心长，"卢修，你家是世家。你父亲、你哥哥都算官场中的模范。你既然入了这道，也出不去了。选中你为驸马，这……也是万岁的意思。"

卢修沉默着。太后想了一想，忽然说："方才说到你有知己，洛阳韩逸洲算不算一个？"

卢修心内大惊，极力稳定情绪："他？只是同科榜眼，臣入了大理寺，他与臣已经不大见面。"

太后慈和一笑："我只是比方一提。当初有人向皇家建议韩逸洲为驸马人选。总之，不是你，就是他。"

卢修声音略颤抖不定："太后，臣遵懿旨就是了，谢太后娘娘。"

太后等着他抬头，卢修抬起面孔的时候，端严一如平日，太后不禁满意点头。

卢修的泪早已干，他明白要生存下去，只有随波逐流。他豁然开朗，自己为什么喜欢读书，原来书里与现实比，真实的世界要残酷冰冷得多。

第五十章：风雨交加人与鬼

周嘉这几日常常坐到三更。人们揣测他的心情不好。但他早不是痴情少年，就算不快活，也犯不着损害自己的饮食起居。这半年来国事繁忙，老臣纷纷下世，太子年龄还小，周嘉也不敢让他独当一面。

周嘉也喜欢过几个女人。过去他独宿的时候很少，就寝前习惯性地找一位妃嫔相伴。可最近他身体经常莫名疼痛，他害怕自己犯病的时候让女人有了可乘之机。他也希望如翰林院第一次发生血案的那晚，他昏迷后睁开眼睛，就看到卢雪泽那恬淡的面容，他微笑着坐在他的身边，仿佛皇帝只是一个患病的幼儿。自从他生了病，便愈发依赖卢雪泽。好似只有他在身边，才会安全。他也只信卢雪译。

"有我在呢。"他说，声音如落山之风。

三天了，周嘉没有想到卢雪泽居然不来与他解释。看来，他不属于为自己辩解。他和卢雪泽之间，究竟能有什么心结呢？就算他与东方暧昧，就算他瞒着他做了一些事情，但他与卢雪泽之间总归还是有一片宁静的天地……仅仅属于他们俩的默契。这是君子之交，旁人比不了。

周嘉自嘲一笑：小嘉是什么人呢，他十五岁的时候，就能够执着周嘉的手诉说自己的梦想。转眼之间，他就拒他千里之外。

少年卢嘉冷漠、执拗地对他说："周嘉，我向来没有那个爱好。你若现在动了这心思，从此便再也见不着我。我化成的骨灰也绝不让你找着。"小嘉果然算定了他。当年是，现在也是。他算定了他的心思，所以他绝不开口，绝不表示。

周嘉想：究竟谁会打破这个冰面呢？这时已有宦官送上最新的奏折。

周嘉看到第三本的时候，眼皮一跳。他认识这清丽笔迹，不是韩逸洲是谁？翰林韩逸洲上折请明日觐见，他的措辞谨慎，几个字是"有机密启奏"。

周嘉掩卷沉思，桃花眼闪烁不定。他知道今夜又要迎来鸡鸣之声了。韩逸洲有话要说，狱中的东方谐却什么也没有吐露。周嘉抬头遥望星空，月光澄净。

宇宙之大，同此一月。刑部狱中，月色吝啬穿过巴掌大的小窗，东方谐伸出手来捕捉它。但他忘记了自己根本握不起拳头来。他苦笑：从来他的情人都爱惜他这双手。现在他经历刑讯，指甲尽数脱落，伤痕累累的手指肿得像冬天的萝卜。现在他也麻木了，这手似长在别人的身上，与他毫不相干。

万籁俱静，东方谐第一次得到可以休憩的机会。换了昨夜，他几乎忍不住要对着狱卒们跪下，求他们让他合上一刻眼皮。可到了现在，他难受得根本睡不着，眼前昏花，耳鸣不止。别人对他下狠手的时候，他没有吐血，可现在，满口的唾液里只有令他自己也作呕的血腥气。他产生一种幻觉，黑暗的深处有一个仙人慢慢地飘来。

"我醉欲眠君且去，明朝有意抱琴来。"东方谐对仙人笑着说。

"你看看我是谁？"那仙人拨开披风的头面，淡淡地说。

原来是韩逸洲！东方谐用手腕磨蹭着眼睛："你？你怎么来的？"

韩逸洲望着他，面色冷傲，但眼中水波流动，出卖了他的心情。

"我是洛阳韩逸洲！你不知道有钱能使鬼推磨吗？"

东方与他对视，点了点头。他本有千言万语说给韩逸洲听，但韩逸洲的愕然出现，使他蒙了。

"我们已经了断了，你不必来看我。你被骗得还不够吗！"东方谐隔了许久才说了那么一句。

韩逸洲一愣，缓缓地说："你放心，我不会再被骗了。第一次上当是天真，第二次上当是不甘，第三次上当就是傻子了。我只是给你这个我就走……"他说完，将一个包裹隔着栅栏塞了进来。

东方谐没有去接。韩逸洲道："东方，你怕死吗？要是怕死，当时你也不会如此自信了。纵使你瞒着我，我还是想帮你，怕你漏了马脚。但我没有想到，这次你竟然用我当筹码……甚至要我死……"他已说不下去了。

东方谐吃惊地抬头："你说什么？"

韩逸洲冷笑几声，近乎苍凉："不是吗？你自己心里清楚，我失踪以后一直昏迷，可在被人丢到翰林院之前，曾经约有一个时辰，我醒了。我闭着眼睛，听周围的声音。我竟然听到了屋外一只八哥的吟诗。它是你的聪明八哥，一句句念的都是你喜欢的绝句。当然……它是我送给你的。"

月色隐去，狂风大作。

东方谐茫然地望着虚空，额头冒汗："怎么这样？我家里？逸洲，我怎么会加害你？我为了你半夜三更去翠屏山，对方写信要我想方设法摆脱跟踪我的御前侍卫，说不然就不能保证你的安全……逸洲！"

韩逸洲背转身，月光下满面眼泪，他轻轻地哽咽："东方，你不要说了。我与你，这次真的两不相欠……"他说完，异常坚决地离开了。

东方谐瘫在地上，等韩逸洲的脚步远了，他忽然如疯子般用头去撞栅栏："我不是好人！但你怎么可以如此冤屈我！逸洲……韩逸洲……"他的声音渐渐低了。

霹雳一声，暴雨如注。魏家的灵堂空空荡荡，徐孔孟打了个呵欠，意欲与其他客人一样回屋休息。

丫鬟小水跟上来，慌张而神秘地说："徐大人，方才……奴婢方才去书房找药，明明没有人的，可奴婢一回头，看屋子里面似乎有个人影，那人对着雷公爷爷还念念有词。"

徐孔孟突想起来昨日赵乐鱼提到的"鬼"，汗毛都竖起来。他随口问：

"念什么?"

小水脸蛋都吓得绿了,抹着眼泪:"是……是什么'白露为霜……在水一方'。"

徐孔孟面色如土。他挤出一个笑:"你肯定是看错了,风雨大,你还是回魏夫人的屋子里去……"

徐孔孟说完,打起伞,朝自己暂住的屋子走去。到了半路,他环顾四周,悄悄地走到了魏家的书屋后面。那里是一间存放瓷器和药品的屋子。他战战兢兢地走到了屋门口,门自己打开了。屋子里什么也没有。徐孔孟摇摇头。雨越来越大,雷电纵横,他不得不在屋内暂避。

一股白色的浓烟,门突然关上了。徐孔孟被刺猬扎了一样跳起来,他听到一声像哭泣的笑声,好像从井底传来的……在不大的屋子里,顿时燃起如萤火虫一般的绿色火焰,墙上有个影子越来越大。

徐孔孟吓得满身冷汗,他步步退到墙角。他想叫:"来人,有鬼!"可惜嗓子发干,什么也叫不出来。

"……所谓伊人,在水一方。"那鬼阴阳怪气地念叨。

徐孔孟几乎魂不附体,挣扎着说:"你……你……装神弄鬼做什么……你怎么知道……我……我……"

黑影慢吞吞地说:"你的秘密?你至今孑然一身,可不是为了仰慕我们翰林院的卢雪泽?"

徐孔孟顾不得害怕,几乎目瞪口呆。

"我死得好惨,灵魂无处可去,只有栖身自家,可有人偏偏不让我安生……早也来,晚也来……你找什么?"

徐孔孟抱着头,大声喊道:"不是我,不是我!"他惊骇万分中,觉得这阴阳古怪的鬼声有几分熟悉……啊!难道真是魏宜简!

"你……找到了那东西……我们恩怨两清……不如你与我同去吧……"

"不要,不要!"徐孔孟裤子都湿了,他声嘶力竭,和雷电比赛嗓门,"我不想死!可怜我只是心底念念,那么多年了……我能有非分之想吗？我和你恩怨什么两清？我找到了……找到了你放在机关的东西……明明是你下毒害我。"徐孔孟吓得忘了人鬼之界。他愤然哭喊道，"我与你共事多年，你为什么……你活着害我，死了还想拉我？我不死，你滚开！"

世上没有鬼，就怕人扮鬼。此时此刻，三岁就扮鬼闹着玩儿的赵乐鱼躲在暗角里暗自吃惊。

难道死去的魏宜简，才是那日在飞云阁茶杯下毒之人？

赵乐鱼原本扮鬼，不过是就着徐孔孟弱点，来套些徐孔孟的词儿。徐孔孟爱的蒹葭诗，明显是说一个可望不可即的冰雪人物。除了最可能的卢雪泽，只有方纯彦。但从蛛丝马迹分析，徐孔孟对待方纯彦，态度一直缺乏起码的关心。因此赵乐鱼便押宝在卢雪泽身上，果然对了。他没有想到徐孔孟反而指出当日在飞云阁内下毒的人是魏宜简。他心内一怔，旋即恢复沉着。

雷鸣电闪帮了小鱼儿的大忙，使得屋内诡云密布，暗沉之下，赵乐鱼以前从跑江湖艺人里学来的小法术：绿火、影子、假声，早已把徐孔孟吓得半死。"我……害死你？你肯和我到阎王爷面前对质？"赵乐鱼捏住鼻子，模仿魏宜简一贯古板的腔调说。

徐孔孟面对着墙壁，抱着头颤颤巍巍道："不是你是谁？那日我从宫内回来，只有对你一个人详细说过家父得到太后赐杯的事。……开始我哪里疑心过你？我……怀疑是东方谐与韩逸洲斗法，用……我……我来……陷害……他。我也想过韩逸洲……存心来害我……但我与他素无冤仇。韩逸洲失踪的那晚，我在花园跟踪的人……不是你是谁？我喜欢给人做衣服，看一眼就知道身材的尺寸……你穿着旁人的不合身衣服，但我……我怎么会认错？你以为我说的背影是死去的杨青柏……心里……就……就认为你清白？"

赵乐鱼一愣，说："你为什么不说出来呢？就算不告诉皇帝，也可以告诉卢雪泽不是？"

徐孔孟抱着头抽抽噎噎："我向来胆小……多一事不如少一事……老魏，你也不是存心毒死我。韩逸洲的死活……与我……什么相干？我只是担心卢学士……怕他卷进去……而已。"

"……你为什么打他的算盘"

徐孔孟的哭声和渐渐低下的风雨声混成一体："我刚进入翰林院的时候……年轻，又没有老婆。卢雪泽对人好，又有权势。如果我能巴结上他，还担心以后的荣华富贵吗……"

赵乐鱼没有说话，他注视着屋子里的"鬼火"闪烁，似乎翰林院人的青春时代在那里面复活。

徐孔孟失去了控制，疯子似的说个不停："……我长得不如东方谐好看……没有韩逸洲有钱……才华不压人……还是靠着太后的关系进入翰林院的……有人瞧不起我……我心里的委屈谁知道？我……总得找个靠山吧。但我也是……也是……一个人。我这么做……上天有什么不容？就是阎王面前，我……也敢问他，我做错了什么？"

赵乐鱼情不自禁地说："你没错。也许……我错了。你若说出你在我家里找到的证据，我便不再缠你……看在你为我做法事的面子上……我一个人离去罢了……"他心里涌起复杂的感受，阴阳怪气的劲头少了许多。但徐孔孟在此时此刻，哪里有心情细细分辨？他的耳朵又不是韩逸洲那样出奇的灵。

"我找出什么？我只不过想不通，趁着给你办丧事的机会找找你有没有那样的杯子。这地方……还是你夫人……告诉我的。没想到……你不仅有这样的杯子……还有许多宝贝瓷器，你是暴富之人……我真是没想到……"

赵乐鱼嘿嘿笑了几声："你也想出……那杯子是被人换过的？其实根本不需要打开盒子，只要有一样的杯子，重新包成一个盒子，调包就行。但……你不肯对着众人说实话，我……倒应该感激你……"

他发现徐孔孟一动不动。原来，他终于昏了过去。

赵乐鱼苦笑一声,将屋内自己的痕迹收拾一下。因为左手不便,他的动作还比较缓慢,听得管家遥遥地喊:"徐大人……徐大人……"

赵乐鱼望着徐孔孟。他昏过去以后,脸上没有了平日的浮华气。只是一张属于普通弱冠青年的书生气的脸,倒是有点可怜。

■ 翰林院

第五十一章：韩逸洲一语惊天

这场大雨下到第二日，周嘉大清早叫韩逸洲觐见的时候，雨还下得淅淅沥沥，完全没有云开雾散的迹象。

周嘉说不上亲切地俯视韩逸洲，听他诉说着。

"臣……先是被烧得糊涂，这几日服药以后，心境明白许多。臣在宫中赐宴的那夜，因为想起来一些关于编书的细节，便来到赵乐鱼房中想和他说几句话。可是不知怎么，居然昏昏沉沉地睡着了。臣……在中间只醒过来一次，臣现在想起来了。"

周嘉"嗯"了一声，审视着韩逸洲。

韩逸洲也望着他的眼睛，说："臣曾醒过片刻，看到一间屋子。虽然房间很暗，但臣还是看出这屋子不大，周围有流水的声音。墙上挂着一个巨大的八卦装饰。臣怕极了……因此不敢发出一点儿动静，如此很久，我才睡着……"

周嘉道："这么一家，不知是哪里？京城千万间屋子，朕如何找寻？"

韩逸洲略微笑了一笑："臣耳朵好，万岁也知道的，臣虽然没有看见别人讲出，但臣……听见屋子外面有两个女子说话，一个女孩说：'小金，你还在这里磨蹭什么，夫人的药呢？'另外一个女孩说：'小水，你莫催。若扰了大人算命……'万岁……"

韩逸洲的话，指出了他被关在一个做官的人家，而且两个丫环名叫小金，小水……还有八卦与算命……

周嘉并不太相信韩逸洲的话，但他是目前唯一指证的人物。他点点头，拉了一下身边的铃铛，有个老宦官即刻出现："去告诉白侍卫，让他查一下，翰林院哪个官员家里有叫小金、小水的？还有，查一下谁家有临水修建的屋子，墙上有八卦。"

周嘉回头看韩逸洲，他恭顺地低着头，嘴唇上一抹红色，和白玉脸庞相应触目。周嘉笑了一笑："逸洲，你知道翰林院中的魏宜简死了吗？"

"知道。"

周嘉又一笑："死去的人有什么好处呢？"

韩逸洲沉默着。周嘉自问自答："他们永远也不能开口了。"

韩逸洲一动不动。半晌他才说："万岁，这次大火，臣编的书稿几乎都烧没了。臣……并不想拖落书的进程。若万岁以为臣没什么嫌疑的话，请让我回洛阳一趟。只有半个月，臣可以在今年的年尾如期将书奉上，万岁钦定。"

"你回洛阳？怎么……你在洛阳有相好的姑娘？"周嘉似开玩笑道。

韩逸洲身体晃动一下，他的眼睛清澈得能将人融化，他缓缓地叫了一声："万岁？"

"嗯？"

韩逸洲说："万岁，臣……"

周嘉从他面色上已知他要说什么。他是皇帝，无论怎样的风雨都经历过。

韩逸洲嘴角有一丝坦白的笑容："臣回洛阳，因为那里毕竟是臣的家。臣的父母坟墓都在洛阳，臣已经两年没去看他们了。还有，就是臣入了翰林院，总要对自己这几年有个交代，编成书，也是万岁盛世基业。"

周嘉注视着韩逸洲，他感到自己对这个年方十九的天才少年还有许多的不了解。但韩逸洲不会给他机会了解。

"你回洛阳，也可以准。但你们韩家，总还要有后，不然……"周嘉的喉咙发干。

韩逸洲扬起脸,他一字一句地说:"万岁,臣对此考虑许久了。臣现在……也不愿意成家。臣这一辈子,可能不会有后代了。臣死后,韩家剩下的财产,全部献给朝廷,让万岁用来赈济寒士,兴修水利。"他鼓足勇气,说得认真,仿佛在发誓。

　　周嘉惊讶地看着他良久,长叹一声:"哎,逸洲,干吗说这些,你身后的事,朕早已不知道了……人们总喜欢称呼万岁,实则历史上有几个活到古稀之年的皇帝呢?"

　　韩逸洲道:"纵然如此,万岁还有太子,总是我朝,千秋百代,基业不灭。"

　　周嘉转移开视线,有一刻,他恨起这个少年韩逸洲了。韩逸洲是个幻影,他的话,无论真假,是周嘉和许许多多人永生无法说出来的。

第五十二章：赵乐鱼深夜探监

雨停的时候，赵乐鱼百无聊赖地躺在床上。昨夜从魏府跑回来，他就辗转反侧。即便徐孔孟说的是实话。魏宜简陷害徐孔孟，那又是为了什么？

徐孔孟毒发，小鱼儿和韩逸洲一起入狱过。给下毒的人带来什么好处呢？就算魏宜简为了不可告人的目的下毒，并不能说他就是那日带走韩逸洲、继而放火的神秘人。

冷静晨不能轻易追上，证明此人身手灵活。况且算起来，此人放火还在遇上冷静晨之前。天底下哪里有人先逃出去，再返回火场被活活烧死的？假设魏宜简深藏不漏，武功高强，他可以使用"缩骨大法"。他为了找到某样东西而返回，他的身上也不该携带翰林身份的金牌。这东西常与朝服搭配，若在夜行争斗中万一遗落，岂不是不打自招？这个道理，就像当州官的人偷偷做贼一样，本不会带着自己的官印。魏宜简精通周易，从情理上说，没那么大意。

赵乐鱼也怀疑死者并不是魏宜简，但他已经秘密地去过刑部的仵作那里。死者被烧得厉害，但脸下颌处还有残余，确实相当像魏宜简，从牙齿和下巴看，几乎一模一样。

另外一种可能，是赵乐鱼最倾向的。他觉得魏宜简可能知道一些关键线索，但他一贯明哲保身。对官家，他选择了与翰林院中其他人一样的做法：守口如瓶。而对真正的凶手，以他的财迷，可能会敲诈勒索一点东西。对方为了杀人灭口，采取了以魏宜简为棋子的办法，将他骗到翰林院，除掉韩、赵的同时，一并将他杀死，以绝后患。

赵乐鱼身上出汗，手不好也没法洗澡，觉得浑身不舒坦。却见方纯彦站在他对面的窗前，对他做了个手势。赵乐鱼指了指门，让他自己进来。

方纯彦满脸局促，示意他就在窗口说。赵乐鱼扑到窗台那里，方纯彦将手指伸到自己的嘴唇上。小鱼儿会意，压低了声音："方兄，今夜可以去探监吗？"

方纯彦点头，他拉住赵乐鱼的手，在他的手心慢慢地书写："一更在刑部大狱东门的水房，有老人来领你。你说自己是东方谐的表弟，别的可不要说。切记！切记！"

赵乐鱼冲着他直乐，方纯彦这一字字虽然是以手指书写的，但依然有力，笔划均匀。为了赵乐鱼辨认清楚，他还用了楷书。

赵乐鱼说："你这大书法家，何时肯这样手把手教我写字呢？"

方纯彦瞅了他一眼，在他手心里继续写："君的字，无药可救。"他瞥见赵乐鱼不乐意地龇牙咧嘴，才挤出一点儿笑容，写道，"今夜以后，我以君为友。"

赵乐鱼抽开手："状元哥，你冰冻三尺，我哪里高攀得上？"

方纯彦无声地把一个竹篮子从窗口递进来。赵乐鱼打开一瞧，里面一层药品、一层点心、一层衣服，收拾得井井有条。方纯彦对着赵乐鱼指了指篮子的盖子。

赵乐鱼已经猜到那里面有纸条，他笑了笑："哎呀，状元哥哥，这种事情你怎么可以留下字句呢？"

方纯彦憋不住了："怎么啦？"

赵乐鱼坏坏一笑，从前在江南衙门里的一个老大哥告诉他，和犯人来往，金银财宝、头发指甲都可以留，就是不能留下文字。

"我想看看，行不？"赵乐鱼问。方纯彦自己取出来，上面只有一行字："柳暗花明又一村。"赵乐鱼眨眨眼睛："这不是东方自己的字吗？"

方纯彦说:"是,我从他写给我的信里面截取下来的。东方说,当年他们九鹰会的人都喜欢这样闹着玩儿。"

赵乐鱼忙将篮子收好。他托着下巴问:"状元哥,这种拼起来的字条,你可分得出书写的时间?"

方纯彦道:"不知道别人,我可分得出大概。当年家父喜欢收藏历代名家墨宝,我也自幼研习书法。根据墨的颜色,字的格式,还是可以辨别真伪。"

"原来这样。"

方纯彦正色说:"赵乐鱼,你可要小心。若实在不走运,你就说是我托你去看他的,听到了吗?"

赵乐鱼嘻嘻哈哈:"状元哥,你什么时候也开始心疼人了呢?"

方纯彦并不答他,对他深深作揖,便走开了。

当夜赵乐鱼如期到了刑部大牢,顺利见到了东方谐。他环顾四周,发现东方被押的角落虽然隐秘,但不知道为何,衙役守卫并不严。东方谐没有睡觉,见了他也不吃惊,只是眼珠一转而已。

"东方,有人叫我来看你。"赵乐鱼半蹲下说。

东方谐俊美脸上爆发瞬间的神采,但迅速又拉下脸:"……是……纯彦吗?"

"是。"赵乐鱼将篮子拆开,将东西从栅栏的缝隙里一样样递给东方。他本以为东方谐一定颓废得厉害。但此刻,东方谐的脸上还是有精神,眼睛仍旧动人心魄。这人不是软骨头!

"今天没人来审我,万岁已经心里有底。"东方谐喃喃地说,眼睛并没有看赵乐鱼。

"有没有底不关你事。东方,我搞不明白,你若无罪,为什么不好好为自己辩解一回?"赵乐鱼皱着剑眉问他。

"你有什么资格问?"东方谐斜飞一眼,看得赵乐鱼心里咯噔一下。

"我不问,我就是好奇嘛。"赵乐鱼大大咧咧地说,把竹篮盖头里的纸条递给东方谐,"你们个个沉府深,我怎么搞得清楚呢?"

东方谐将纸条攥在手心,看了下那些药品。赵乐鱼离他近,发现他手指上包着白布,还有淡淡的药膏香气。问:"东方,已经有人给你送药了吗?"东方谐脸色发灰,不置可否。

赵乐鱼一笑:"我也知道那天在宫中你没有捉走小韩。你给我下的迷药,这回是不是让白侍卫他们搜出来了?"

东方谐也笑了笑:"臭小子,你还惦记那夜吗?可惜你不解风情,以后你可没那个机会了……"

赵乐鱼大眼睛向上一翻:"随便你怎么说。这种机会不要也罢!咱们可不是一路人!"

东方谐道:"我在酒里、灯里下毒,不过是为了春宵一度而已。但是……刑部的人审问我,老盯着问我,在我枕头下面的暗格里搜到的毒,究竟如何用的?我却懒得回答。那种药等同春药,我总是读书人出身,对着那班狗屁不通的家伙,我还向他们诉说其中的细节吗?"他仰起脖子。

赵乐鱼一呆。春药?难道东方谐一直不知道,在他枕头下搜出的是蟹爪兰毒粉吗?东方谐的样子,并不像瞎说。所以他马上承认?所以他不愿说细节?他误会了?

东方谐心不在焉地呆坐一会儿,忽视赵乐鱼的存在。

赵乐鱼也知道审讯的规矩,审问的人不能问得太明,细节只能靠犯人来讲。但若换普通的春药毒粉为蟹爪兰毒。不是熟谙整个事件的,不是布控全局的,谁能办到?

"快走吧。以后我的死活最好你不要多管闲事。"东方谐说,"告诉方纯彦,他的好意我谢谢他。"

小鱼儿走出刑部,京城起了夜雾,高高的宫城,在云层之上,俯瞰世间。他恨不得赶快离开这座都城。但好在有人在等他,那人正在京城地界之外的地方。

第五十三章：幸有我来山未孤

群鸟嘤鸣山间，苍穹碧蓝澄澈。白衣少年宛如夜风中的云彩。

冷静晨飘然转身："你来得准时。"他背后，便是青山翠谷，飞瀑奔流。

赵乐鱼用袖子抹了把汗。冷静晨带着他进入间茅屋，水草的香气充盈在方寸之间。

"我渴了。"赵乐鱼说。冷静晨摇头："你用我的杯子吧——是我吃剩的山泉水。"

赵乐鱼见那杯子毫无花纹，竟然是陶制的，打趣道："委屈了一代名公子。"

"我从来不讲究这些，不过取这器物一个野趣。"

赵乐鱼牛饮了一番："你这草堂还真不好找，四周都是山！"

冷静晨一笑："幸有我来山未孤，取得就是这片清静。"

赵乐鱼故意板着脸："你还好意思说？你居然冒充我的名字混到韩逸洲家里，难道你已经当'萧三公子'好些年了吗？"

冷静晨道："我在江湖上的身份太多了，人们都说冷静晨如何如何，见过我真面目的委实不多。至于……那是沈盟主的意思，让我假托成吴老夫人的外孙与韩家来往。盟主要维持巨额开销，光靠各门派的上贡怎么够？吴老夫人本欠盟主一个人情，后来假戏真做，几乎把我当成亲外孙了。我与韩逸洲见面屈指可数，他儿时话不多，待我倒算好。此次我重新变换成萧三的身份,是想帮到你一些。盟主并不知道……"

赵乐鱼仔细听着,微微笑道:"你如何帮我?"

冷静晨说:"我也没有想好。"

赵乐鱼乌黑眸子转了转:"不如现在帮我洗个澡,我手不方便,身上都臭酸了……"

冷静晨呵呵一笑,挽起雪白衣衫的袖子:"好。"他们走到屋后面,那里有一口缸,里面盛满清水。冷静晨手掌一扬,缸下面的格子里就燃着了,冷静晨示意赵乐鱼坐在一边的木椅子上。自己蹲下身子,用手里的一柄象牙折扇给炉门内扇火。

"小鱼儿,听我说。那天我们在韩家见面后,我又去了趟华山,向那位通晓江湖上典故的老先生打听了一下当年的九鹰会。"

"他怎么说?"赵乐鱼自己小心地解开缠在左手的布条。韩逸洲给的药膏果然神奇,伤口已经结痂,但手腕上一大片焦痕,肯定破相了。

"他说,九鹰会当年确实有许多江湖人物参与。九鹰会名义上是民间的结社,实际上是太子周嘉豢养的死士,培养力量的组织。除却江湖人物,国家官员,普通的书生和百姓也被拉入会,以此掩盖太子真正的目的。太子登基以前,先皇就长期卧病,太子的叔叔和兄弟都跃跃欲试。因为太子英明,他周围环绕了许多有势力的人物。先皇辞世前两年,他曾经秘密派了一个少年与九鹰会联系,那少年年纪不大,却神机妙算,善于服众。他提出九鹰会消息交通不便,人员松散。九鹰会的几大长老相当倚仗他,把会中许多机密都告诉了他。他们还编了一份详细的会员名单给那位少年。太子曾经与众人有誓言,一旦登基,将扬州一地的产盐给予九鹰会经销,且消除国内的一些不合理禁令。可是,当九鹰会帮助他坐上皇帝的宝座,除掉他的兄弟与叔父。长老们却一个个离奇死亡,连长老们身边的人都不能逃脱。峨眉派的老掌门与八十七个弟子都因为感染了麻风去世。九鹰会被禁,九鹰会三个字成了一个咒怨。"

冷静晨抬头,赵乐鱼正死死盯住他自己的手。他心里一紧,轻声说:

"小鱼儿，咱没运气，烧坏了手，没什么大不了的，其实看到你的人，谁还注意你的手上有疤？"

赵乐鱼吹了一下口哨，笑着说："你别像安慰女人一样安慰我。我不过有点嫌麻烦。因为我当捕快的人……最好别人记不住我，若有了那么触目惊心的手，我倒成了有特征的人。将来贼窝里说，喂，留神一个姓萧的，他手上有个蝎子样的疤。"

冷静晨说："翰林院事完了，你还当捕快？给皇帝卖命？你别忘了九鹰会的下场。"

赵乐鱼用右手解开衣服，赤裸裸地跳进水缸。冷静晨直等小鱼儿进了浴缸，才站在缸边帮他扯开发带，轻轻用木勺舀水，给他洗头："真臭！一会儿给雨淋，一会儿被火熏，还出了不知道多少汗，头发都打结了。"

"这就是当捕快的日子。"赵乐鱼把左手挂靠在缸边，俊俏的脸上挂着少见的严肃，"我想这手受伤，说不定也是老子退隐的征兆了。"

冷静晨沉默着。赵乐鱼小时候常和他一起泡澡。这时候他又回想起童年的安逸，不禁舒服地闭上眼睛。

"九鹰会……毫无疑问卢雪泽和万岁采取了兔死狗烹的伎俩。亏他们一个是贤明君王，一个是大圣人。问题是九鹰会已经是十年以前的事了。纵观翰林院，十年前就可以知悉此秘密的人也不多。要说复仇，何以卢学士和皇帝都没事呢？"赵乐鱼缓缓地说，"但对于我，九鹰会的历史不过是个阀门，找凶手与他们政治上的斗争，并没直接的联系。"

冷静晨说："那没错，但当今世界，九鹰会的历史也只有翰林院的人清楚了。我讨厌那些读书人……满口之乎者也，实则呢？江湖上的法度还是简单的，学武之人，生起气来打一场，恨一个人就杀了他。人死了，恩怨了结。但读书人即使杀人，也不让你痛快地死，即使你赔上命，依然可以成为他们彼此攻击的工具。"

赵乐鱼听了，懒洋洋道："他们和我们，根本不是一种人。"

冷静晨松开赵乐鱼的头发，他突然问："韩逸洲怎么样？"

赵乐鱼把头埋进水里，伸出头来问："什么怎么样？"

冷静晨展颜："韩逸洲比我怎么样？"

赵乐鱼想也不想："当然比不过你！"

冷静晨问："真的？"

赵乐鱼一翻白眼："千真万确，因为……"他笑起来满脸无赖，"我怕你杀了我。"

冷静晨气愤地把手里勺子朝赵乐鱼一甩，赵乐鱼大呼小叫。这时外面有人在门口恭敬唤道："公子，嵩山的徐掌门、飞天山庄的欧阳庄主求见公子。"

这两人都是江湖上响当当的名字，但冷静晨不慌不忙道："他们来早了，等一下。"他擦干净手，便出门去了。

赵乐鱼等了好一会儿，才见冷静晨回来。他对着赵乐鱼笑了笑："水凉了没有？"赵乐鱼望着他的头面，冷静晨对待别人，不知是怎样的威严面孔？不然，以他十七岁的年龄，如何在短期内慑服各门派？又比如卢雪泽，这人私下对待皇帝会是什么样子呢？

"姐夫异常看重你，静晨，你实在不必帮我去搞朝廷里那种鸟案子。"赵乐鱼略带歉意地说。

冷静晨沉思片刻："小鱼儿，前年盟主问我，把江湖交给我，我怎么想。我说我不在乎。盟主非常高兴，他说一个人要身在其中，却不在乎，才能全身而退。你现在对翰林院的案子不在乎吗？"

赵乐鱼痛苦思索，对着他老实地说："我自己也不晓得。"

冷静晨道："所以我不赞成你继续在翰林院。那夜韩逸洲的话外话，是他以为翰林院的案子已经可以定案，所以他才安排洛阳之行。他怎么如此胸有成竹？卢雪泽那么个人，玩转九鹰会，会没有自己的算盘？还有皇帝老儿，想真查吗？"

赵乐鱼说："韩逸洲刚苏醒过来的时候，什么也不肯说。因为他想根据情况的变化选择自己希望的结局。我不知道他会怎样开口，但看来他想到回洛阳，是有几分脱离翰林院漩涡之心。"

冷静晨笑道："要脱身，哪里那么容易？不过，如果他要你陪他回洛阳，那我也一起走。大家有照应，顺便我也办些事儿。"

赵乐鱼忽然从水里面站起来，他发现冷静晨还立在自己面前，就随口说："冷公子也喜欢偷看，哈哈，难道咱们有什么不一样？"

冷静晨把一条干布头甩在赵乐鱼的头上："浑蛋！哪里有西施偷看东施洗澡的？抱歉，这澡堂伙计的差事我不干了，你另请高明吧。"

小鱼听着冷静晨的骂声，忍不住笑了。他费力擦干自己的身子，换上冷静晨为他准备好的衣服。他真切地感到，他们与官场中的"他们"，也许真的不同。

■ 翰林院

第五十四章：圣旨到圣心难测

赵乐鱼大清早回到翰林院，打着呵欠推开紫竹小筑的门，却愣住了。桌上摆放着八样精致糕点，屋子中央是一个银色的大桶。他狐疑地掀开盖子，居然热气腾腾的一大桶水。不知里面撒了什么花露，芳馨沁人。一边的凳子上，放着华丽的衣裳，手巾，还有个水晶盘子，盛着一块檀香皂角膏。

"赵翰林，你怎么现在才回来？"韩逸洲的书童清徽撅着小嘴，倚在门扉。

"啊？我……我……"赵乐鱼眼睛一转，"你还小，不便告诉你。"

清徽朝天翻了翻白眼："你还不是找相好去了？看来你昨天肯定洗过了，亏的我家大人还惦记着你没法洗澡，要我为你准备一番，全白费了。"

赵乐鱼眯缝起眼睛："那有什么不好，我早上再洗一次好了。"

清徽诧异："还要洗？"

赵乐鱼鬼鬼一笑："所以说你是小孩儿，不懂……"

清徽气得跑到外面关上门，等了好长时间才说："赵翰林，我家大人已经来了翰林院，正与方大人坐在南厅整理文书。你洗完了不必收拾，直接过去吧。"

赵乐鱼在内随便问："他身体好啦？昨早上我想去看他，守门的聋大爷比画他不在，别不是他也在城里有红粉知己吧？"

清徽道："不会吧？昨天大人好像进宫去了。"

赵乐鱼顿了顿:"……和你一起去的?"

清徽说:"大人从来不带着仆人外出,车子都是洛阳总账房派来的,我哪里清楚?可是昨儿大人晌午回家,他换衣裳的时候,一个膝盖好像有点脏,似乎是沾着灰尘了。大人不拜神,不朝庙,凭什么跪下?最可能就是进宫了。"

赵乐鱼在屋内大笑:"你这小滑头倒是精明!"

清徽非常得意,等着赵乐鱼换上衣服出门,他眼前一亮:这人真不能穿华服!一穿上帅劲十足,明明满面"山大王"的神气,竟比王侯还威风!

赵乐鱼还没有进南厅,就碰到方纯彦。他正抱着一大堆文书,侧脸对赵乐鱼一笑。

"昨晚我把该吃的都吃了,谢谢你,状元哥。"赵乐鱼忌惮韩逸洲的耳朵,只是词不达意暗示说。

方纯彦心照不宣。他也不多问一句,对赵乐鱼点点头就走开。赵乐鱼想起东方要他转告方纯彦的话,他便追了一句:"东方大人说感谢你报恩之情。"

他跨进南厅,韩逸洲正全神贯注地在写着一份东西,他也不抬头:"乐鱼吗?你来得真迟,应该罚俸。"

赵乐鱼嘿嘿一笑:"我跟着韩大人,纵使没有一点儿俸禄,总不能让我饿死。"

韩逸洲停了笔,似乎心情甚好,脸色尤其光润:"你洗完了?别洗得褪下鱼皮,露出原型。"

赵乐鱼笑道:"鱼皮下面是鱼肉、鱼骨头。"

韩逸洲也冲他一笑:"说不准。"

赵乐鱼刚想琢磨,韩逸洲已叫他:"我五天之后将为编书取材返回洛阳。你与我同去,上面已经答应了。"

赵乐鱼问:"要是……刑部找我们问话怎么办?"

翰林院

韩逸洲轻声说："没那个必要了，朝廷抓东方，本来为了声东击西，现在万岁肯定有了底儿。若卢学士回到翰林院，风波也就平息了。"

"逸洲，难道你知道什么？"

韩逸洲道："我在朝廷内有些消息。"他睨了赵乐鱼一眼，"如何？见不得世面吗？去个洛阳都怕？"

赵乐鱼摸摸头说："不怕，但……我可不可以到韩府挑一样东西作纪念？"

韩逸洲出神片刻："那……要看是什么……"

正说着，方纯彦快步进来："二位大人，宫内来人宣旨。"

三人匆忙迎出，那黄门郎公事公办的口气读道："万岁有旨，国以学人为本，学人以翰林院为范。翰林院劫后余生，百废待兴，特诏原大理寺卿卢修，转翰林院任学士一职。钦此。"他念完了，向韩逸洲请了半个安，"修撰大人，请接旨。"

韩逸洲脸色愈发的白："公公，我们原来的卢大人何去何从？"

那宦官笑了："韩大人，宫内叫我到翰林院宣旨，不过走个场面。卢府上另外有人宣旨，说了什么可不知道！但您去想，卢状元回到翰林院当学士了，他的亲兄弟，万岁能不重用？"

赵乐鱼有些惊讶，插嘴道："怎么换来换去都是卢家大人掌院？"

"岂不是很好，我们都不用改口。"方纯彦冷冷一笑说。

韩逸洲默默无语，望着青天，他嘴角一扬："果然是……"

他对赵乐鱼看了看："翰林院换了主人，未尝不是福气，不过，这个学士就更加不能得罪了。"

"为什么？"

韩逸洲面无表情："你敢得罪万岁吗？"

方纯彦一声不响。赵乐鱼对他说："状元哥，卢修又杀回翰林院了，好没意思的事。"

方纯彦拂袖："对我……谁都是一样。"

他们这三人都有各自的主意,对皇帝的最新任命没有一个感到欣喜的,在卢府上又何尝不是?

昨夜起卢修发了低烧,卢雪泽只好代他接旨。他回到卧房中告诉弟弟,卢修还是把脸贴在枕头上。卢雪泽皱了眉,坐在他的病床前,静静过了半个时辰。

"大哥。"卢修唤他,"万岁为什么调我去翰林院呢?"

卢雪泽有条不紊地说:"现在翰林院案子不清不白。我又是原来翰林院的领袖。你身为大理寺卿,理当避嫌,不应参与审理。万岁要选你当驸马,你总不能赋闲,没有个差事。你为科举状元,回到翰林院出任学士本是顺理成章。虽然你论资格还不够,但一旦与皇家联姻,只怕掌院学士还小了些。"

卢修道:"大哥,如此说来,万岁并不想责怪你什么了?若以我为掌院,这说明万岁完全信任你没有参与翰林院的案子。"

卢雪泽淡淡一笑:"他目前只好这样暗示群臣而已,但好在我也并不想回翰林院了,随他怎么安排吧。"他握住卢修的手,"你回翰林院,我只是担心你的心绪。"

卢修转身,背对他:"大哥,我有点不甘心,我并不想结这门亲。老太后对我说,驸马如果不是我,就是韩逸洲,我宁肯是韩逸洲。"

卢雪泽抚摸卢修的背,说:"事情已经定了,你可别三心二意,不可能是韩逸洲。想想父亲的遗志,想想我,还有你侄子,这孩子处处都在学你的样。"

卢修握紧他的手:"大哥,放心吧,我小时候读书努力,也耐得起苦。太后把我当成一个盘中的蚂蚱,我听她的。但人算不如天算……她只怕也有没算到的……"

卢雪泽忽然注意到卢修凤眼中的一丝光亮,心中一动:"你?"

却听得屋外响动,他撇下弟弟出去一瞧,又有一拨宦官来到。

为首的与卢家兄弟相熟,满面笑容:"卢大人,万岁口谕:传令公子卢涉,即日起赴东宫伴读。"

卢雪泽站在半个台阶上,冷不防一个踉跄,他勉强地定下心:"怎么那么急?犬子只有十岁,生性驽钝,根本不懂得规矩。待我调教几天,让他到东宫侍候,才对得起皇家。"

那宦官一摊手:"卢大人不知道万岁的脾气吗?说是即日,就是现在,拖延了……奴才们如何担当得起。"他过去也收了卢雪泽不少的好处,因此压低嗓门道,"大人,快点为公子准备。您是太子的老师,才有这恩典。别人家的公子陪伴太子读书,高兴还来不及。万岁最近喜怒无常,别触了龙鳞……"他发现卢雪泽面色阴沉慌张,是他从未遇见过的,才住了嘴。

卢雪泽脸上闪过一丝抑郁,他竭力压制住了,才说:"是。如此,稍等片刻,我陪着犬子一起进宫。"

第五十五章：落花不是无情物

卢雪泽一路陪着卢涉进宫，才入了皇城，就遇上一位侍卫。正是周嘉亲信侍从白诚。白诚一见他，便行礼道："大人来得正好。只是万岁有旨，小公子先由宫女们护送入太子宫。请大人到御书房回话。"

卢雪泽对白诚赔笑道："白大人可否行个方便，先通融我带着犬子去见万岁一面。"

白诚说："没那个必要。万岁已口谕，一切都按他的旨意，我们哪里敢擅作主张？"

卢雪泽瞅了眼面前一排的宫女，对为首的宫女鞠躬说："有劳各位姑姑照顾。"

卢涉睁大了清澈的眼睛望着父亲。他今天特别乖，对于进宫，绝不兴高采烈。

卢雪泽摸了摸他的头发："去吧，你总是卢家儿子，这几年你悄悄去书楼，爹爹都知道，想必也学会了许多……"

卢涉似懂非懂，孩儿面上的墨瞳水汪汪的："爹爹你放心，孩儿不会给你丢脸的。"

卢雪泽说不出话，看着卢涉走了几步，又回头："爹爹，咱们什么时候回家？"

卢雪泽低声说："很快的。"

他与白诚走到书房，白诚自然退下。卢雪泽心里纷乱，周嘉早就说

■ 翰林院

过：卢涉可以进宫陪读。卢雪泽屡次推辞了，说儿子年龄小，不明白事儿，不足以给志学之年的太子当陪伴。他好几日和周嘉不相往来，今日周嘉突然走这个棋子，卢雪泽难免惊异担忧。

他对书房很熟，可等了大半个时辰，周嘉仍然没有出现，卢雪泽望着天，愕然发现，自己的衣裳湿透了。翰林院的一个个鲜血淋漓的场面萦回在他的脑海，他又似乎听见卢涉童稚的笑声。他踌躇了一会儿，也不和左右侍从说一声，就直接往太子宫走。他是太子的老师，平日里走惯了这条道路，即使守卫和内侍，并不对他的出现好奇。可是他此次步履飞快，脸色惶然，倒使一路的人侧目。

卢雪泽到了东宫，往日的侍从一个不见，宫门前冷冷清清。他走进宫门，愈加觉得安静异常，非同寻常，好不容易，才找到东宫左门口一个耄耋之年的宦官。

"太子呢？人呢？"卢雪泽拉着那老人的袖子发问。

老头眼花耳背，常常颠三倒四，先是白痴般愣了一会儿，而后笑眯眯道："这不是卢大公子吗？太子在里面等你进去喝茶呢。咱们太子啊……老念叨你。"

卢雪泽说："公公，现在是什么年头，您别记错了……"

老宦官说："哪里记错，你是卢嘉嘛。前年才考上了神童的，皇后推荐你给万岁治病……都说你妙手回春……"

卢雪泽摇头离开。中庭里空落落的，太子根本不在，还哪里有儿子的踪影？除了翰林院，就这座宫殿他最熟悉，先是陪伴周嘉当太子，后来是教周嘉嫡子读书。可是今天，平白添了叫他窒息和恐惧的气氛。他正想着，大殿门突然关上了。起了风，卢雪泽冷汗被吹干了。他呆呆地坐下来。

与此同时，太后宫中欢声笑语不断，太后和大公主都围着卢涉。

"看这孩子，跟他父亲、叔叔一个模子刻出来的。"太后笑道。大公主周凤笙也不住点头，她竭力装作愉快的样子。太后给卢涉抓了一个果子，卢涉忙站起来。

太后道:"不要紧,可怜见的,你尽管坐着。"

卢涉看太后下了台阶,连忙到旁边搀扶。他个子还小,几乎就是用小手抓着太后的腰带:"圣母娘娘小心。"本来太后都只是被称为"太后娘娘"。但卢涉一来,就自作主张称呼她"圣母娘娘",众人觉得倒也贴切。等到太后站稳了,卢涉微微笑着,搬来身边的椅子:"圣母娘娘坐。"

太后笑眯眯坐下,卢涉扑闪着秀丽的眼睛,拿了那个蜜橘,用手剥开了,双手捧给太后。太后点头高兴地说:"你可真是个宝贝。你今天进宫,你爹爹舍得吗?"

卢涉甜甜一笑:"爹爹怕我不懂规矩,惹圣母娘娘生气,臣说自己肯定乖。"

太后吃了几片橘子,又塞了几片在卢涉的嘴巴里。卢涉吃了几口,不好意思地说:"圣母娘娘,可以给卢涉几个这样的橘子吗?"

"那怎么不可以?好吃?"

卢涉道:"当然好吃,王母娘娘的蟠桃好吃,圣母娘娘的橘子也当然好吃。卢涉的二叔病了,病人嘴巴发苦,所以想求几只,给叔叔也一起享福。"

太后大笑。周凤笙在一边道:"属你会说!你二叔怎么病了,感染了春寒?"

卢涉"嗯"了一声,轻轻说:"八成叔叔是得相思病了。"

太后一抬头:"你怎么知道?"

卢涉想了想:"臣是小孩子,瞎猜的。叔叔挺可怜的,爹爹也为他操心。"他毕竟还小,哪里知道卢修与皇家的微妙关系,周凤笙展开朱唇,微微一笑。

卢涉又问:"本来爹爹说,要见太子殿下的,殿下在哪儿呢?"

周凤笙回答:"必是传话的人搞错了,太子两天前便去北郊祭祀祖陵了,是太后要看看你。太子也常提起你,你爹爹便是太子的恩师。你们总会见面的。"

卢涉把两手放在衣服上，腼腆地侧着头："等会儿爹爹会来接我吗？"

太后与公主互相望了一眼："你且在这里玩儿，万岁总会让他来接你的。"

卢雪泽在东宫坐了一个时辰，闭上眼睛，几乎压抑得昏沉过去。这时候，他听到脚步的声音。他当然知道是谁。他没有睁眼："万岁，你这样逗着臣玩，很有意思吗?!"他语气犀利，近乎冰冷。

周嘉道："你也知道等待的滋味不好？你终于还是有软肋的，不是吗？第一个就是你的儿子。你怎么不想想，前几天我每天等你解释，我是如何的煎熬?!"

卢雪泽嘴唇颤抖："我解释什么？我想来想去，对事情的来龙去脉你比我要清楚得多。至于东方，我与他本无瓜葛，我何必跟你解释？"

他睁开眼，周嘉的桃花眼近在咫尺，深不见底。

"翰林院案子已经不必查了，查下去也没意思，所以……"周嘉冷笑一下，"小嘉，你关心这案子吗？不如说你关心的是你卢家而已。"

卢雪泽咬紧牙齿，也一笑，声音捉摸不定："我关心卢家？我爹爹下世太早，权势断了。我那时还小，亲朋们谁还搭理我们？家里来吊丧的人都很少。我们兄弟一时周转不灵，无论谁都不肯借钱，差点要卖掉祖宗产业。我才十四岁就进翰林院，先帝器重我……院里的大哥们谁不是压着我，暗中排挤我？后来认识了你……你器重我，我知道。后来我和一家姑娘订婚了……我当时谈不上多喜欢，还曾暗中去退婚。那边说了：死了也是我的人。我母亲又病着，盼着儿媳……"

周嘉一愣："你退婚过？"

卢雪泽不理他，自顾自地说："涉儿不到两岁，我妻子病死了。孤孤单单的夜里，我老是想到她的好处。后来，母亲也离开了，我只有弟弟和儿子，能不照顾吗？我弟弟心里怨我，我儿子若进宫，宫廷什么样的地方？他那么怕黑的孩子……将来长大了不怨我吗？也没什么，只是你……

你这样的猜忌，令人心寒……周嘉，你为什么不为我想一想？你以前曾说我是你最信任的人，现在你大约忘记了，我并不想提醒你……但即使没有了信任，你能否尊重我呢……"他说不下去了。

"我并不要你的儿子，他可以今晚回家。我只是觉得很寂寞，空落落的……"周嘉在卢雪泽的耳边说。

卢雪泽的手用力扳在周嘉的龙袍上。一瞬间，他听到周嘉的一声沉重的叹息。卢雪泽的手指犹疑着，慢慢地松开了。

■ 翰林院

第五十六章：满庭芳华帝王侧

皇帝扶着卢雪泽，说："你不要总是一本正经，我看了都累。你也应该再找个女人……"

卢雪泽说："不急。"

周嘉缓缓地说："等我死后，你一定找个好女人。"

卢雪泽说："那还早着呢。"

周嘉马上说："未必，你心里清楚，不是吗？小嘉，你听着我的打算。因为你是个宰相的料子，我预备留给自己的儿子用。我这个病，是当年日夜服侍父皇时落下的。因此我从来没想过自己可以活到五十岁……"

卢雪泽动了动："我……"

周嘉道："小嘉，我有一点儿觉得奇怪：你为什么一心一意要培养你弟弟当执政？你弟弟和你年龄相差并不多，为人学问虽然极好，但把握全局、运筹帷幄都不如你。这次翰林院的事情，虽然我还不很有底，但决心早日收场为妙。大理寺虽然重要，然而断狱并非讨好的生意，你弟弟这次正好以避嫌为理由，回到翰林院顶替你。你呢……脱身翰林院，不久就可以加任内阁执政之一。我当年安排你教育太子，太子对你十分敬爱。我身后的天下，难道还有人可以和你竞争吗？"

许久，卢雪泽才说："我……我不能……"

"为什么呢？"

"不能就是不能。我弟弟比我能干，他确实可以当太平盛世的宰相，我早说过,我当了太子多年的师傅,太子的才干已经显山露水,将来……即使你去了,太子也只是需要可以'守成'的官员辅佐就够了。"

周嘉也不再追问他,只是叹了一声。

"去接你的儿子,就在太后宫呢。我本来就不打算让你的卢涉陪伴太子……这几年提及,不过用这个话题看你心烦意乱而已。"周嘉告诉他。

卢雪泽眉宇之间依然忧郁,此时回过神来:"因为他太小吗?"

周嘉走到一旁,打开一扇窗子,满庭芳华带着温暖而潮湿的香气,扑面而来。他对卢雪泽说:"不是。因为有其父必有其子,有些事我不想让我的儿子……"他顿了顿,"重蹈覆辙!"

■ 翰林院

第五十七章：夜宴时五味杂陈

天蒙蒙亮，方纯彦就睁开眼睛。他披衣起床。晨曦之中，妻子梅娘嘴里轻轻咕咕着，逗引他最喜欢的两只鸽子吃食。方家败落以后，方纯彦父兄饲养的宠物都或死或卖。只有鸽子们还常在方纯彦狭小的书房前转悠，因为梅娘坚决不肯将它们送人。

梅娘柔和地笑："官人，起得好早。我就去准备早点。"他家中现仅剩当年带他长大的一个老仆妇。所有家务几乎都靠梅娘一个人操持。她布衣荆钗，更显典雅。梅娘出身书香门第，是方纯彦自己选中的姑娘。与她成婚时，正是他名扬天下、意气风发的日子。现在寒酸至此，他没什么前途，梅娘脸上始终宠辱不惊。

"对了，官人。这是今天清晨翰林院的新掌院卢大人送来的帖子。"

方纯彦展开一看，皱了皱眉头。梅娘注视他，并没有问他。听得有人嘻嘻哈哈地笑着说："怪事，怪事，状元哥，这不会是一场鸿门宴吧？"

方氏夫妇双双转头，只见有个俊美的少年站在庭院里。他一脸调皮，似乎总是被灿烂阳光笼罩。

"你怎么进来的？"方纯彦问，眼神却含笑。

那少年说："我从大门进来的，有个老婆婆开了门，我把自己手里的东西都交给她，当了买路费。"

方纯彦道："你存心要她腾不出手来，送了我们什么？"

少年眉毛一挑："我送了一桶豆浆、一篮子大饼油条。"他的眼光落到梅娘身上,眸子中闪过艳羡之情,自己跳到梅娘面前套近乎,"这是嫂夫人吗?嫂夫人你好,我是你们的兄弟赵乐鱼。"

梅娘对赵乐鱼也有点耳闻,这几年里几乎没有方纯彦的同仁上门拜访。赵乐鱼这样活泼的少年很容易引起她长姐般的好感。她施礼道:"赵兄弟好。"她暗中观察方纯彦,他对待赵乐鱼没有一点儿反感。她才安心下来,道,"请赵兄弟到屋里来坐。你省却了梅娘在厨房的工夫,我这就去分配豆浆和点心。"

赵乐鱼目送她离开,叹道:"状元哥,你这位夫人真配得上'状元夫人'四字。你儿女双全,家有娇妻,老天爷终于还是长了眼睛的。"

方纯彦咳嗽一声:"你也收到卢修的请柬。他搞什么名堂?我们今天不是要去翰林院的吗?他大清早煞有介事地送帖子来。而且在翰林院的非常时期搞什么宴会,谁有心思喝酒?"

赵乐鱼点头:"没想到他杀回翰林院来了。他乃是卢大圣人的弟弟,怎么也有点凤毛,沾染了点'仙气'。这宴席肯定有名堂,但不知为哪端,八成……"他摸了摸头顶,"八成还有贵宾出席呢。"

方纯彦沉思着,问:"你来找我?就为了这个?"

赵乐鱼皱了皱鼻子:"知我者状元哥也。我当初练字都看你的书帖,所以我们心有灵犀。那天你说自己可以根据墨迹推断写书的时间和格式,今天我考考你行不?"

方纯彦接过一张字条一看,上面只有"卢修"两个字。他并不知道这是赵乐鱼从刑部那里讨来的证据,也就是当初大理寺人头礼盒上卢修的那个签名。

"你哪里去找来的?"方纯彦问。

赵乐鱼眨眼:"翰林院里卢修留下的墨迹多了,我随便撕下来的。"

方纯彦仔细地看着那两个字,冷笑道:"你这小子不说实话。这哪里是你在翰林院可以搞到的?这种字体是标准的'官体'书,只有上书皇帝言事的时候才会用。这个签名虽然是从整张纸头上撕下来的,却不是一般

■ 翰林院

的纸。而是今年春节左右上贡的极品宣纸。从墨色看,也是两个月内的。卢修在春节以后赴大理寺,但他在大理寺内办公,以他的性格不会自己使用那么名贵的纸,现在这个签名……除非你是大内偷来的。"

赵乐鱼眼睛一亮,旋即大叫:"你当我是哪吒啊?我有三头六臂吗,大内高手如云,我有那个贼胆?"

方纯彦撇了撇嘴,又摆出了习惯的"不关我事"的表情。

赵乐鱼又问:"状元哥,你的意思是说可以得到这个签名的机会不多,是吗?"

"是的,非但不多,而且只有经常出入万岁身边的人可以得到。"

赵乐鱼接口道:"嗯,还有就是卢修本人。"

他笑了:"今晚上赴宴,说不定过几天我就转战洛阳了。"

到了掌灯时分,翰林院最大的南厅内卢修已经摆下了果品珍馐。但是众人都心不在焉,往嘴里塞东西不是因为想吃,是因为都没话说。翰林院内人才零落,除了主人卢修,只有赵乐鱼、方纯彦、韩逸洲和徐孔孟。韩逸洲低着头,根本没朝卢修看。卢修不得已,只好与旁边的徐孔孟说话。徐孔孟本来是个话匣子,但今天也相当沉默。卢修总觉得,他看自己的眼神有点不同。

"你回到翰林院,是再好不过的了。"徐孔孟灌了一大杯,"我敬你。"

卢修笑道:"我风寒刚好,今日才能到任。只是徐兄你敬我,毫无道理。"他说风寒二字的时候不自觉地瞥了韩逸洲一眼。韩逸洲却在听那赵乐鱼絮叨。

徐孔孟嘴唇一抖:"你那么有本事,而且马上就是……"他压低嗓门,"乘龙快婿。怎么,我们高攀不起吗?"

卢修看见韩逸洲头一侧,知道话已经被他听了去,心里不是滋味。

赵乐鱼趁机对韩逸洲说:"逸洲,你什么时候带我去洛阳?"

"我说了不算,也就这几天。"

赵乐鱼道:"明天,后天,大后天?"

韩逸洲说:"对你这种碌碌无为的家伙有什么关系?你非要准信?"

赵乐鱼笑了:"我是担心你。我在这里熬着,等个好几年也是油不留手的鱼一条。你呢,青春不等人,青丝转眼悲白发……"

"废话,你和我不是只差一岁,我变成老头,那你还能看吗?"韩逸洲心情并不好,但面对赵乐鱼这人,他总是喜欢孩子样斗嘴。他想了想说,"到了洛阳,说不定你鲤鱼跳龙门,能出息点。"

赵乐鱼眉开眼笑:"谢了,我到了洛阳龙门,立刻脱衣跳河,给你展示一下我这著名的'浪里白条'的绝技。"

韩逸洲正要开口,卢修的目光射过来,他心里一沉,忘了下文。

开席不久,徐孔孟就喝得半醉,嘴巴也管不住起来,存心和卢修挑衅。连方纯彦也就近拉了他一下袖子,可他还是说:"我喜欢喝,我别的不能做,不能贪杯吗?"

卢修并不介意,他似乎一直在等待什么。果然,随着月色的逐渐明朗,有贵客来了,正是皇帝周嘉。周嘉踏月而来,穿这银白缎子的龙袍,俨然太平天子写真。

众人不敢怠慢。除了徐孔孟的面色成了猪肝,其他人对皇帝的出现都不惊讶,似乎都是守株待兔已久的主。

"众位卿家不要拘礼。卢修,你今天设宴,朕过来看看,没有坏了你们翰林间的聚首吧?"

卢修朗朗道:"万岁驾临翰林院,是臣等的福气。"

他设宴,本是皇帝的授意,此刻说这话如同背书。

周嘉扫视每个人的脸,众人都不敢大声喘气。周嘉自己坐了主位,卢修站立在他身后。周嘉说:"翰林院的案子,如今已经水落石出了。凶手就是原编修魏宜简。"

赵乐鱼猛然抬头,晶亮大眼睛瞪着皇帝。韩逸洲依然低头,似乎酸楚地笑了。徐孔孟脸色瞬间泛白。

周嘉继续说:"朕早就知道翰林院内不安分,没有想到魏宜简一个貌似胆小中庸的人，能够搞出那么复杂的一幕。此案中韩逸洲提供的线索至关重要，刑部顺藤摸瓜，发现韩逸洲被绑架之后，确实在魏家。魏家的家产经过清点，远远超过了一个翰林或世家子弟的可能。人无横财不富，光这点魏宜简就可疑。昨夜太后宫又得到线索，当初下毒谋害徐孔孟的，也是他。他可能与杨青柏之间发生龃龉，杀了他。然后下毒，企图嫁祸韩逸洲，混淆官差视听。韩逸洲催债之后，他一不做二不休……但引火自焚……害了自己的命。"

周嘉这番话说得很慢，每个人都感觉无形中巨大的压力迫在胸口。赵乐鱼胸里憋得尤其厉害。他直视龙颜，在英俊的脸上，只有冷酷和权威，可是桃花明目在夜宴的灯火下流出一点点的无可奈何。

世界上没有对错，赵乐鱼听这话好几次了，关键是谁有强权。此案如果这般草草结案，疑点依然重重。莫说赵乐鱼一万个不信，就是此刻在场的人又有几个信呢？可是皇帝金口玉言，这么说了，凭赵乐鱼一个人的力量，难道还可以翻案？

赵乐鱼曾经因为一位知州包庇自己的侄子，愤怒地把一卷口供扔到那老家伙的面上去。但在这里，面对万岁，他什么也不能做。他握紧拳头，眼角余光发现，韩逸洲清澈的眼睛正注视着他。那一刻，韩逸洲的手迅速地碰了一下他的手背。他好像是理解他的样子……但是……韩逸洲知道什么？他怎么了解赵乐鱼心中的积郁？

"万岁，原来如此。"卢修问，"该对他如何处置？"

周嘉道："他总是一介名儒。家丑不可外扬，国家也不能张扬国恶。既然他自食其果死了，只是革职即可，他家的财产大部分充公，他的房产和剩下的银钱可以维持他寡妇的生活。"

卢修忙说："万岁圣明。"

方纯彦的眼睛闪烁了一下，他拉了又拉自己本来就平整的衣摆，冷不防地问："万岁，真相大白，水落石出，翰林院的东方修撰还在狱中吗？"

周嘉冷冷地审视他，半晌才斩钉截铁地说："水落石出，并不等于说东方清白。他身为翰林,行为不检,虽然可以念在编书的苦劳上从轻发落,但翰林院中不能再有这样的人。"

卢修出了一身冷汗,前日他病中,卢雪泽父子傍晚才回家。卢雪泽就告诉他万岁可能已经知道如何办了。他方才也想到了东方谐之事,然而还是没有勇气说出口。方纯彦向来冷面,倒不知怎会出头?他是聪明人,咀嚼着周嘉说东方"行为失检"。难道……他不愿想下去。可是,出于仗义心情,他还是帮腔了:"万岁,东方在天下名气极盛。少年金榜得意,他这些年来缺乏管束。臣等年轻,有时候难免糊里糊涂地落水。万岁本宽大为怀,虽然把他革职,但能否让他戴罪立功,先将先帝诗集编撰完成?"

周嘉抚摸自己的一个玉扳指:"此事再议。"

卢修见没有回旋余地,才闭嘴。

周嘉想了想,道:"朕带来一坛上好的美酒,众卿可以品尝。"

酒果然香极了,但男人闻香,往往会想起其他的人与事。一顿酒喝得更没意思,赵乐鱼嘴巴中苦涩非常。

赵乐鱼心想:死人无法辩解。韩逸洲一定是看准这点才把祸往魏宜简身上一推。韩逸洲行踪诡秘,说不定曾经到过魏家。他要庇护谁呢?看来只有东方谐有可能,他又记起那晚他替方纯彦去探监的时候,东方已经有了最好的伤药。是不是韩逸洲送的?那么……为什么东方依然沮丧绝望,韩逸洲却看不出类似的伤心?他们二人有何过结?韩逸洲默默地品酒。一个接一个吃着盘中的樱桃。他似乎一直超身世外,从无对任何人亏欠。

周嘉坐得不久,他一走,酒宴就散了。徐孔孟先是呼呼大睡,但别人真要拉他回房,他却撒起酒疯。卢修对方纯彦使个眼色,两人不约而同地架起他。

卢家和方家不睦,卢修和方纯彦两位状元也被认为"王不见王"。其实,卢修对方纯彦并无恨意。相反,他还有点欣赏他。适才周嘉面前他帮方纯彦说起东方谐的事儿,方纯彦此刻也不会讨厌他。二人一路无话,只听着徐孔孟滑稽的呓语。到了翠斟轩,方纯彦告辞。卢修看徐孔孟的小童织绣帮着他脱靴倒茶。

徐孔孟大叫一声:"鹦哥儿。"然后,倒在床上"挺尸"去了。

卢修问织绣:"那是什么?"

织绣拿着热手巾,随口说:"一只鸟啊。"

卢修眼中掠过一丝怀疑,微笑着没说话。出了门,他没有目的地闲逛。春夜还是这般寂寥。他也不想马上回家,总是冷清地面对四壁,有什么意思?

韩逸洲也没有回家,他拿着一只小白玉酒壶,坐在一片竹林之中,仰天望着圆月,他的笑比哭还难看。他不想遇到卢修,虽然他是他最好的朋友。等到竹林外有脚步,韩逸洲无声地往竹林深处走。他转了几个弯子,忽然不走了,面前的青年挡住了他的去路。

"逸洲,你何必躲着我?"卢修叹气。

"我没有躲你。"韩逸洲没什么底气。他着实喝得高了,头重脚轻。

"我一直很担心你,虽然没有能够来救你……但我……希望我们还是朋友。"卢修道。

韩逸洲冷漠地笑了:"我们一直是,是的。别人成了我的朋友,就永远是我的朋友。"

卢修有些不忍:"你小小年纪,何必用这样的口气?"

韩逸洲温和地看着他:"卢修,你也知道我并不是什么冰清玉洁的人。我结识你的时候,认定你是我的朋友、我的大哥。但怎么说呢?你我终究不是一类人。你马上进宫当你的驸马,我们也很难再称兄道弟。"

卢修的瞳孔放大了:"你……何必说这样的话。你在翰林院中……有更好的朋友?"

韩逸洲道:"那是我的事。卢修,以前你是我唯一的好友,马上你也要成为天子骄客了,咱们还是离远些。这样你大哥卢圣人也会满意。"

他话还没说完,被卢修狠狠地攥住手:"为什么?我们之间有什么误会?你知道我一直把你当最好的兄弟。如果你想当那个驸马,我拱手相让。"

竹林沙沙,这时有人来了。卢修放开韩逸洲。来人不是别人,正是赵乐鱼,他手里还提着一根裤腰带。他傻乎乎地看着这两个人:"我走错了吗?"

"没有,小鱼儿,我累了,我们一起走。"韩逸洲叫他。

卢修脸上一时缓不过来。赵乐鱼点头笑道:"学士大人,我方才吃太多了,现在到这里上茅房。"他不好意思地补充,"我比较喜欢这种天然茅厕,顺便还可以养肥竹子。"

卢修没动,赵乐鱼步出竹林,韩逸洲跟在他的后面。好一会儿,赵乐鱼忽然止步,他回头打量着韩逸洲:"今夜……吃多了些……卢修找你有事?"

韩逸洲诚恳地说:"是啊,这个宴会大家都没心情。他马上要当驸马了,想找人倾诉一下吧。"

赵乐鱼道:"这个……听说他自己志不在此。"

韩逸洲点头:"我看他那个大哥有志在此吧。"

小鱼儿若有所思地点点头。

周嘉赶回皇宫,卢雪泽已经提着灯笼在门口。周嘉苦笑:"你预备回去了?"

卢雪泽面色如常道:"是,不久宫城就要关闭了。"他不看周嘉,"你……在翰林院完事了?"

"小嘉,对于翰林院案,你还有什么建议?"

卢雪泽摇头,满脸疲倦,他忽然问:"……完事以后,赵乐鱼怎么办呢?没有了案子,在翰林院他算什么呢?"

周嘉答道:"几天以后,他陪着韩逸洲去洛阳。韩逸洲提出来这个条件……那天他对我说的话,使我没有理由不准。"

卢雪泽脸色一变,鼻孔出气。他反应那么大,周嘉倒不明所以。

卢雪泽转身,望着夜色懒懒地说:"为了韩逸洲的钱,万岁竟然把小鱼儿卖了。不知道这种以天下为己任的热血少年知道真相，心里会怎么想……"

周嘉桃花眼一寒："我可没有卖他，只是有所取舍而已。虽然他家与我有渊源，但……为了这个朝廷牺牲的人太多了。他……会懂的。况且韩逸洲莫测，你如何知道他的打算？"

卢雪泽默然，郑重向宫门走去。

有一点，如果是卢雪泽，他是不会答应此事，决不让小鱼儿去洛阳……

第五十八章：东方谐怆然出狱

长安城起了风沙，傍晚才停。一只脏兮兮的袖子推开"紫竹小筑"的大门，赵乐鱼张口"呸"了一声。

"我只不过呼几口气，风都往嘴巴里面跑，我的嘴巴很大吗？"他骂了一句，才发现屋里有人等他，"啊，姐夫，你什么时候来的？"

"等你呢，上哪儿鬼混去了？"白诚提了一壶酒。

赵乐鱼把外衣一甩，盘腿上条凳："慰劳我？姐夫，你真够交情。"

白诚笑了笑："你别扯开话题，上哪里去了？"

赵乐鱼严肃起来，有点未脱尽的娃娃气。

白诚叹了口气："你小子想见万岁？那可不成，万岁……他最近不会见你了。"

赵乐鱼道："万岁让我和韩逸洲去洛阳！"

白诚嘿嘿一笑，粗糙的手掌摸了一把小鱼儿的脸："怎么着？你怕了韩逸洲，你不是还送了布头猪给他？我看他那人阴得很，你千万小心，别鬼迷心窍上了道儿。"

赵乐鱼眼睛一眨："你说什么道儿？"

白诚打了他一记头："你这老三说是个人精，真他妈也有傻的时候……"他旋即正色说，"你去洛阳回来，万岁会放你回江南了。这里风沙大，本来就不是你的地盘。"

赵乐鱼忽然问："姐夫，万岁和我们家到底什么渊源？我小时候，大姐和娘就与京内熟悉。我问过爹爹。爹爹说这事太复杂，没法对小孩子说。你知道吗？"

白诚就着酒壶嘴空口喝酒，道："你妈怀着你的时候，你姨娘病死了。我当时年龄不大，具体也说不清。听说万岁和你姨妈有点……那个。他年轻的时候风流，巡访过几次江南，尤其喜欢苏杭。你姨妈小姑独处，且是美人胚子。"他咽了下口水，"岳父母当时都在昆明做生意，她就葬在昆明了。万岁派个宦官到场来吊丧。岳母为了她妹子伤心，当场昏过去，还好保胎大夫高明，你才得以活命。大概因为这个，你长到五六岁都瘦小多病。寻思你水土不服，岳父母干脆回到杭州了。岳母还到京里找名医开了几贴药，你渐渐长好了。不过，据说你姨妈临死前亲自去京城治病，不仅没见到万岁面，回来以后病得越发重，小半年归天了……所以，岳母对万岁还是有点心结的。"

赵乐鱼出神道："还有这样的事？万岁这不是游龙戏凤吗？爹娘都没提过……大概也是怕我不忠于万岁吧？"

白诚道："人不风流枉少年，何况万岁？万岁对你大姐多有照顾。她的心上人沈逐浪可以稳坐盟主宝座多年，万岁不点头行吗？"

赵乐鱼抢过酒壶也喝："对，人不风流枉少年。我都十八了。这些年跑来跑去，大姑娘见多了，哪有空说句话呢？我根本就没有家……没人肯嫁给我。偏生万岁对这翰林院案，马马虎虎就草菅人命。他有自己的打算，可我怨，总可以吧。"

他呛了一下，白诚忙拍他的背："别动真格的，说你是个娃娃，你偏不认！现在杨青柏死了，魏宜简死了，剩下的彼此都瞒着事。万岁也不追究了，这事不是挺好的？你也脱身。"

赵乐鱼咳嗽着："你怎么知道没事？难不成后面就不杀人了？万岁没危险吗？"

白诚一愣："这都定案了，谁还冒险去翻案子？万岁的脾气……朝廷的利害……除非不想活了。天底下有这样鸡蛋碰石头的吗？"

赵乐鱼盯着前方，爆发一阵傻笑："没有。"

白诚一鼓掌："这不结啦！"他又添上一句，"今天，万岁给刑部下旨了，那个东方谐也要放出来了。"

赵乐鱼抬头："万岁不是恨他吗？"

白诚一笑："万岁恨他不过是一时。只要万岁喜欢的，还在万岁手里。万岁何必和他计较？东方——我向来讨厌，不男不女，活脱脱是个妖孽！"

赵乐鱼沉吟："万岁没必要冒着这个杀读书人的坏名声。况且，万岁恨他，并不是因为一个可写上史书的理由。"

他们这里挑灯夜谈，东方谐却一直在噩梦里。他吃得不多，加上牢里湿气重。手上的伤没好透。从大前夜里，他一阵阵发烧，有时候清醒，有时候糊涂。到了这天傍晚，牢头来看他："东方，万岁已经有旨给尚书大人，放你回去。你收拾一下，走吧。"东方谐似乎没有听清楚，匍匐在阴冷地上。那牢头俯身一看，见东方正在冷笑。他不肯挪动身子，病态的面庞凄艳万分。

"你病得不轻，叫你家人来接？或者，我派人送你回去？"

东方谐不声不响，挣扎着爬起来。那牢头心神摇荡，忍不住去扶他肩。东方愤怒推开他，说："滚。"

正在此时，一个狱卒跑进来，和牢头耳语几句。

牢头讪讪地说："总算你还有几个旧相识，有人来接你了。"

东方眸子一亮，光华摄人，他跌跌撞撞地几乎是跑了出去。

牢头在背后骂他："这人有病！"

到了刑部门口，灯笼下白衣男子回身来。东方谐眼睛瞬间黯然下去，他轻声答应："纯彦，是你来接我？"

方纯彦点头："我雇了辆马车。你伤重，你家仆人也都树倒猢狲散，到我家去吧。"

东方谐摇头："这不好，你夫人她……"

正在此时，有一件温暖的披风落到他肩膀。东方谐见灯下的少妇盈盈一笑："东方大人，请不要推辞。你是我家相公的知己，我这几年总也想谢你，只盼你不要嫌弃寒舍了。"

东方谐注视着少妇梅花一般清秀的面容，想起方纯彦衣服上刺绣的梅花。这就是方纯彦的"梅儿"。他虚脱了一般，乖乖地朝那辆马车走，一不留神差点摔倒。方夫人连忙叫方纯彦："相公！你……还等什么，赶紧扶一下……"

方纯彦快步上前把东方谐扶起来。梅娘跟上了，打开车门，将事先准备好的热水壶递给丈夫，待上车坐定，才柔声吩咐车把式："麻烦你，可以走了。"

马车缓缓碾过风沙后狼藉的大街。风露中，有个蒙面的高大男子闪身出来，一直望着车远去。他想起了很久远的事。卢雪泽感慨着走回家去，韩逸洲和赵乐鱼就要去洛阳了……难道翰林院这潭死水，真是从此无波澜了？

第五十九章：青春作伴好还乡

韩逸洲向镜子里的自己看了一眼，轻轻拉扯了一下衣襟。

"大人……"清徽眼睛红红的。

韩逸洲微笑道："不让你去洛阳，是因为哑伯身体不好。你在这里名为看家，尽兴一玩，岂不好？我把你的零用钱放在书桌下面，记得要做功课。"

清徽嘴巴一扁："我……我……想去洛阳看牡丹花会。"

韩逸洲摸摸他的头："傻孩子，你不是没有看过。洛阳牡丹花会是天下小偷大会。记得上次你丢失的玉环吗？等一段时间，你肯定可以见牡丹。"

清徽说："这里的牡丹不好看……"

韩逸洲眼神高远："傻童儿，我不是叫你在这里看……"

清徽还没有回过神，就听见有人叫："韩兄？韩兄？"

韩逸洲长睫毛一动，笑着迎了出去："三弟，我已经准备停当了。我们现在就启程如何？"

韩逸洲跟着"萧夜"公子出门。"萧夜"在自己的马车前站住，他素来讲排场，此次却只带了一个壮丁赶车。他拱手道："韩兄，请。"

韩逸洲也不推辞，上了一辆看似朴素的双驾马车。两名车夫都是洛阳总账房派来的，一个人称"老熊"，虎背熊腰；一个名叫"小山"，也是身手矫健。冷静晨打量两人，轻松一笑。

马车内早有一少年匍匐在车里的波斯地毯上。韩逸洲一坐下，他立刻捧上檀香木的盒子："大人，是总账房的倪先生交与大人的。"

韩逸洲眼波柔和："好，阿随，你越来越机灵了。"阿随高兴得满面通红："阿随能够见到大人就有幸了。"他说完，和往常一般坐在韩逸洲的膝盖旁。他乃是韩逸洲与洛阳的信使，过去也照顾主人起居。

两车一前一后行到朱雀门附近，听见有人大喊："逸洲，逸洲，等等我——"

满街路人都为之惊讶，只见一个黑衣少年骑着匹又老又丑的马出现了，马耳朵上斜插一朵大红花。车内的韩逸洲一笑，也不动。倒是阿随好奇，抬头看了眼。

他看到一个貌似乌龟的人：那人虽然骑马，背上却绑着一堆看似坚硬的东西，远远望去像极了龟壳。晴朗的天气，他头上偏带顶大雨笠。好像是从另一个世界走出来的。更让阿随吃惊的是，那人居然大叫韩逸洲的名字，而且……老马一路冲向他们的马车。

"乌龟人"满头大汗，对阿随乐呵呵的。阿随发现，近看乌龟人的脸，还真是年轻。他正奇思妙想，那人冷不防地从他身边把头探进车内。

韩逸洲垂下眼皮："你来了吗？萧公子在，你们不打招呼？"

赵乐鱼道："他……又不是我的上司。我先到你这里来报道……这小家伙是谁？"

韩逸洲笑了："你是不是又背着锅子？"

赵乐鱼点头，他发现今天韩逸洲是特意打扮过的，头戴玉冠，身穿刺绣的蓝色衣裳。

韩逸洲说："那就好，到了洛阳你再做一碗鸡汤给我喝吧。"

赵乐鱼"嗯"了一声，韩逸洲伸出手帮他把斗笠摘下来。赵乐鱼脸上迷惑不解。韩逸洲解释道："人说带着雨伞、斗笠都会下雨，我现在想看风和日丽，所以暂时替你保管。"

"什么时候还给我？"赵乐鱼大眼睛闪闪跟着斗笠走，好像很不舍得。

韩逸洲将斗笠放到自己的脚下，阿随已经把头缩回来了，连大气也不敢出。

赵乐鱼讪讪地赶着马到了后面，冷静晨探头探脑地冲他说："这种劣马你也买？"

赵乐鱼道："我没钱。"

冷静晨调侃："你没钱？你不会雇车，坐轿？这马便宜？"

赵乐鱼压低声音："它因为丑，找不到老婆了，养马的把它卖给了屠夫，马肉不好吃……还不如为我所用。"

冷静晨说："你为什么不把你的锅子直接放在马背上？"

"我怕马累……"

冷静晨大笑："朝三暮四的猴子，背在你身上不是一样。"

赵乐鱼一瞪眼："你有完没完？贵公子，我怕硌着马的皮肉，它疼。"

冷静晨捂嘴："合着我们都是不懂人道的，我看你就是穷命。"

小鱼儿眉开眼笑："你说的'人道'是什么意思，我行你也行，彼此彼此……"

阿随根本听不见别的声音，只是仰视着韩逸洲的脸。他发现，自从韩逸洲失踪复生以来，他的面目有了某种变化。他的眼睛里有了一种比坚毅更深的东西。

韩逸洲肩头微耸，忽然扑哧笑了出来。阿随奇怪：倪总管交代的时候一脸严肃，怎么大人能笑得出来……

他问："大人，萧少爷和我们一起走。半路上洛阳的人要来给他换新马匹吗？"

韩逸洲合上信："不用了，倪总管已经安排好了。"

阿随咀嚼他话中的意思，哪里敢多问。他们这样走了三天，第三天早晨，赵乐鱼的马撂挑子不走了。赵乐鱼拖着马头，顶着毒太阳走了一个时辰，凑到了冷静晨的车子边："公子，我上来挤挤。"

冷静晨摇头："不行。我们才认识几天？昨天有的人说起自己把斗笠给了人,还说'太阳多美啊,越晒越美'。你去美吧!"

赵乐鱼歪嘴:"你……就是我说你不懂'人道',还记仇呢?"他张大嘴,无声对冷静晨做着夸张的口型,一句话:"你还不是陪伴着大爷去洛阳的?"

他这一"说",冷静晨脸一变,甩手下了车帘子。赵乐鱼回头一看,那马居然已经没影了。他后悔莫及,上了"老马"的"当",再要追却见四周山林,又怎么去找,只好庆幸自己没有把"宝贝"驼在那匹"奸马"身上。这时候,却见那个少年阿随下了马车,对他客气道:"赵大人……我家大人请您和他共坐一车。"

赵乐鱼望着冷静晨的车子叹气,挪步去了。

冷静晨已经在里面准备好了坐垫和靠枕,听他去了,吐口唾沫,自言自语:"重色轻友、见利忘义的家伙……"

赵乐鱼上了车。韩逸洲自从出了京,三天来每天都换着云彩般的华丽衣饰。其实赵乐鱼早上出客栈时就发现了,他对这样的韩逸洲有点不习惯。虽然他不愿意看韩逸洲愁眉苦脸,脸色憔悴,但也不喜欢他现在这个样子。

阿随坐在两个马夫中间,听到老熊道:"今天要到聚福客栈,明早上洛阳要来换马了……"

赵乐鱼回头,韩逸洲脸色半明半暗,眼光闪烁,他低头咳嗽了几声。韩逸洲把斗笠塞给他:"你拿去吧,今夜真要下雨了……"

赵乐鱼问:"你怎么晓得?"韩逸洲指了指车顶,只见一朵宝石所制作的鲜花正在含苞待放。

韩逸洲说:"这花会说话,大晴天,特制的金属花萼就会展开,若要下雨,则花萼会慢慢合拢,我就知道了。"

赵乐鱼没话找话:"有钱真好。"

韩逸洲眯起眼睛:"钱嘛,身外之物,有钱也不见得买到好的……东西。若我喜欢,钱无论多少,都不在我心上……"

赵乐鱼笑道:"你要是在长安城门口说一遍刚才的话,天下肯定是一场血战。"

"为什么?"

赵乐鱼吐了吐舌头:"女人为了跟你,都打破头,还有女孩子的妈妈们,也少不得一场混战……"

他一路跟韩逸洲胡扯,也顺便说了些小时候在广东、广西的见闻。韩逸洲虽然搭话不多,但听得十分认真。

傍晚,他们终于赶到了"聚福客栈"。本来有了生意,老板伙计都应该马上迎接,可是这时候,整个客栈里面人声鼎沸,好像众人在讨论什么。

赵乐鱼跟着韩逸洲下车,就听到有人说:"哎呀……这是不是……"另一个接茬:"别瞎说……"一人摇头:"这女子也不容易……"

赵乐鱼拉住老板:"发生什么事情了?"

"你们不知道?今天早上长安出了一件轰动的事儿,有关……翰林院的。"

赵乐鱼一愣,一声霹雳,顿时大雨倾盆。

第六十章：驿站夜雨涨秋池

掌柜的说道："太后寿辰将至，今早万岁陪伴太后去万寿寺进香祈福。都中人山人海。队伍行至京兆府，有一妇人忽然击鼓鸣冤。太后停驾，你猜是谁？就是翰林院那个死去的翰林魏宜简的寡妇。她跪在太后面前申诉。与此同时，在朱雀大街的高楼上，有人忽然抛洒了万千纸片，原来是她所诉冤情的传单。官兵哪里料到这手？都城里看热闹的人捡了去……你看，我这里还有一张中午路过的信使们留下的……"

赵乐鱼接过来一看，是泥字印刷的传单：

"各位君子：妾魏张氏，亡夫宜简，原任翰林院编修。前日大理寺判定亡夫为翰林院凶案主谋，不但夺官加罪，而且抄没家产。苍天有眼，何其冤哉！亡夫谨慎，名为敛财，实则为翰林院置业。前任学士只知驱使亡夫，现今不肯出头言明。杨翰林惨死之夜，唯有亡夫与数百人欢聚一堂，众目睽睽，如何得以脱身杀人？大理寺人头一事，亡夫与妾私下谈议，揣测谁下毒手，神情坦然，绝无亏心之相。翰林院某贵人在宫中失踪，刑部咬定在妾家藏匿，因此亡夫难逃干系。殊不知该贵人与亡夫素有经济往来，如何就必定不知妾家内陈设？亡夫为翰林院经营，曾有账本隐匿书房暗格。妾因噩耗卧床不起，到抄家日，此物已不翼而飞。若亡夫能重伤何翰林，又得以在翰林院纵火，理应胸有成竹。以亡夫之谨慎，怎会自投陷阱，误杀自身？天网恢恢，疏而不漏，亡夫纵死不足惜，真凶也不可逍遥法外。刑部探案不力，草菅人命。蒙蔽圣听，罪不容赦。妾泣血恳请二圣重新审理，以正民心，以彰公道。"

赵乐鱼眼睛闪亮，他想起那个说话都不利落的病女子，居然有这般胆量……

边上掌柜的又说："这女人身子骨弱，听说在太后面前一边说一边呕血，说完了就爬进路边自己家人抬的棺材里去……"

赵乐鱼忽然用拳头狠狠一砸桌子，把传单揉成一团丢到他脸上："有完没完？你说书呢，还是开店。快点去弄吃的来！"

那掌柜吓了一跳，见他们人多势众，也不敢废话，忙着让小二过来布菜。冷静晨和韩逸洲俱坐到赵乐鱼一桌。韩逸洲脸色平静，秋水般的眼睛注视着小鱼儿的脸。

冷静晨说："一波未平，一波又起，她虽然是指责刑部，实际上是将万岁一军。"

韩逸洲并不理他，唤赵乐鱼："小鱼儿，你那么气急，不是真饿坏了吧？"

赵乐鱼翘起脚，笑了笑："我是吃不饱看了什么都烦。"

哗啦一声，冷静晨身边一个老婆子打翻了篮子。冷静晨倒好心，俯身去帮她。韩逸洲继续说："现在出长安了，那些事也离你我远了。她一个妇道人家，悲愤之下说什么都可能。刑部可以重审，但未必有结果，长安城的谣言，即使再沸沸扬扬，一年过后便无人再提。到底是个毛孩子，你心烦什么？"

赵乐鱼回嘴："我怎么是毛孩子？"

韩逸洲一笑："你比我小，不是弟弟吗？看，又龇牙咧嘴，被我惹毛了！"

赵乐鱼发现，冷静晨脸色阴沉下来。过了一会儿，他抬起头，忽然对他们说："韩兄，赵兄，我想起来一些要紧的事，临时要变更计划，恐怕不能和你们一起去洛阳了。"

赵乐鱼张了张嘴，向四周一望，那老婆子早不知去向。

赵乐鱼往嘴里放一块肥肉："你想好了？萧公子你怎么不盘算好，这一路也没啥风景看……"

韩逸洲却淡淡地说："也好，你们做生意的……我也不勉为其难问你缘由了。"

冷静晨起身抱拳："我还是赶夜路回去……赵兄，虽然我们相处不久，但我看你喜欢研究菜肴，因此临别赠送别人给的古代菜谱一本。外面下雨了，你跟我去马车取吧。"

赵乐鱼站起来，心里直跳。他走了几步，韩逸洲叫他："乐鱼，莫忘了你的斗笠。"

冷静晨的车夫没有进店，一直撑着伞候在门外。冷静晨对他做了一个手势，那人脸色微变。冷静晨把小鱼儿拉到伞下，说："家里出事了，你看这是什么？"

赵乐鱼只见他手里是半截玉佩，"啊呀"一声："这是我大姐的，难道……"

冷静晨摇头："月前沈盟主只说西域事情完毕后去各地小夫人处走走。但我和夫人在京管你的事，他一直没有干预，现在想起来似乎有些非同寻常。夫人要我即刻回庄，一点儿也耽误不得。小鱼儿……韩逸洲未必可信，洛阳你也不要去了，现在和我一起走吧。"

赵乐鱼愣住，片刻就坚决摇头："那怎么成？"

冷静晨有力握住他的手："听我说，韩逸洲的两个车夫有武艺，也不是我的对手。我们先一起回山庄，然后以夫人与皇家的交情斡旋，皇帝也会原谅你不去洛阳。你也可以浪荡天下，再也不用替官府做走狗，不好吗？"

赵乐鱼的眸子有些失神，但他终于挣脱了冷静晨的手："静晨，你的意思我明白了。你是我最好的朋友，哪能不为我着想？可我不能逃避，我不是半途而废的人。若韩逸洲无辜，我不去洛阳，岂不是断了他对人心的最后一点儿热气？若韩逸洲是幕后黑手，我怎么能够放虎归山？任他去了？你看看那个只剩半条命的魏夫人，我算个男子汉，就不能走。"

冷静晨已经到了马车，长叹一声，从车座里掏出一本菜谱："这个不是单纯菜谱，每道菜都是前人用来迷晕或假死的药，早就想给你，"他苦笑，"没有想到那么匆忙……"

赵乐鱼把书放进怀里："你不用担心我，我赌一把，非要去洛阳看一遭。"

冷静晨无语点头，上车以后还伸出头挥手。赵乐鱼跟了他的马车一段，才慢慢走回去了。只见客栈的一角，灯火阑珊之处。韩逸洲站在那里等着，见他回来，他发白的嘴唇才有了血色："乐鱼，你去了那么久……我怕你走夜路摔跤了……"

赵乐鱼见他绢丝一样的头发有点湿，才说："你不用出来，外面风大。"

韩逸洲清澈的眼睛望着他："乐鱼，下雨了？"

赵乐鱼心不在焉地"嗯"了一声，把自己手里的斗笠戴在韩逸洲的头上。韩逸洲一怔，眼睛里面映射出火光："我没淋雨，你自己湿了。"

赵乐鱼说："是吗？"他一低头，发现自己成了落汤鸡，才忍不住被刺猬扎了似的一跳，打了一记喷嚏。

直到第二天起床，赵乐鱼依然有点头疼。他自嘲："没出息的东西！难道你要成病鱼吗？成了病鱼，会被渔夫抓去吃……吃了你就不能在江湖海河里面玩了……也没有鱼子鱼孙了……"他又打了一记喷嚏。

赵乐鱼大摇大摆地走出院子，阿随已经结账，那目光炯炯的车夫小山已经换上了两匹新马。马毛色亮丽，骨架突出，在阳光下有血色的汗渍。

这竟是传说中的汗血宝马。赵乐鱼认得这个，因为他曾经在大姐的家看到一匹，沈逐浪夫妇把那马当成宝贝，光豢养在家。可比起韩家这两匹，无论毛色还是样子都逊色一些。

韩逸洲对他微笑，说："这是今日刚换的……你好动。不喜欢在路上耽着，今天再忍耐一下，晚饭就在洛阳我家里吃。"

赵乐鱼点头。上了车子，赵乐鱼一言不发，只玩弄手里几根草。

韩逸洲问他："你怎么忽然变文静了？"

赵乐鱼摇头。韩逸洲忍不住说："你倒是开口。"

赵乐鱼把一条灰不溜秋的手绢取出来，围在嘴上系好，才隔着布说："我感染风寒，怕传给你，只好少说点话，你包涵。"

韩逸洲哭笑不得："……算了，偏要神秘兮兮地做样子。"

又过了一会儿，赵乐鱼手上已经编出惟妙惟肖的一只螳螂。他探出身子，给了前座的阿随玩。韩逸洲眼睛一亮，终究什么也没有说。

汗血马名不虚传，太阳西下时他们到了洛阳城郭。进了城门，见彩旗招展，灯火璀璨，俨然进入一个元宵灯会那样的水晶宫。

阿随欢呼起来："大人，你回来的消息一传，洛阳米价下跌三成。看今天，好多人家都把彩灯悬挂起来呢！"

韩逸洲微笑着也不去看。赵乐鱼觉得他应该得意，毕竟年轻人很少有那么神气地回到故里。他寻思着，小山"吁"了一声。马车停在一座巨大的府邸面前。

第六十一章：金粉世家洛阳韩

只见大门洞开，一排身高相等、模样周正的小厮们簇拥个中年人出来迎接。那中年人三缕长须，虽然布衣儒生打扮，腰间却系着一大串钥匙。

韩逸洲与他寒暄几句，赵乐鱼才晓得他是洛阳总账房的主管倪先生。倪先生把小鱼从头看到脚，眼中流露出几分欣然，主动过来见礼："原来就是赵公子！久仰久仰，公子初来洛阳福地，也赶巧是牡丹花季，怎可不多留些日子。"

赵乐鱼躬身说："倪先生客气。我的日程都要看韩大人的安排，翰林院也不准我在洛阳做'花痴'。"

倪先生听了，含笑瞥了眼韩逸洲："我家大人难得回家，当然是要待长点了……你也是翩翩少年，到京钻故纸堆实在无趣。当年在下也曾中榜，依然忍不住来东都做了一介平民。"

韩逸洲咳嗽半声，倪先生也不再言语。赵乐鱼跟着韩逸洲往里走，只见雕梁画栋，美不胜收。远远望去，亭台楼阁都为云雾缭绕。房屋之间还有复道连接，宛若虹桥。走近了，他才觉察乃是香炉烟气所致。如此浓香，却不熏人。过了假山，赵乐鱼衣裳馥郁，神清气爽。又见一片古松衰草，茅屋雅舍。与方才的建筑截然不同，也没了炫目的灯火。藤萝流泉之间，有些少年手提纸灯给他们照明，花墙鸟舍，影影绰绰。穿行过竹林时，只见清辉下有黑白相间的动物，在篱笆栏中啃咬竹叶。赵乐鱼觉得它似乎像熊，又似乎不是。踌躇间韩逸洲轻声告诉他："这是从四川买来的猫熊，今年快两岁了……"

赵乐鱼走得腿都酸了，才到了一片湖堤。他顺着夜色看，杨柳为屏，水面朦胧。曾听徐孔孟闲谈：韩府湖上，栽五色睡莲，有三十六对鸳鸯。只恨夜黑，也看不分明，肚子倒咕咕直叫。

韩逸洲笑了一声："快到了，我们马上吃饭。"赵乐鱼说："好。"不知为何，倪先生磨磨蹭蹭，走在他俩身后老远。终于见到一座富丽堂皇的大堂，四周壁画乃是神仙。足可以摆下数百张席面，却没有一点儿声响。韩逸洲顺着左门一绕，则是四周镂空轩窗，镶嵌琉璃的小厅。一群粉妆玉琢的童子迎了上来，不由分说给赵乐鱼换上一身干净衣裳。赵乐鱼摸了摸衣料，轻薄柔软，全无重量。用手隔着月光，一点儿也不透明。他本揣测着韩逸洲摆上如何奢侈的宴席。谁知每人面前，只有一大碗清粥、一杯白水、一块糕点、一碟子酱菜。

韩逸洲清明的眼睛也带了笑意："今晚仓促，你就将就了吧。"

赵乐鱼细细品来。许久，倪先生忍不住问他："公子觉得是否可以呢？"赵乐鱼只顾咀嚼，眯眼神思一会儿，说："太可以了。这粥是用暹罗国今春的新米和着梅花上搜集的陈年雪，化入金丝糖。以慢火熬制三日成的。至于茶，是初放的海棠花露，调和野蔷薇，丹桂的香汁，配上无锡城的玉泉水。用后齿颊留香，可以帮助消化。酱菜，黄如蜡，绿如翠，是莲藕柑菊，笋蕨枸杞，唐人俗称'鲜花酱菜'，只是工艺失传许久了……至于点心，把灼热状态的奶油酥拉丝，与冰雪和入面团……不知府上的厨师从何请来？"

韩逸洲笑道："知道在这方面瞒不了你。我厨子是多年前的旧人，没有丝毫名气。我吃惯了。倒从未像你那样去研究透彻……你有空去看看吧。"

倪先生打哈哈道："食不厌精。行行出状元，赵公子小小年纪，已十分了不得了……"周围的小童们听了，直咽口水。到底是些孩子，时间长了，都望着赵乐鱼，眉开眼笑，还有互相努嘴，传递眼色，仿佛赵乐鱼是块天降的活宝。赵乐鱼虽心中纳闷,也只好佯装不觉。

倪先生不断问赵乐鱼一些话,但没有一句问到他的家庭故里。直到韩逸洲发话,他才住嘴。韩逸洲淡淡地道:"后院的牡丹开得好吗?我与赵公子就住在园中,具体事你再找时间与我议论吧。"

倪先生先看了看赵乐鱼,点头道:"我正好要告辞了,大人……总账房也没什么事……你休息几天再传我不迟。"

赵乐鱼望着他的背影,打了个呵欠:"好和气的先生。但他一看我,我就不自在。逸洲,我好像到现在还没有看到一个丫环呢?"

韩逸洲道:"这几年丫头们都给遣散了,倪先生手下买新的仆役,也不要女孩子。"他避重就轻,依然没有回答为什么。赵乐鱼心中已有几分明白,哪里能点破他。

韩逸洲又说:"要见天下佳丽,我后房数不胜数。若不是你来,闲人半步不可迈进的。"他拉着小鱼儿来到一块高高的石壁,石壁上除了一排年代久远的玉片,什么也没有。赵乐鱼手闲,跳起来用手指弹那玉片,"叮当叮当"甚为悦耳。他嘿嘿一乐,一旁的童子吓得脸色发白,话也说不出。韩逸洲只是摆手,意思不妨事。他们绕过石墙,赵乐鱼简直不敢相信自己的眼睛。满眼牡丹,姹紫嫣红,交错如锦。清风徐来,香馨沁人。姚黄魏紫,乔粉朱红,也有墨色如缎,白如霜雪的。

赵乐鱼手舞足蹈,欢呼一声:"这么大片,怪不得人家说牡丹花下死,做鬼也风流。咦,哪里来了个花仙子?"

韩逸洲身后多了一个眉目如画、十分腼腆的少年。

少年脸红了:"赵公子,我是牡丹花园的护花园丁,叫阿吉。"

"你一个人如何照管这许多花?"

阿吉说:"大人的这片土地是洛阳牡丹的福地,别处养不活了,到了我们这里也必然开花。只因地下有恒温泉水灌溉……我要照顾的,只不过是一朵牡丹而已。"

赵乐鱼问:"哪一朵?"

阿吉用手一指,只见万花丛中,有一株牡丹与众不同。在它花盘之上,居然撑有一把白色丝绢的小伞。花朵半开,金绿相间,竟有千瓣。韩逸洲告诉赵乐鱼:"我家内这一株是绝品,乃是父母亲手栽培,名叫'碧云天上'。"

赵乐鱼啧啧赞叹:"要是我,叫它'绿袍财神'。这个金,堪比纯金,这个绿,像我的官服……花的形状,像元宝。"

韩逸洲皱眉:"这朵花并非年年开放,两年前我回来,它只开了一次……昨夜下雨,阿吉为它撑了伞,没想到今夜倒真开了……"他神色疲倦异常,方才在管家和众下人面前的自信,神采都褪色了。他极力隐藏,随意说,"园内两间草堂,你住在这里,我就住到坡上,有什么不便,都到门前的小屋找阿吉好了。"他说完,转身就走,身材消瘦,飘逸如仙。

阿吉恭敬地领着赵乐鱼到了最近的草堂:"这也是大人居住过的。"

赵乐鱼发现里面一尘不染。堆丝屏风上是终南山雪峰图。墙上一幅墨稿:绿艳闲且静,红衣浅复深,花心愁欲断,春色岂知心。

没有落款,而且"愁"字旁有淡墨涂改,看起来好像是诗的草稿。

细细一瞧,果真是,因为韩逸洲的字体在旁注释:"天宝年王右丞作于辋川别业。予偶然购得真迹,甚喜,书以记之。"

阿吉在一旁说:"这是稀世珍宝。张彦远在历代名画记中,大赞右丞书画的。"赵乐鱼俯身,桌子面上雕刻棋盘,棋子摆放,却是个残局。

"公子,园子里的温泉水引来后屋,洗完只要把麒麟嘴巴向上一扭,脏水就出去了……"

赵乐鱼回过神来:"好,阿吉,我自己来吧。你真乖,过几天买糖给你吃。"

阿吉脸又红了,他走了几步,踌躇着说:"赵公子,能够见到你是我荣幸。我们大家……都盼着我家大人回来……"他打住,一笑,"我还是走吧。"

赵乐鱼舒舒服服地泡进小小浴池里,脑子里还想着屋中那幅画和那盘残局。不一会儿,远处传来悠扬的琴声,如泣如诉,赵乐鱼听得不由痴了。

第六十二章：梦里不知身是客

有其父必有其子。赵乐鱼的爹爹是出名的老实人，一辈子最聪明的事就是娶了他娘。别人都说小鱼儿生性伶俐，但偶尔也有和他爹一样冒傻气的时候。小鱼儿小时候跟着伙伴们在镇上的果园里偷果子吃，管园子的老爷爷出来追他们。顽童们一哄而散，只有小鱼儿眼睛尖，看到老爷爷摔倒了。他去扶他，结果就是被告上私塾，让先生打红了手心。

小鱼儿记得当天下雨，爹爹来接他，给他买了一大包糖炒栗子吃。爹爹说："凡是男子汉，就得当得起。儿子这回做对，我也有面子。"

小鱼儿问："小伙伴们怎么都跑了？"

爹爹牵着他的手："人家是人家，你是谁啊？你不但要当得起，还要学会原谅人。"

赵乐鱼午夜醒来，眼角湿漉漉的。他好久没有梦过爹爹了，窗枢作响，他披衣而起，正要关紧它，却意外地发现，那朵牡丹在月光下开放了。花盘中间的蕊心，流光溢彩，楚楚动人。他想起韩逸洲对此花的爱护，连忙转出草堂。月色洒在花海上，宛如梦幻。光线暗处，正是山坡，有人临风站立，眺望着什么，正是韩逸洲。

自从出京城以来，韩逸洲就一直非同寻常。赵乐鱼望着他的背影，忽然脚下加速，悄悄向前走去。到他背后，小鱼儿才发现：韩逸洲面向的只是一个水潭。水色澄碧，深不见底。他犹豫片刻，才伸手去拍韩逸洲的背，说："逸洲，你还不睡？半夜三更的，我还当是鬼呢。"

韩逸洲慢慢回头，清丽绝俗的面孔上垂着几丝被露水湿透的发丝。他有气无力地喊了声："小鱼儿？"

"是我。"

韩逸洲声音虚无缥缈："你说人能不能重新开始呢？"

"当然，我是怎样的处世？你当然知道我的答案。人为什么不能重新开始呢？"韩逸洲深深注视他，赵乐鱼刹时有点喘不过气来。

韩逸洲道："我刚才看到我的宝贝牡丹开花了。我也在想，小鱼儿，你救过我一次，烧坏了一只手，后悔吗？"

老实说，赵乐鱼出生至今，没有碰到个男人如此说话的，但他面对的是韩逸洲，他一点儿也讨厌不起来。他直觉怪怪的，只好摸摸鼻子，把韩逸洲拉回面前的草屋。他嘴上咕哝："好了，你不要胡思乱想。我看你是给花吸了精气，着魔差不多……"

韩逸洲坐下，猛地抖了一下，屋里只有一根蜡烛点燃，满是烛泪。

赵乐鱼正寻思找什么给他擦干头发，却听到韩逸洲笑了一声："我刚才还想：小鱼儿会来吗？你真的来了……就像那夜在翰林院，我一个人等死，想到你会忽然来吗？你果然也来了……"

赵乐鱼不敢动，他感到某种极不对劲的气息正在这小屋里弥漫。他喉头作梗，腿如灌有千斤沉重起来。他明亮的眼睛本来总是在真诚地微笑，充满年少风流的味道，现在却一点儿笑不出了，只是傻瞪着。仿佛在韩逸洲面前，他才是一个真正的孩子。

"你肯不肯再救我一次呢？"韩逸洲问。

赵乐鱼没明白他什么意思，傻傻地点了点头，他想，自己该走了。

在这时，韩逸洲吐了口气，蜡烛灭了。片刻，小鱼儿又点亮了它，他手里的火折子，好像风中蜻蜓，颤颤巍巍。韩逸洲低头，毫不犹豫又一次吹灭了它。

赵乐鱼莫名生气，黑暗中他摸索着，要再一次点燃。他执着努力，终于又看见了烛光下模糊的一切。他直视韩逸洲的脸，表情那么严肃。韩逸洲的眸子，如盈盈秋水，哀伤地望着他……

屋内重归黑暗。花香馥郁，星火似梦。赵乐鱼很清楚明白：自己并没有醉。他想起打自己闯进翰林院，无意中窥破他人心事，不由得感慨万千。黑暗中仿佛有千万鬼魅，欲陷他于淤泥中。可是想到海阔天空，他偏要挣扎出去，不仅如此，他下定决心，还要拉一把韩逸洲。

赵乐鱼没有再执拗点火，避开靠近他的韩逸洲，推开了向着花园的纸门。他咳嗽一声，望着满庭芳馨，徐徐道："逸洲，如果你又被大火包围，我还是会救你出来的。其实，不管当时是不是你，我一定是会出手的。无论在不在朝中，你都是一个人才。人生苦短，官做得不开心，你尽可以跑出来。少年时节，谁没有错过？错了也不打紧，旧花谢了，新枝又生！世界之大，值得你驻足的风景多了去，本不必拘于儿女私情……我呢，是个地道江湖人。我心里当你是兄弟，我敬你惜你，却绝对不会，也不能辱你。"

他这番话说得委婉，但自始至终，都不回头望韩逸洲一眼。

韩逸洲沉默半响，他膝行去点亮了灯，心内全明白了。

赵乐鱼这才回眸，他垂手道："逸洲，原谅我！只有你自己才能救自己！"

韩逸洲叹息一声，似乎笑了一笑："小鱼儿，谢谢你！今夜是我唐突了。不仅让你为难，也差点再次误了我自己。你说得对！世界之大，我也该出去走走看看，眼里开阔了，我也不会一直自怨自艾下去。"

赵乐鱼点点头。韩逸洲仿佛说开了，神情也松快了许多。

韩逸洲倒了两杯酒茶，递给赵乐鱼一杯，道："你看花好月圆，既然你视我为兄弟，不如今晚就此结拜金兰，如何？"他说完，一饮而尽。

赵乐鱼重重点头，顺势也干尽了酒。他心想：自己天生劳碌命，总与风流无关。洛阳牡丹争艳，而他心中，还是放不下翰林院内的黑影重重。

第六十三章：萧大姐再上卢府

洛阳的春天本比长安早，但春去得也要比长安晚。

卢雪泽从太子那里授课回家。书房外石榴花居然开了。他背手在廊下踱步，心中不轻松。自从魏夫人舍命大闹长安以后，周嘉不得不换掉了刑部的老尚书。按照周嘉原意，也是拖着案子。可老太后那边，却为此事极扫兴。为了迎接她的寿辰，昨日周嘉下令，在寿辰之前举办公主与卢修的婚礼。因此这几日卢雪泽在家的日子，不是忙于采办物品，就是接待上门贺喜的人。

再说小公子卢涉。他前些日去皇宫觐见，太后左右奉承的人说，太后是南海观世音，这冰雪可爱的男孩卢涉是善财童子。老太后自然高兴。所以，卢涉半个月里面又去了太后宫四五次。这孩子年纪小，行事却有规矩。前几日，他在太后那里遇见了太子，太子要他一起玩棋。

回家来，卢雪泽不动声色地问："你就答应了？"

卢涉撒娇，摸着他爹爹的脖子："没有，我和他才不能玩分胜负的游戏。他输了没面子，我故意输他显得我心思刁。我只和他闲话，他问我喜欢吃什么，还问我，叔叔为人怎么样……"

"你自然讲你叔叔好话。"

卢涉道："当然了，叔叔本来就是好人。不过，我说起叔叔如何好的时候，大公主好像不高兴呢。"

"你小孩子家哪里知道？"

卢涉说:"坏小孩才会骗老爹呢……叔叔前几日也叫我……"他忽然住嘴,凤眼里的眸子骨碌碌转,"爹爹,君子守约,这我可不能告诉你……"

今天,太子在上课的时候,问起好几次"阿涉"。卢雪泽听了,心中有些忐忑,说来也没道理。太子勤学,比周嘉当年收敛,年纪虽小,已经有礼贤下士的名声。

他正想着,卢四趋步甚急,过来耳语几句,卢雪泽倒不吃惊:"她亲自来了?"他也不换家常的旧衣,从容走到了箩月松风厅。只见一个与他年龄相仿的美人正端坐着。

"见过沈夫人。我们不是第一次见面了吧。"卢雪泽温文尔雅笑道。

来人正是沈逐浪夫人萧锦春。

她也笑了,雍容天成:"我以前确实陪母亲来府上一次,当时只是等在门厅。亏得方才那老家人卢四送上热茶热点,当然……必然也是先生的吩咐……"

卢雪泽道:"你这次来了,是为尊夫求医?"

萧锦春道:"是啊,先生如何猜到?"

卢雪泽给她送上一碗花果茶,温言说:"你称呼我为先生,本是合江湖规矩。但我与江湖往来,除了那点看家的医药本事,再无其他。况且万岁言道,最近一个月,沈庄主久不露面。夫人上次来京倒是暗地收买了不少的兵器。庄主身体不适,事情不是很明显吗?"

萧锦春也不否认,说:"还好世人大多是乐做愚人。先生这么晓得我心内的困难,自然也不会拒人于千里之外了。"

卢雪泽沉吟片刻,道:"我一来不能见死不救,二来万岁已经有旨,夫人开口我一定要竭尽全力。不过,我有一件疑问,必须请教夫人。"

萧锦春眼波澄澄,也不答话,卢雪泽从一个箱子中取出一幅画轴:"夫人看这是谁呢?"

萧锦春仔细一看,画上是苏州虎丘,她家的老宅旁,一个少年男子舞剑，酷肖三弟。她轻声笑了笑："先生也知道像我弟弟了……当年要不是母亲带着我上京求医，他若不吃先生开的药，估计活不过六七岁就死了……当年，先生也只有十几岁吧，已经是先帝御医了。"

卢雪泽放下画卷，出了一会儿神："是啊，不过我当年对令堂印象极深。世上如她那样健谈爽朗的女子本来不多。她代子求医十分焦急，可不带儿子来京都，说孩子病重不敢让他移动。我开了名为调理药给她，实则……"他顿了一顿，"是解毒药。如此小的孩子中毒，可见是母体怀孕时中毒所致……令堂确实和江湖有些瓜葛，又不愿多说，我没有勉为其难，顺水推舟说孩子消化不好，吃些药开胃就好。这件事过去了许多年，我渐渐也知道了万岁在江南认得你们，可我一直没有疑心……"萧锦春手指动了一动。

卢雪泽接着说："可就是在今年的开春，翰林院来了一个新科翰林，我初次与他见面，就觉得他虽然五官有自己的特色，谈笑间却神似我当年的一个熟人……这个人现在变化很大，当年的神色大约只有我这等旁观者才清楚记得，他自己……恐怕都忘了。所以请人画了画来，时间和地点、装束和打扮，却换成十几年前的样子。我有了这心，便着意打听，才知道他是夫人的三弟，官府的捕快；才知道贵姨母临死前几个月曾经来京，但死去却落葬在昆明；才知道你们的三弟，是阿姨死后几个月出生的，曾经有人看见她因为某人派去的吊丧者差点不能保胎……"

萧锦春默然。卢雪泽悠然道："万岁在我十岁左右的时候，已经成年。他的性子风流。自然也会在锦绣江南留情。只是当时陛下尚未大婚，这些事能遮掩的，太后自然遮掩了。夫人的阿姨临死之前，曾到京城来，回去不久就死了……她年纪轻，本来蹊跷。中国人讲究入土归乡，令尊令堂不但在她病重时候滞留西南偏僻之地。她死后，他们和你三弟还留在两广云南好几年。在那几年间，万岁娶了太尉之女，也就是已故皇后，还先后有了大公主，太子和其他皇子。这时，你家才回到江南，但你父母依然不肯让你三弟上京，即使他病重……夫人比他大几岁，记得应该清楚吧？"

萧锦春静静地说:"我比三弟大十一岁。当年的事,有些我记得,有些我倒学着忘记了。先生……"她抬起善解人意的双眼,"我没有叫三弟替万岁卖命,是这个孩子自己喜欢……我事先不知道他来京城查翰林院案,那也是出自万岁的旨意……阴差阳错……万岁居然让小鱼儿去了洛阳,难道别人的孩子就不该当心吗?做人真是报应。"

她把"报应"二字说得极淡,卢雪泽却感到一股子寒意。

卢雪泽叹息一声,收了画卷:"小鱼儿总是夫人的三弟,我对谁都不会说。况且现在太后已经退养,太子的地位也稳如磐石。万岁自己也把露水情缘化为对夫人的照顾。过去的事情,让它深埋地下吧……"

萧锦春冷笑一声,脸上依旧春风和乐:"先生不是寻常人……也知道权利地位还不如自由来得快活。我那个三弟,他要是不愿意在洛阳,莫说我把家事忙完了,自然要顾及他。他自己也是旁人拘不住的……"

第六十四章：长条乱拂春波动

星空灿烂，草虫呢喃。寂静花园的深处，韩逸洲一个人自摆棋谱。赵乐鱼从柴房那儿洗澡出来，披头散发，从厨房还顺手牵羊，捞了一把金橘。

韩逸洲摇头说："你是小鱼，还是小猪？这般日吃夜吃，小心吃坏了。"

韩逸洲自从认了赵乐鱼兄弟，又教训起他来。只不是翰林院内上下级间公事公办的口气，倒是多了几分家人的意味。

赵乐鱼哈哈笑道："猪猡怕酸，不爱金橘。大概我是只朱雀吧，总爱镇在那个方位。"他指着厨房，咀嚼一个金橘，酸得眉毛歪斜。

韩逸洲眼一横，瞥见赵乐鱼心口一巴掌紫红："这个……很奇怪，是胎记？"

小鱼儿说："不是，小时候生病吃药，好了就是这样子，消不了的。"

韩逸洲忽然坐起来，下了决心似的说："小鱼儿你来，我带你去看一个地方。"

赵乐鱼忙拉好衣服，放下那箩金橘。他们顺着花园向外走，半天才到了间大厅，正是赵乐鱼初来晚上看到可容数百宴席的华丽大堂。

韩逸洲道："我父母在世的时候，这里人来人往，特别热闹。"

赵乐鱼点头，只见韩逸洲拨开大厅一角的暖炉。小鱼儿愕然发现，这下面居然有个暗道。韩逸洲用手拍了六下，暗道里竟然亮了。

小鱼儿跟着他前行，曲曲折折，起码走了一刻钟，才到地下一扇铁门的前面。铁门锈迹斑斑，没有任何花纹。韩逸洲手上，不知何时多了一把白金钥匙，他郑重地交给了赵乐鱼："小鱼儿，现在，我把这个送给你，还有一把也在我手里。除了我们，天下没有人开得了这扇门。"

赵乐鱼有点惊讶，在韩逸洲目光的鼓励下，他尝试开门，先后努力了三次才打开。一道亮光刺得他睁不开眼睛。当他得以睁眼的时候，他为眼前的奇景目瞪口呆。也许他永远无法正确形容自己所见到的。对于奇珍异宝，他已经没有了数量的概念，因为在这里，他根本无法计算……

韩逸洲的声音在偌大的空间回荡："我给你这把钥匙。因为你是我的弟弟。除了你，我没有亲人。我若有朝一日死了，金库任由你处置；若我活着时候，你走漏风声，我保证化成厉鬼，也饶不了你。"

赵乐鱼回头看，韩逸洲脸色异常认真。

韩逸洲走近了他，缓和些说："我告诉倪先生，既然你是我的亲人，将来你签字的银票在全国我的任何一家钱庄都可以兑换。不过，小鱼儿，有一点我不能确定……你在上面填的名字，是赵乐鱼……还是……"他笑着一顿，"……萧超？"

赵乐鱼明亮的眼睛越过了奇珍，只望着韩逸洲。他笑了："逸洲啊，你果然知道我是谁……"

"那么说，你也知道我有所察觉？"

赵乐鱼点头："我靠这行混饭吃的嘛。大火之后，你便疑心了我。破绽就是'萧三公子'。我朋友没有做错任何一环节，但从他出现，你就知道了……他夜晚得到急信离开驿站。第二天清晨，你家换马人根本就没有带来他要的马。除非你半夜与总账房通信。不然，你是早就料到他会离开的。"韩逸洲默认。

赵乐鱼说："大火中我用身体护住你，你并没有受伤。事后你却在床上休息了很久。你想找到足够的时间来思考。当你知道魏宜简死亡以后，你全部推罪给他，你想保护那个人……因为，他是你所曾经珍视的人。你恨自己对他好，他却想你死……所以，你下决心抽刀断水，离开长安，回到洛阳。"

韩逸洲说："当时，我还没有完全晕去，冷静晨就出手相救。他把我们拖出屋顶的时候，情急之下，叫了你一声：小鱼儿。我说过，自己耳朵极好，过耳不忘。可紧接着，他把我交给了方纯彦，我来不及想他到底是我哪位熟人。我宴请你时，他居然出现了。这下我确定他的身份有假。你的来历呢？我仔细查找，才发现杭州府有一个少年捕快已经几个月不露面了。原来你才是萧三，而他是武林二当家冷公子。总账房也告诉了我沈夫人最近频繁收买兵器。因此我故意把消息泄漏给沈夫人，让她知道冷静晨在前往洛阳的途中……"

"原来如此，谢谢你告诉我。"

韩逸洲眼神闪烁："我可以一直不告诉你。但我恨透了别人骗我，也不想和自己兄弟演戏。"

赵乐鱼摊开手，自嘲一笑："我也恨人骗。但我长大至今，世界上没有一个人不说谎的。他们也有好心，也有无意的，但总归是骗我吧。不论高低贵贱，每个人都怕人家看到面具下的脸。也许我自己……"他又笑了一声，"也时常骗自己。"

韩逸洲一怔："你？"

赵乐鱼摇头："那个话你不必当真。可是逸洲，翰林院不结案，难道我们真可以在洛阳逍遥吗？魏夫人这么一个弱女子在大庭广众之下，动摇了万岁和翰林院的诚信，我们能袖手旁观？我还是要回长安一趟，至少面见万岁，他要给一句话，我就放手了。"

韩逸洲咬着嘴唇："如此，你不必再回长安。"

他从胸口掏出一张金色的笺纸，说："那日我进宫，向万岁讨你一起来洛阳。"

第六十五章：迷雾中灵光一闪

赵乐鱼抢过来一瞧，正是周嘉洋洋洒洒的书体："赐翰林院编修赵乐鱼为民，从此天高海阔，任尔来去。"

赵乐鱼变了脸色，他翻来覆去看了好几遍，睫毛不断颤抖，从牙缝里迸出几声笑。

韩逸洲未料到他会有此反应，只听小鱼儿说："我爹妈都已死了。我生来不是条贵命。真没有想到一位富甲天下的翰林，还把我当成了不起的兄弟，岂不是抬举了我？万岁九五至尊，他对我好到这个程度，我还有什么话讲？"

韩逸洲顿时后悔，也许皇帝的圣旨拿出早了一些，但纸包不了火。他慢慢走到小鱼儿身边："这也是我擅自主张，你离开长安，不是很好吗？别去管翰林院的案子了。你没有爹妈，我也是孤儿，我说过，把你当成自己弟弟，好不好呢？"

小鱼儿默默看着他，良久才说："嗯，逸洲，你不该把事情瞒住我。翰林院内你究竟做了什么？你若肯把自己知道的都告诉我，我才能安心。"

韩逸洲背着手道："也罢。"

"我父母一直说：将来不要去长安。但我去参加了科考。我那时年幼，进了翰林院以后，我发现不正常的人很多：方纯彦冷冰冰，徐孔孟花里胡哨。只两个月，魏宜简便来找我出资帮助他调转手头。原来卢雪泽一直用他做生意，囤积翰林院财富，中饱了私囊。卢雪泽在朝廷打点，无人不说他好。若翰林院是清水衙门，怎么也说不过去的。魏宜简表面和徐孔孟交好，实则不和。他们都争相想成为卢雪泽在翰林院内的代理。魏宜简就是为了钱，徐孔孟为了什么……我不知道。谁都猜不透卢雪泽的心思，连他的弟弟也是……我那时被东方谐迷惑，和我同科的杨青柏却常常和他见面。我偷偷跟踪他们，发现他们常去满树红楼岳姑娘处。我以为……他们肯定是苟且，心中十分气愤，但也无可奈何。有一次，东方谐对我说，想问我借一大笔银子，我当然同意了。可是转手，杨青柏在京城商铺所用的银子就有我家印记。即使他们通奸，以那人的性子，也不会这般给他钱。于是，有一次我私下找到杨青柏，叫他以后不要再去找东方，直接到我家来拿钱即可。杨青柏后来来了我家几次，每次我都把清徽赶出去，怕他听到不该听的话。杨青柏为人无赖，喝醉了就谈起自己如何换身份来科考的事。有一次，我存心给他灌了些药。他哈哈大笑：骂我是傻瓜，骂那人也是傻瓜，他说：'东方以为我揭穿的是他心上人的身份，他要护着他……哪里知道根本是不搭界的。一个九鹰会的旧人，混到现在这个分儿上……还真了不起。可惜，白白浪费了某大人的钱……不，你的钱……'"

韩逸洲苦笑："杨青柏被杀的夜晚，卢修先出去。我也借故出来，杨青柏忽然问我：'是不是你对其他人说了我拿钱的事？'我说不知道。他就冷笑：'你不要仗着护你的人多，你那点事儿，抖落出去也够丢面子的。'我说：'你指我的断袖之好？随便你吧。我还不知道好了今天，有没有明天呢？'他说：'我也不怕，我还留了一手呢。'话音刚落，东方走了进来，他和杨青柏谈话，到后来越来越浪。我受不了，就出门了。更夫王老三从我身边走过，喝得醉醺醺的，我就说：'别乱吵吵，免得大人们生气。'到了甲秀林，我听到奇怪的声响，卢修要去看，我更怕他发现不堪入目的事儿，才拉住他，哪知道杨青柏竟成了肉酱……"

赵乐鱼认真听他讲，杨青柏好像也不是善类，但他要敲诈的人，到底应该是谁呢？东方要护的，自然是卢雪泽，但卢雪泽的九鹰会身份，皇帝也是知道的。天子包庇，那么，还有什么值得勒索？除非……有人拥有大家都不知道的身份。对影三人，是指此人有三重身份？还是指他、卢雪泽、东方是三个有共同点的人呢？

小鱼儿接着韩逸洲的话说："因此，你疑心是那人杀了他吗？所以你才会第二天去红楼找岳姑娘，想威胁她找到什么证据。你被绑架之时，是不是也听到了像是他的声音？"

韩逸洲点头，他茫然说："我觉得他并不会武功，怎么如此行事诡异？所以我也不全信。杨青柏被杀前，我记得桌上有个茶杯，颜色很好看。可是，他被杀以后，我在混乱的现场找那个杯子，却找不见了⋯⋯"

小鱼儿说："凶手在短时间内分尸，还要顺手牵羊拿走一个杯子是匪夷所思的。你熟悉的那人，被你看到动手，本不合情理。事后他要杀你灭口，以你不设防，也很简单，何必搞得复杂？他鬼鬼祟祟绑架你，还故意让你发现自己藏在他家？"

韩逸洲说："的确，所以我当时心灰意冷，现在静下心来想，也不肯定了。此外，杨青柏被杀以后，魏宜简和徐孔孟的关系愈加微妙，好像卢学士更倾向徐孔孟为自己奔走⋯⋯徐孔孟的案子，是不是因为魏宜简妒嫉，给对方一点儿苦头？"

韩逸洲又说："一个老乞丐曾送我布艺小猪。直到你在车上用草编了一个玩意儿给阿随，我才恍然大悟。谢谢你，那天早上多亏了这只小猪。我其实一直随身带着，直到被绑架以后，系在外衣里，外衣丢了，猪也不见了⋯⋯"

小鱼儿忽然坐了下来，叹了几声，笑了几声，神情又恢复了平常的模样。韩逸洲见状，也宽下心来。当夜他命厨房备好一桌酒菜，与赵乐鱼大快朵颐，谈笑风声。直到夜半，二人才散了。

可是次日早上，韩逸洲起来，发现走廊的几上，摆放着新熬的粥，还有一张字条："逸洲，我想到一些事，要回长安，后会有期！"

第六十六章：兄弟密谈家国事

暴风骤雨，一匹汗血马在大路上狂奔。小鱼儿终于望见了都城城郭。他来到一间废弃的房屋内避雨，用袖子将马头上的雨水抹去。从怀里掏出一点儿燕麦，一边喂马，一边喃喃地说："汗血宝宝，别耍脾气，这回要找的公子脾气不好，杀人比切葱还快。"汗血宝马不屑地鼻孔出气。

有人在黑暗中笑，赵乐鱼回头，冷静晨从门背后绕出来："你在说我？"

小鱼儿惊喜道："静晨，我正想去骊山的山庄呢。"

冷静晨衣裳也湿了："盟主的事情才安定下来，夫人记挂你。我本想去洛阳看你……但派在韩府外的人说，你今早上一路往长安奔来……还好我告诉了你这个歇脚点。"

"姐夫怎么了？"

"已没有大碍了，回头细说吧。"冷静晨皱眉，"你还好吗？"

小鱼儿点头："还好，我找你，是想要你帮忙……"

冷静晨一脸坏笑："对你，我这公子只配当苦力使。洛阳的花，好看吗？"

小鱼儿拱手道："你饶了我吧。花再好，我也想着结案。"

冷静晨收拾起一堆柴火："算了，告诉你，我也怀疑一个人。因此这些日子想方设法去查他底细，居然被我查了破绽出来，真想不到……"

小鱼儿猛抬头："难道，你和我想的一样？"

他在冷静晨的手心写了几个字。

冷静晨短促叹息："我吃不准如何办。无论如何，你拿主意吧。"

小鱼儿感激地靠在他身旁："你是我最铁的朋友！"

冷静晨微微一笑："放在嘴上的，一般都不是最铁的朋友吧！"

雨幕笼罩在京城的上空，似乎有不祥的云气。

卢修在高处望了一会儿雨，呆滞地下了高台，在橘楼里挑了本《春秋》来看。太后下午称病，太医院把卢雪泽请了去。到现在，他还没有回来。

卢修翻了几页书，眉头深锁，忽然丢开了书本。他在屋子里踱步，拍了拍屋角的一面墙壁，书架一转：里面有个暗室。卢修小时候就偷偷来这里，为此还挨过大哥的责骂。他小心地抚摸着里面的物件，不同的药材分门别类搁放。卢修犹疑地看了看一个绿色的罐子，低头嗅了水晶瓶子中紫色的粉末。

"这不是你可以乱动的，二弟。"卢雪泽的声音飘过屋子，卢修也不害怕，只是笑了笑，"哥，你的脚步总是轻得吓人。"

卢雪泽走到他身边，握住他的手腕，定睛看他："不可以……我说了绝对不允许。"

卢修脸上哲人那般深邃的表情加深了："哥哥什么意思？"

卢雪泽审视着他："你怎么想的，我就是什么意思。"

卢修一愣，卢雪泽的神情十分疲惫。

卢修想了想，微妙地问："大哥，是不是皇上又病了？"

卢雪泽也一愣："你……怎么知道？"

卢修惨笑道："我不是笨得无可救药。虽然大哥说：'我比你狠，就可以控制这个家。'但有大哥你在，我并不想占上风，我只是想帮你……"

卢雪泽不动声色："不错，万岁在太后那里晕倒，太后当然只有假托自己生病才可瞒住风声。太后假传圣旨说皇帝给母后侍病，连万岁身边的人都得不到风声。"

卢修动容："病势很重？"

卢雪泽道："病情反复，我看约摸要四五天才可起床……"

卢修坐在他身边，忽然说："那婚事……"

卢雪泽打断他："婚事当然还是如期。你这几天不快活，我也发现了。我问了涉儿，你的疑心太重，还让孩子去打听这个……"

"疑心倒好了。人死也死得明白，我虽然没有插手翰林院案情，但我毕竟当了几个月大理寺卿……我真倒霉，什么事儿都让我碰上了。本来我就不喜欢这段姻缘，现在公主也和我一样……我恨不得……"

卢修一反常态，说个不停。卢雪泽反手打了他一下嘴巴。

打完，卢雪泽自己呆住了。他看看自己的手，再看看卢修平静的脸，说："……我。"

卢修一阵难受："我没有想逃婚，也没有想自杀，我还是能过下去。大哥，我知道你心里烦……不怪你。我们不要争了，我以后绝不让涉儿涉足这些。"

卢雪泽凝视着他："只要卢家在，你就得忍。你也知道公主心中有了别人，那又如何？你把她娶回来，我们家不过多了一个客人。她对你要是一片痴心，反而是你的负累。今后的日子还长，不怕遇不到你真心喜欢的。就算你一生没有了情爱，还是要过下去，譬如我……"

卢修闭上眼睛。

卢雪泽继续道："翰林院的事你可放心，我会让某人退出翰林院的。他这人并不坏，一直支持你和公主的婚事，也是因为信赖你为人好。"

卢修淡淡地说："徐孔孟在不在翰林院，有什么关系？我眼里要没有一个人，尽管可以没有这个人。他至今不娶，本来蹊跷。大公主常年养在太后身边，除了他还有谁可常见？鹦哥是大公主的小名，知道的人极少，要不是涉儿和太子玩无意中知道了，徐孔孟酒后那一声鹦哥，就是千古悬案。可惜他们辈份有差，不能成夫妻……徐孔孟像个花蝴蝶，平日在京也小有风流名声。这种人对公主有几分真心?"

卢雪泽好像出神了。

卢修又说:"我也想开了,若能跟着大哥,在执政的时候为天下苍生谋些福利也是好的……"

卢雪泽悲苦一笑。

卢修察觉他神色异样,道:"大哥,你还有什么难言之隐?"

卢雪泽站起来,推了下墙壁。暗室内顿时一点儿光亮也没有,只有兄弟俩人呼吸之声。

卢雪泽幽幽地说:"二弟,我是九鹰会的长老,你早就发现了?"

"……是。我小时候曾经躲在橘楼读书,因此那事的确知晓,但我那么做……并不是光为了你……"

"你为什么偷了我这屋子里的毒药?"

卢修喃喃地说:"大哥,你知道?"

"你动了药粉,又补了同等量的珍珠粉进去。然而你不知道,我在每个药罐子的扣上都涂了特殊的粉末,只要火折子一加热,七天内手印就会浮现在瓶口。"

卢修大笑一声:"大哥厉害。其实,我在除夕夜出去约见了杨青柏。我装作不知道你的身份。只是劝他好自为之,不要伤害了韩逸洲。我说我就要当上大理寺卿,要是与他鱼死网破地追究勒索,他至少丢了乌纱。我这么做,因为好几次发现韩逸洲接待过他。若没有什么把柄在他手里,我不信韩逸洲会与他相熟如此。他被杀的那夜,我本已经在桌上放了茶杯,用的就是这种慢性毒药。我自己不会去喝,韩逸洲有洁癖,也不会去喝。他这人向来容易渴……我想让他试试自己的运气。不过,半路杀出程咬金,另外有人杀死了他。我进入现场,脑子一片混沌,我们读书人,即使此人可恶,也不会喜欢看人血淋淋地死。我趁乱,将没有动过的茶杯藏了起来,可是…… 他并不是因为我才死。我也不是真凶。"

"来人是谁?"卢雪泽追问。

"我不知道，韩逸洲拉住了我。他的神色凄楚，我也不敢去看个究竟。大哥，你知道是谁吗？"

卢雪泽沉吟，似乎答应了一声。他在屋子里摸索什么，一股月光从那扇打开的微型窗子射了进来。

"雨停了？"卢修说。

卢雪泽拉住他的手，手心冰凉："是的，二弟，还好你的一念之差没有得逞。不然……我们亲兄弟，我总要帮你收尾。你现在说出来，心里就没有结了。但是，我有一件秘密要告诉你，你大了，也要有个准备。"

卢修紧张地注视他，却看不清大哥眉目。卢雪泽缓缓地说："天下你知我知，万岁绝对活不过三年去。你与公主成婚后，一定要赶快排除朝廷异己。在三年之后，太子已经长大，你只要顺遂他的意思，辅佐他成为一个明君即可。我绝对不能帮你了，因为万岁一死，我就会自杀……跟着他去……"

卢修大惊，几乎语无伦次："这……啊？哥……为什么？万岁三年会驾崩……那你为什么……为什么要死？忠臣也不必如此……"

"我不得不死，别无出路。"卢雪泽转到那暗淡的光线下，他的脸被冷汗濡湿了，仿佛一张不牢靠的画皮。

他一字一句地说："你为什么不想想，万岁的病何时而起？我何以那么了解医治的方法？连他什么时候死，我什么时候死，我都早盘算停当呢？"

卢修微张开嘴，他的瞳孔放大了，某个疯狂的念头一扫而过……所以大哥一直要他接班，要他来保护卢家！

卢雪泽点头："不错，因为万岁身上的毒，是我亲手下的。"

第六十七章：黑暗老尽少年心

卢雪泽将头面向那一束月光，轻轻诉说："十四年前，我因神童试第一，进入翰林院。太子喜欢看书，学士指派我专门给东宫去送书。一天天过去，我察觉到太子对我相当看中。我们坐在阳光通透的房间里谈心。我无论讲什么，他都有兴趣听。他懂得许多，也告诉我他的想法、他的抱负、他设想的新政……我只有十四岁，在家里我是顶梁柱，翰林院里他们却排挤我。我面上挂着笑，实际上气都喘不过来。他庇护我、关心我……父亲去世以后，只有他对我最好。我要复兴卢氏，只能押宝在太子身上。我发现，他的太子位置并不很稳固，先帝昏庸好色，几位宠妃所生的孩子都威胁他的地位。这时候，先帝因为服用春药昏厥，太医院不敢下药，当时的皇后，也就是如今的太后引荐我给他治病。"卢修静悄悄听着，不错，在大哥十五岁的时候，他已经以医术知名全国。

"我给他用了药，先帝果然大为精神。他指名以后由我来代替太医院那帮庸医。他的身体足可以再活十来年。我回来整夜辗转反侧，有一个念头老挥之不去：他这样的皇帝，为什么还要在皇位上尸位素餐那么久？十年前的中国不是今日的太平中国。国内灾民遍野，边境北狄猖狂。内忧外患中，并不止九鹰会这样的民间组织，其他许多人也希望有新势力主宰天下。大家的期望，就是太子。他是元后嫡子，娶大将军女为妃。他英俊，勤奋、聪慧、明睿，和他日渐衰老和糊涂的父亲形成鲜明对比……

"太子说过，几年以后一旦狄人入侵，先帝一定会派他去。他早想好

■ 翰林院

了如何应付战争,只是害怕他的叔父和弟弟在背后捅他一刀。我不想给那些人这个机会。我的机会呢?就在眼前。从第二次给先帝调理开始,我下了毒药。每一次,毒药的剂量都很小,加上有些中药材本身有毒性,因此即使用银针也不易察觉。为了让先帝喜欢我的药,我故意加入提神的物质,想借此让他上瘾。果然,偶尔不是我开药,他就脾气烦躁,身体不舒服。我从来不对太子讲这事,他也忙着联络九鹰会作为外援,当然,我在其中也起了作用。

"过去两年,先帝的病忽然加重,大家都以为是他纵欲过度所致。我还没有成家,不过是个孩子,以温良恭俭出名。我这样一手遮天……太子日夜守候在病床边,我看他累了,就伏在他父皇床沿睡。每天煎药完毕,他都要从我手里拿去,亲自喂先帝喝。不知道为什么,我很怕看见这种场面,因此我总是躲开了。可是有一天,我意外地发现……太子喂药前,会亲自品尝这种药……而且他年轻,觉得嘴巴里苦涩就大量喝水。他告诉我,他一个月来每天都是这样……木已成舟,我追悔莫及。那时太子望着床上的人道:'他是我的父亲啊。'我赶快停止下药,反正先帝已经病入膏肓。可是他呢?我希望他实际吸入的毒药很少,但他登基大典以后第一次在我面前发病,我就知道比我设想的还厉害。这种毒药,摄入少量,也会吸附骨髓,无法消除,随着岁月只会越来越厉害。杨青柏死的那夜,万岁第一次吐血了,我在他的身边想了一夜,到时候我该和自己清算了。我不能对他坦白,不止因为我怕,还因为有你和涉儿。万岁一旦吐血,最多活三年,我呢?如果我相随地下,这件事情,就会永远埋在地下,再也危及不到我们卢家。"

卢修忍不住说:"哥,为什么你不可以活着?宫廷斗争本来就残酷,过去的事情情有可原。万岁不是不知道吗……"

卢雪泽冷笑一声:"但问题是即使我不选择这样死,别人岂能放过我?当年皇后知晓我与太子亲厚,故意让我去帮她丈夫诊治。先帝病重的时候,她是最冷静的一个。万岁在,谁也不好点破先帝之事。她作为母后,要杀我不能，要揭穿当年事，她也是我的帮凶。现在万岁偶尔发病，她摸不到底子。万岁自己也以为还可有十年的光阴。但是一旦万岁死了，她怀疑到万岁的病因，难道会放过我？只有我也死了……她也无法追究了……"他回头，眼睛中含满了眼泪，对卢修安然一笑，"都说我是聪明人，其实我的聪明从来没有让我快活过。在我还年轻的时候，我的心就已经都是沧桑了。我不能去爱别人，因为我连自己都不爱……我的一生中，即使有一些光明，在黑暗的年月中也被磨灭了。每当我在万岁身边，常常感到过去要把我吞噬……二弟，好在你没有这份心计，这也是一种天生的福分。所以……你必能保全。"

冷月无声，卢修抱住卢雪泽的衣服泪如雨下。

翰林院

第六十八章：我来施饵尔垂钓

方纯彦把一圈浸透了药膏的白布小心地取下，那双手依然惨不忍睹。结了痂，手指有些变形。方纯彦缓缓把新药涂上去，东方谐默默地坐着任他摆布。

"过几日要试着活动了，得想法握住毛笔才行。要是怕疼，今后可能连书法都大为逊色了……"他对东方谐说。

东方谐笑靥似桃花："纯彦……我也不想写字了。"

"什么意思？"

东方谐还是笑盈盈地望着烛花："没什么，只是想明白一些道理。我这样的人，活着就是为了寻个开心。我到京城来风流一遭，便宜也没少捞。趁我还有命，回乡去树林子转转，看看大江，日子倒省心了。"

方纯彦呆滞地望着他，他想起东方第一次与自己相见。他以为这个人绝对不会有烦恼，可是呢……人人有本难念的经。他方纯彦有娇妻爱子，从未真正的孤独与凄凉。

东方谐正色说："纯彦，你的夫人是个贤惠人。我们现在一来二去，倒真成了患难之交。不过我的手要是好不全，先帝的诗集也不能总是等我。我推说残疾，离开了是非之地也好。只是……蜀道难，难于上青天，以后大家也见不着了……"

方纯彦冰雪一般的脸本不惯做丰富的表情，听他这么一讲，倒像是个雪人初被融化的样子。

东方谐忍不住拍了拍他的肩:"你这人的确有点刀枪不入的傻气。虽然够酸腐,但还不是软柿子。难道你真打算一直混在翰林院?"

方纯彦道:"不然怎么样呢?我本不管他们的闲事。翰林院内混到了三十岁退休,按例不升官的,也给个挂名闲职养老。那时候儿女们也长大了……我或悬壶济世,或收些学生教授书法……日子就稳当了。"

东方谐直视他的眼睛:"我知道你也不会问我,但杨青柏死去的那天,你帮我作证。我不告诉你来龙去脉,实在有我的道理。事到如今,我就明说了。"

方纯彦也不紧张,只是安然听他讲。

"当夜我确实在翰林院。我一直对付杨青柏,因为他是九鹰会的旧人。他勒索我便罢,还敲诈另外一个人,我倒没想到。所以,这天晚上我是想去找杨青柏给他一些苦头。甲秀林里有一个废仓库,我原本想把他骗进去锁上,让他在里面赤身裸体冻一夜。可事情偏偏出了差错。晚上到了书厅,卢修这个死读书居然一反常态出去散步了,我比较担心他是否会去花园……韩逸洲会错了意,片刻之后也出去了,连拉他都拉不住。这样的话,按照规矩,最后一个值班翰林是绝不能离开书厅的,不然被人发现必定受罚。我正快快不乐,杨青柏倒反而指责我不守规矩,怀疑我下棋时在皇帝面前进了逸言,让他被贬。他还提起我的私事,我便和他争吵起来。这时候,远处好像有人叫了一声我的名字。我出去一瞧,有个人影跌跌撞撞地提着灯笼走。我跟了他一会儿,才发现原来就是老醉鬼更夫王老三。我本想问他为什么叫我?别的没什么,只怕是我与杨青柏的争吵叫他听了去不雅。我在甲秀林转了一圈儿,看见卢、韩二人正说话呢。过了一会儿,就出了事情。我料定是不好的事,怕自己说不清。因此赶快拿着书楼钥匙,从书楼后院爬墙逃了出去。正好你我联系的一只鸽子在我家呢,我当夜才通过它和你串了供词。"

方纯彦禁不住道:"我也料定你不会杀他,你这人不过恶作剧些,并不见得狠到那步,不然,杨青柏早就死了。我事后追问你,心里明白你不想我陷进去。那个金库便是过去翰林院存钱的地方吧？卢雪泽一当掌院，这地方就没人知道了。要说起我的父亲，纵然是贪官。可是卢雪泽敛财，却无人可以拿到把柄。"

东方意味深长地说："纯彦，你父亲最后一次为钦差是什么时候？是你当状元以后……五年前犯事的吧？"

"是。他最后一次就是去洛阳韩家拜寿。当时皇帝派他去，他以为是美差。谁知却成了祸端的开始……"

东方谐低头沉思，身子一颤："天寒了些……"

方纯彦起身关窗，见自己小儿子手里拖着一只鸭子，见他露面，兴奋嚷道："爹爹，刚才有个叔叔送来一只鸭子。"

方纯彦一愣，对儿子道："我知道了，去叫你娘炖一锅鸭汤。"

他回身对着东方谐说："你知道刚才是谁来过了？他最爱偷听壁角，不晓得为什么还留下鸭子。"

"你不提算了，我看赵乐鱼这小子一直邪乎得紧，莫不是官府的人？"

方纯彦把窗子一关："我现在明白他是什么人了。你我并没什么可怕的……"方纯彦甩开门出去。

梅娘正在厨房里洗涮鸭子，见了丈夫来，忙笑道："你不陪他说话吗？"方纯彦沉默不语，用袖子把她额头上的汗珠抹去。

梅娘抬脸说："相公，京城出了件新闻。今天大公主去万寿寺为太后病情祈福，不知为什么忽然剪发了。"方纯彦"嗯"了一声。

梅娘知晓他的脾性，自顾自地说下去："她本来要嫁给卢修的。到底为了什么缘故？婚姻都是冷暖自知……"

方纯彦只叹道："随他们去演戏吧。与你我何干？我和梅儿只是过日子……母亲病了，女儿又闹，翰林院的事情又摆不平，他这个'万岁'真够难当的。"

当天夜里，徐孔孟在翠斟轩独坐。织绣给他打发回家了。现在对月独酌，他嘴里念念有词，在偌大的翰林院中显得有些凄凉。他摸了酒壶，盖子"咣当"一声掉桌子底下去了。他正要捡,只见有个人影在他面前,摁住他的手指。

"别喝了,你哪里像个男人?"那人影说。

徐孔孟只见一双明亮的黑眼睛,里面有一种深切的理解。

"你……你怎么回京都了?"他迷糊中还有一点儿清醒。

"是我。你现在这样……也管不着我了。"

"不错。"徐孔孟苦笑,"我自己焦头烂额,我是吃着碗里,看着锅里。我不是人……"

那双黑眼睛在夜色之中灿若桃花:"徐兄,我看你啊,是太像个人。所以你才犯错。你对谁都没个坏心,你对自己也控制不好……公主是为了你出家的吧?"

徐孔孟已经喝了太多,口无遮拦:"是。我和她认识好几年了……太后的宫里出入男人极少。我是比不上卢修,但鹦哥儿先认得了我……可惜我是她父亲的表弟,政务无能,平日名声并不好,因此二人联姻,根本不可能……她来信说:原本和卢修过日子,忘记我也不错,但现在她知道了卢修本是强扭的瓜,那她还有什么念想儿?"

小鱼儿接着说:"你这么伤心,除了鹦哥,也是因为失去了卢掌院的信任?"

徐孔孟满脸酒和泪,他断断续续地说:"我和鹦哥好,哪能让掌院知道?我长大至今,连我爹都当我是个轻飘飘的纨绔,只有掌院大人重用过我。但我害了公主……还得罪了他……我两头都太像人了,所以都没了脸。"

小鱼儿问:"所以你经常神秘得了不得?所以入宫那天你半夜起来?所以翰林院大火以前你回家,反而扭伤腰?都是为了和宫内的人幽会吧。你扯我的衣服,则是卢掌院指使你,你还为了他去妓院插手调查……哎,徐兄你喜欢做衣服,怎么不能给自己做一件拿得出手的衣裳呢?"

徐孔孟咧开嘴:"说得好!你来了……我终于也明白了。你到翰林院是为了查案,我对你并没什么亏欠。老魏以为我想夺他银钱总管的身份,其实我奔波来去,不过是为了证明我也有些能力。他下毒我,我只不过吃些苦头,他即便猜出我的心事,我也不能揭发了他。哎,老魏这次死……恐怕也是聪明谨慎过了头!"

小鱼儿道:"此话怎讲?"

徐孔孟说:"韩逸洲被绑架那夜,他分明比我出去得早。我猜也许他看见了什么……所以……但对方下手究竟为了什么?却不是我能够知晓的。兄弟,你要想明白,恐怕还需要时间……"

他话还未完,感觉头部一阵清凉,昏沉沉地睡过去了。

冷静晨在他背后,道:"啧啧,这家伙屋子香气怡人,看来是偷香高手……不用管他了。他睡两日,我们的事差不多也办完了。"

小鱼儿剑眉一立:"我还是想进宫一次……你说,我大姐知道你来吗?"

冷静晨说:"她是知道我来。但她未必知道我们要做什么……"

小鱼儿一笑:"我今夜就去见卢雪泽……你来施饵我垂钓……我们的计策,定在明天吧。"

卢雪泽凌晨进宫,他昨夜接待访客,没有睡好,眼睛下面有淡淡的黑痕。他本该直接往太后宫去"治病",但今日他先来到了太医院。

正在药库的太医令见他来了,皮笑肉不笑:"卢大人……您亲自来。有事吗?"这老太医也颇八卦,昨天在家里和老婆议论半天卢家与皇室婚姻告吹的事情。他知道卢雪泽从不来太医院取药,现在给太后看病,也是自带的药物。万岁在太后宫中侍病,给卢雪泽撑腰,谁敢说上半句?

"大人客气。"卢雪泽随手拿出一本古医书,"久闻老大人医道精湛,此书真伪我不能肯定,烦你看一看。"

太医令接过一翻,心中大喜。

卢雪泽笑道:"我想过来看看何翰林,他的病如何了呢?我听说他的疯病一直厉害……有点起色没有?"

太医说:"万岁有旨,一旦他想起什么……要下官立刻禀告万岁。昨日他睡了一宿没个动静,大人当世神医,要不要过去看看?"

卢雪泽道:"也好。只是我有一个不情之请,他的病,我也许有办法治。但说到为医生的,总有些不为人知的方法。老大人若不见笑,也可在一边旁观。"

太医令掂掂手里古书的分量,对视着卢雪泽没有波澜的眼神:"不了。大人尽管去……何翰林在……"他低声地告诉卢雪泽。卢雪泽点头。

他缓缓穿过长廊,走到里面一间房屋,敲了敲门,不见回应,他顺手一推。床上躺着一个男子,旁边何夫人伏在床头瞌睡。

卢雪泽的脸上浮出幽幽的笑容:"何夫人,一向可好?"

第六十九章：花自飘零水自流

过了半个时辰，卢雪泽坦然自若，回到药库。

他道："看来……何翰林的病大有起色，此事必须立刻上奏万岁。"

那太医心中觉得蹊跷，但也不敢辩驳，只说："他昏沉好些日子了，现在突然明白过来，也不是没有先例。"

卢雪泽道："万岁曾经对我说，一旦他想明白了，则太医院中唯有一处，可以保护他安全。请你及时将他转入那个地方，不然……出了岔子，大人你如何担当？"

太医令面色恍白："我……卢大人在万岁面上说得上话，此事关系重大，我去看看他的病情再说。"

卢雪泽笑了："请便。"

太医令去了一会儿，满头大汗地小跑回来："卢大人……也怪了。他好像确实可以动弹，何夫人附着他的耳朵，与他说话，也道他想起来了什么……"

卢雪泽淡淡地说："我看他这么下去，只会越来越明白。你赶快将他送入太医院内那间隐屋。我们即刻写黄纸片交到万岁寝宫。"

朝廷的规矩，当御医的人参与机密，传递消息不需要和群臣一样写折子，只要写黄纸片交到皇帝亲信的两三侍卫手上即可。

太医令忙说："卢大人天下神医，卑职照做就是了。万岁不是连日在太后宫吗？"

307

卢雪泽望着苍天,眸子水色清明:"嗯。万岁今日黄昏会回到寝宫去,你要是送去太后那边,恐怕误事……"

卢雪泽一走,太医令不敢怠慢,连同何夫人把看似木头的何有伦一起扶到桃花林子后面一排放医书典籍的屋子里。

在书架后面,有一间隐藏的屋子,甚小,也显得安全。

何夫人把头贴着何有伦,嘴角显出一丝凄凉笑意:"谢大人,相公说这地方让他心安。"

太医令见何有伦动着手指,他们伉俪的影子在隐室里有些模糊。他心中恨不得皇帝赶紧去了太医院的这包袱,连忙告辞出来,写黄纸片去了。

卢雪泽入了太后宫。太后已经起身,坐在床头,望着周嘉面容出神。

"太后,万岁的脉象,似乎两日之内就能苏醒。"卢雪泽垂手说。

太后低头,银发有几缕松散开:"卢大人,你调理汤药甚是用心,连皇帝身边的人都瞒过了,只当哀家生病呢。"

卢雪泽道:"都是照太后的意思,至于医药,这是为臣的本分。"

太后叹道:"一晃十几年,你也不是孩子了。万岁对你终归是看重的。此次公主发愿出家……哀家倒有些意外……"

卢雪泽忙跪倒:"太后,此是天命。舍弟虽然没有福分,但太后的恩典,臣家怎敢忘记?"

太后摇手:"罢了。哀家老了,你们都知道说好听的哄哀家。你是太子的师傅,你弟弟和你儿子都看像是忠臣孝子的模样。你们将来……"她没有说下去。

卢雪泽应了,站到帘子的边上,他抬头看天光,神色毫无变化。

夜深人静,太医院变得更静悄悄的。值班的不过一个人,也睡得迷迷糊糊。有一条人影从药库闪到桃花林。他侧耳倾听,隐约听到有人絮语。声音若有若无,竹子和桃树随风摇曳,好像妖魔在窃笑。他摸到一层药书,屋内似乎人声停止。

桃林中"咣当"一声,黑暗中有个女人寻声走出一间屋子,月光中的她云鬓松挽，身影甚美。就在这一刹那，一道白光跃入内室。他挥剑斩去……

床上的高大病人在一瞬间睁开眼睛，双指夹住了剑。他们四目对视，谁也没有说话。那美丽身影已在不速之客的身后，点住了他的穴位。

"我们又见了。"女子开口，却是少年的嗓音，正是江湖第二号人物冷静晨公子。

病人将面幕完全拉开，月光下少年的眼中充满了遗憾："姐夫，对不住，我……还是怀疑了你。"

白诚哈哈一笑："小鱼儿，原来是你！我也怀疑是圈套，但我没有想到你这么快就回来长安，而且你找了冷公子为助。"

他一身黑衣，并没有遮住面孔。小鱼儿坐起来："我只有找冷静晨，因为他的武功才可以制住你。"

白诚又笑又叹："老三，你此次不止找他，还串通了卢雪泽……这就不像你了。"

他本来身形魁梧，笑起来黝黑的脸庞显得格外的刚毅，倒好像小鱼儿和冷静晨不过是和他玩捉迷藏游戏的两个孩子。

小鱼儿站起身："我和卢雪泽，说起来有点渊源。在无人可信的地步下，在你这最信赖的人都可以欺骗我的情况下，卢雪泽这样的人物，是帮助我施行计划最好的选择。"

"他为什么帮你？"白诚瞪大眼睛，不等小鱼儿回答，他一阵狂笑，"我真糊涂了，卢雪泽是什么人？"

他微妙地望了一眼冷静晨："我现在明白，我心底那个揣测是真的。"

"你猜什么？"冷静晨开口了，小鱼儿的脸色有丝难以捉摸。

白诚瞧在眼里，什么也没有回答。

"姐夫。我一路追翰林院的真凶，也发现了翰林院的不少秘密。但我一直想不通，这些人既然有千丝万缕的纠缠，但要是伤害他们每一个……究竟对谁有好处？我开始怀疑的人一直是翰林院内的人。杨青柏死去前，留下一个线索,有第三个人。这个人与九鹰会有关,除了卢雪泽、东方谐,谁还有可能是九鹰会的旧党呢?我开始怀疑卢雪泽,但他主动和我摊牌,约定和我分头去应付绑架韩逸洲的凶手。并且翠屏山上,他处于不利的地位,当夜如果何有伦死去,卢雪泽哪里可以逃脱罪责呢?东方谐庇护卢雪泽,他要是陷害卢家兄弟……何必用这样愚昧的手段,把自己暴露在万岁的眼皮下?"

小鱼儿慢慢地说:"种种线索一直困扰我,我怀疑某人,但是每每有新出现的现象就会推翻我的假设。假如没有翰林院的大火,我绝对不会怀疑你。但当夜你明明看到我的信号,却姗姗来迟。我当然不怪你,只是有些纳闷,你的反应不像那么迟钝的,何况你我连襟。静晨在你来看我的那个时候已在屋子里,却不现身。我就明白他的玲珑心思,已经是怀疑了你。他先对我谈起看到一个人影,我想来想去,当时卢雪泽、东方、何有伦都在御林军团团包围下,我和韩逸洲都在馆中,徐孔孟在宫廷内见他想见之人,除了方纯彦,翰林院人再没有第二个可能。但是,方纯彦杀人以后,在第一时间出现于火场,救治伤员,不是徒增嫌疑吗?即便如此,我还是想把你推出假设之外,可是我假定的方纯彦表现更奇怪,他反而来联络我,要我送物送药给狱中的东方谐。他要是凶手,这么做的话,不是很笨吗?因为万岁已经将有毒药之证的东方谐收押,恨不得翻出他同伙……直到你为我践行去洛阳……"

白诚道:"我为你送行,倒送错了?我记得我还和三弟你一起品了壶好酒呢。"

"确实送错了,你提醒我对韩逸洲敬而远之。我心中对韩逸洲是有些不解的。因此万岁准我去,我当然去。可是你提到我送他布头猪猡的事,大大让我吃了一惊。我无数次回想:这是我心中的一个秘密,我不曾对你说起……我想,也许是你因为我送给虎子布老虎,联想到我可能送给韩逸洲这个生肖玩意。但是我去洛阳的一路,狠心设想你是凶手……这个设想竟然可以做到天衣无缝,翰林院中任何一个人都没有你这样便利的条件。

你以武功杀死杨青柏，你是刑部最早参与办案的人，你在万岁身边出入，你可以接触亲信大臣的文书，你知道岳雯姑娘的藏身之地，你早在月前就亲自把她从妓院领到皇宫，韩逸洲失踪那日你检查了出宫的车辆，东方谐抄家那天你交给万岁药粉……在洛阳，韩逸洲又对我说：他贴身放的猪猡和外衣一起丢失在绑架现场的时候……我又想：是不是你？难道是你？所以你看到了我送的猪猡，你知道是我的手艺……对影成三人，杨青柏知道卢雪泽的身份在万岁面前公开，攻击无用，倒是东方谐会错了意思。他不过是一般的会员，哪有你们知道得多？除了杨青柏、东方谐，九鹰会在京师的第三个人就是你！你白诚并不是你……你也是万岁的影子：贴身侍卫。"

白诚眉毛一动："老三，我老实对你说：我说过此话，我倒忘记了。我本是粗人，有时候大大咧咧的。倒不想无心的话，让你有心人捡去，编排这种故事来……"

冷静晨忽然插话："不是编排，白侍卫你今夜出现，要杀人灭口，也是我们编排的？我那夜在火海虽然没有捉到你，但我发现你这样高手，从你带领众人来的方向……提都不提看到人影，大为古怪。几天之前，我终于查到了一件旧闻：原来杨青柏并不是九鹰会的普通会员，他是十三年以前由青城派亲自送到假冒户籍地的。青城派老掌门，与我有些渊源，我从他那里查到杨青柏是九鹰会的长老之一峨眉派的老掌门所托。一个十来岁的男孩儿和峨眉尼姑们有何关系呢？我只好大胆地追查九鹰会当年武林中长老的后代。我发现……杨青柏究竟是何人，倒没有定论。而另外一个大长老，却在十二年前少了一个儿子。江湖人传说，九鹰会可能派他去当了卧底。九鹰会与太子联合，派出的卧底也不少，但需要长老儿子的……究竟是什么人物呢？"

白诚面色微沉："兔死狗烹，你们不明白吗？万岁要统一天下，当然这些卧底，父子都要死。"

赵乐鱼道："不错，父子都要死，可是这位大长老是唯一不闻死讯的。

当年九鹰会交给卢雪泽的名单，由他拟定，他应该不会写自己的儿子。因为这个儿子最可能是他为了自保，派到太子身边的。果然，在太子登基的第二天，他们全派都死在了唐门毒药之下。而长老本人，不知所踪。多年来，唐门一直否认他们做此灭门之事，成为江湖一大疑案。万岁兔死狗烹的时候，总不能找逃到天涯海角的人去？关键是……谁透露了万岁要动手的消息？是他的儿子，他是派到万岁身边的卧底……"

冷静晨补充说："对，他的儿子与青城派老掌门有一面之缘。老掌门说，一个少年也记不清样子，只是记得肤色比较黑，长大了估摸体格不小。我算了下年龄，只有白侍卫差不多。"

小鱼儿拍了拍白诚的肩膀，按着他坐在床边："姐夫，你曾经对我说过，你与我二姐似曾相识。的确，二姐小时候跟我母亲跑江湖，你可能是在孩童时代见过她。时间太久，你们都忘记了……你的确是十二年前出现在万岁身边的，万岁曾经对我说：你的父母都死于饥荒，你是流民之子，稍微长大些，通过武举进了御林军。万岁对你一直器重，打北狄时候你寸步不离在御驾身旁，万岁就着你的手喝水，危险时你杀出一条血路。谁会想到……你是一个真正的卧底呢？姐夫，你难道要说：这一切都是万岁策划，要你来杀死何有伦灭口？你可知道，万岁现在还在昏睡之中。"

白诚摇头，他好像想起来久远之事，苦笑道："没想到做卧底还那么难？当你以为自己成为另一个人，一个真正的白诚的时候，过去的人物会突然来纠缠。我的确是一个卧底，因为家父觉得太子即使再诚心，也要防他一手。因此十二年前，还未出江湖的我被抛到了京都。万岁身边畜养死士，我中了武举，分到他身边。因为家父派出的几个刺客合谋演戏，万岁信了我。我唯一要做的事，就是在我家倒台之前通知父亲逃生。我完成了。此时太子登基，我爹云游去南洋之时告诉我，只有在万岁身边做事好保全我。我跟了他几年，发现他真的是个好皇帝，我也想忘记了过去。谁知道，我幼时的相识，峨眉掌门的私生子杨青柏居然中了进士。他在觐见万岁的时候遇上我，想起了往事，就开始敲诈我。他说绝对有证据说明我身份的物件。我问他：'你自己不怕吗？'他笑道：'我没有妻子儿子，我怕什么？而且我揭发万岁身边的狼，万岁应该奖励我呢。'我忍无可忍，终于找到一个机会，在翰林院内杀死了他。我把他分尸，并不是为了心头的恨，而是为了不让人找到我的用剑路数，也为了扰乱捕头们的线索。我受万岁旨意接岳雯入宫，并没有想到杀她。可是我观察了她半个月，她好像并没有什么'证据'交给万岁，我这才想杨青柏可能是讹诈我。徐孔孟被下毒，与我无关。但我发现，要阻止你们查下去，把翰林院彼此的浑水关系彻底搅乱，万岁必然会收手……

"在宫廷宴会那天，我知道岳雯会讲出自己所有知道的事。万岁要召见卢修，我先下手为强毒死她。她没有实际的威胁，但她活着，好像杨青柏的影子一直在。而且一来这样卢修值得怀疑，二来卢雪泽不能保持中庸。我在前一天的晚上，绑架了韩逸洲。第二天把他放在了卢家的车子上带出宫。我设计他在大理寺收到更夫的人头……其实，我没有杀他。那老醉鬼已半夜在家中醉死了，我才用他人头做恐吓文章。我本来想，卢雪泽和东方谐一起遇到快死的何有伦，将他们拖入案件的圈子，万岁一定会阻止查案。我还把东方家的毒药掉包。

"但是……事情出了意外，翰林院的魏宜简在宫内的那天起夜见到了我，他猜出了我。他找到我，说希望我帮他偷出他心仪的几件大内珍宝来，我一不做二不休，想好他来翰林院与我见面那天杀死他。他和我见面之后，被我迷晕了，我把他藏在翰林院的灌木中，在他身上放了火线。我本来也不想杀死韩逸洲，但当时我的时间很急，我把他带到东方家之后，因为要赶回皇宫去交差，只好将他放到当时我认为最不会有人涉足的翰林院内，当然……我算计好其他人不可能在翰林院。我想，既然魏宜简死，韩逸洲也跟着死掉，万岁收下韩家产业，倒少了一件心事，不会着意去追究。我原想好，处理掉这些人就回河边去陪你耗着，没有料到三弟你居然会出现在翰林院。那时候，魏宜简身上的火线已经点燃。我根本料不到你会陪着韩逸洲死！所以……一切都来不及了。"白诚盯着小鱼，"我没有想要你死!不然,我会在你和韩逸洲回洛阳之前杀了你们。毕竟,冷静晨并不一直在你们身边,我何苦给自己留后患?"

小鱼儿没有说话,他的眼光灼人:"白大哥,我还是叫你一声大哥,我相信你并不想杀我。不过说实话……你与我二姐的婚姻,也是巧合?"

白诚愣了半晌,叹道:"不是。你也知道你家的位置。虽然你姨母死去,但万岁对你家一直不同寻常。你的大姐夫是武林盟主,有人……担心有一天翻出旧账来。所以,不得不防。我和你二姐的婚事,确实为此人授意。"

小鱼儿咬唇:"此话何意?难道你背后还有人吗?"

白诚表情变幻:"我行翰林院案,不能说被人指使。当今万岁的手段,还不足以有人敢和他对着干。我要做的,也不过是万岁承认我是他的奴才白诚,万岁不要追查杨青柏死案。但万岁之上还有一人,她不能完全放心万岁的所为,这个人就是万岁的母后。我成为卧底以后,她并没有怀疑我。但是……我父亲失踪以后,她怀疑万岁身边有人泄漏消息,这样……她查出我的旧事。出乎意料,她说愿意我还在皇帝身边,要我随时告诉他皇帝的所为。在十年里,我除了万岁半夜叫某人姓名的事儿,凡是万岁的举动,我所知晓的,都告诉了她。她是母后,自己唯一的儿子,只要对她孝顺,难道她会不利于他?两年前,她命我借查案与江南女子,就是你二姐结婚,这样……我慢慢了解你们一家,我甚至猜出更多……其实,三弟,如果没有万岁让你插手翰林院一事,我们本来不必这样……我对你二姐,原来出于太后逼迫,但她是那样与世无争的美人,难道这几年来,我是草木无情?"

"二姐一直不知道你的双重身份,也不知道你为太后效命吗?"

"当然,如果没有妻小,就算杨青柏在万岁面前揭发我,我也不怕。但自从有了他们,我胆小了,我不能在万岁面前抖落太后。一旦我暴露,万岁不会饶我,太后更是要灭我一门。我之所以在翰林院一念之差想弄死韩逸洲,因为太后并不喜欢他。太后不在乎翰林院的人命,她在乎的是江

■ 翰林院

山永固。这点上，万岁不及他母后。"

"你现在要我怎么做呢？"小鱼儿冷冷地说，眼睛却不看白诚。

"放我去见你二姐一面，你们等在门口。"白诚恳求说。

冷静晨面上肃然，他与小鱼儿对视一眼。

"好，我答应你。"小鱼儿说。冷静晨点开了白诚的穴道。

白诚深深看了他们俩一眼："谢谢。"

冷静晨和小鱼儿在宫殿下面的一处围篱前吹着风。冷静晨抱着肩膀。

赵乐鱼低着头说："我不让他去见二姐吗？死的人已经死了。何有伦虽然吓成半个疯子，他夫人今日上午还帮我们演戏。但白诚是凶手……这样的结果，对皇家、对翰林院好吗？"

冷静晨不语。小屋的灯灭了，门打开，有个女子的声音呼唤："鱼儿，是我，你进来……"

小鱼儿和冷静晨同时面露惊讶之色。小鱼儿走了进去，月色下，沈夫人端坐在桌边。

"你看什么？你二姐已经和他走了，就说是朝廷纷争，他混不下去了。以你二姐的性子，还不是和他走了？"沈夫人萧锦春说。

小鱼儿默然。萧锦春道："你二姐和他结婚，是你们姐弟先斩后奏的，我后来自然知道了他的底细，但发现他们夫妇真心相爱。宁拆一座庙，不拆一双人。我不便作恶人，况且关系到皇家的，没有善恶之分、正邪之别。你懂得这个道理，就该早早急流勇退，离开长安，离开官府。"

小鱼儿笑了笑："大姐，你真是女孟尝。你步步为营，我这弟弟还年少，要学的不少呢。"

沈夫人说："你是早知道了自己的身世？所以你愿意来京城？"

小鱼儿笑意朦胧，道："我知道不知道的，有什么关系？我在世界上只认一对父母。爹妈都离世了……倒是静晨可怜，大家都以为他是孤儿，小时候他跟着沈盟主来我们家玩。见了我父母双全，羡慕不已。他和我要好，哪里知道我才是多余的？大姐夫对我家确实有恩。大姐你嫁给他，非但当了盟主的夫人,同时,还保证了你的同胞弟弟当下一任的武林霸主。"

沈夫人沉吟道:"小鱼儿你不是常人,想得透彻。只是,静晨恐怕并不清楚。你……"

小鱼儿仰面一笑:"大姐,你总是我的大姐。静晨的心思,我揣摩不出,我认为他此生都不会对你问起他的身世。"

沈夫人站起来,握住他的手:"小鱼儿,你的身份你自己清楚,你与洛阳韩逸洲交朋友,我本不赞成。万岁也不赞成……"

小鱼儿嘴角嘲讽转瞬即逝,他抽出手笑道:"万岁把放归我的手令给了韩逸洲,还管得着我?我娘活着时候说:'小鱼儿的眼睛,明明是桃花眼的形状,却命里没有桃花。'我总觉得大姐像娘,到底你还是差了那么点儿……大姐,既然你做主放了二姐和他走,我求你再去见卢雪泽一回吧。白诚的事,卢雪泽那里帮帮忙,我们家就谢天谢地了。"

萧锦春道:"我会去的,他帮过我家好几次……也许将来我们也会帮他。"

她是一个久经风霜的女子,此时时刻,她却不忍心去看小鱼儿的眼睛。她出屋子的时候,晨曦已经在天边。

冷静晨背手对着一棵古松,见她出来,问:"夫人,小鱼儿呢?"

萧锦春满脸疲倦:"他独自走了。他说和人有约,要去一个地方。"

冷静晨并不惊讶,他望向星空,再也没有说话。

第七十章：道江南余情未了

萧锦春一代女杰，早已经预见了卢雪泽的表情。

两日之后，当她面对卢雪泽的时候，这个人果然没有任何的惊讶。

"小鱼儿还是不愿见万岁吗？"卢雪泽居然笑了一笑。

萧锦春点头："多谢先生……无论如何，先生总是维护小鱼儿的。"

"以后他叫什么？赵乐鱼成了萧超。但萧超，我有生之年还可以见吗？"卢雪泽问。

萧锦春摇头："我不清楚。我原来从来不明白这孩子的心。都说长姐如母，我确实不如母亲。一个人要甘于平淡，也是不易。"

卢雪泽又包容一笑。萧锦春告辞以后，一股烟味从火炉子里面冒出来。卢涉从外面跑进来："爹爹，爹爹，太后的病真的好了吗？为什么大家都说公主不来我们家了？"

卢雪泽端详儿子："她病好了。公主不来了，他们的命不好……不如我的涉儿。"

卢涉似懂非懂，他看见炉子中间的火舌，慢慢烧掉了一张很美丽的图画——虎丘风景，桃花灼灼。画中间眉目英挺的侠义少年，终于化成灰烬。

数百里外，小鱼儿回到了韩家花园，出乎他意料，主人韩逸洲早已经去云游了。小鱼儿独自顺着山坡上了韩逸洲居住的草堂。堂内铺设了半张画卷，倒像是新画的山水图卷，一旁是韩逸洲的笔迹："移舟泊烟渚，日暮客愁新。野旷天际树，江清月近人。"他画的是江南的春色，但题字边上有些化开。

小鱼儿恍惚地走出去，置身在牡丹花丛中。几日以来，他胸中的抑郁无从开解，又想起家人的一张张面影，他忍不住放声大哭。案子破了，却放走了真凶。他不止是情非得已，更是无能为力。盘根错节的朝廷，没有胜负的赌局，他一条小鱼，奈何得了？

天亮的时候，他出了韩家大门。冷静晨居然在门口伫立……

"你上哪里去？"冷静晨问他。

小鱼儿道："回家。"冷静晨陪着他一路走去，忽然伸出手来摸了摸树上的叶子，叹息一声。

"怎么了？"

冷静晨有些伤感："小鱼儿，回家吧。过些日子就想通了。世上什么东西都不可强求。我叹息，因为我为了盟主的事情离开了几天，居然春天就这样错过了。"

"明年还有春天。"小鱼儿眼睛红肿，不忘记开导他。

冷静晨注视他："案子结了，你该回江南去，小鱼儿，只要我活着，天下没有人会伤害你。"

小鱼儿想说句临别的话，怎么也说不出来。

皇宫之中，周嘉直起身来，他母后坐在他面前，短短几日，她头发竟然全白了。

"听说，你的侍卫白诚忽然走了……不晓得什么缘故。"太后问道，满面慈祥。

"我也不知道。他原来一直想辞官回乡的，我倒想提拔他，一直不准。他一定觉得太子更不好伺候，所以早些离开了。我并不怪他……"周嘉面容清瘦了不少，风流俊美了大半生的面容，也显出了憔悴和老态。

"那么，翰林院案子万岁打算如何收场呢？"太后又问。

周嘉刚大病初愈，似乎有些不耐烦："当下的京城，公主的事闹出来，翰林院案已经不是第一话题了……待我病好了，再仔细查。"

母子二人心照不宣，相对无话。

"你的大女儿……是我年纪大了，没有照顾周全……她既然心中向佛，我们由她去吧。"

周嘉淡淡地说："只要母后释怀就好，我子女众多，有一个看破红尘的，也是好事。唯一就是可惜了状元卢修。至于母后侄子徐孔孟要求病退，我看不必。他是翰林院中人，又是外戚，转为太常寺卿主持祭奠，清闲又体面。"

太后换了口气："万岁如此，实在是给你的外祖家面子。我年纪太大了，以后……我不再过问其他的事。既然鹦哥出家了，在我的宫内建立寺庙，我陪着她修行……"周嘉不置可否，仅仅对太后客气一笑。

东方谐正在寝宫外候旨，他不明白皇帝如何想到了他，其实对于这里的一处花厅他熟悉不过，多年以来周嘉最喜欢叫他一起在这里下棋。晌午的阳光晒过，东方谐好像有些眩晕……

"你的手还拿得住棋子？"他一抬头，周嘉由一个年老的太监扶着，站在他面前。他连忙行大礼。周嘉说："平身吧。"

东方谐没有起来。周嘉想了想，道："你和朕下一盘棋。若你赢了，可以答应你一件事。"

东方谐的心猛跳起来，他没有料到再次见到天颜，居然是这样的开场白。他遵从，结疤的手指虽然不时颤抖，但拿起棋子还是可以的。他一落子，竟发现今天周嘉的局极厉害，完全没有布局，毫无章法。

他第一次特别想赢皇帝，可是周嘉寸步不让，他们在棋盘上厮杀了一个时辰。东方谐和周嘉全都身体没有复原，因此汗水把棋盘都弄湿了。东方谐觉得有一种强烈的求胜之气。他浑然忘我，直到他终于吃下了一个关键的子。他抬头看皇帝，皇帝脸上笑了："朕输了，你要什么？"

东方谐捂住嘴巴："臣……臣不要什么……臣想回四川。"

周嘉的眸子似要穿透他，他吐了口气："就这样？"

东方谐苦笑:"是,请万岁成全。"

周嘉说:"你们一个个都离开了。朕决定,在六月十五日,借太后的寿辰举行特别的科举,名为'恩科'。翰林院一代新人换旧人,也是自然的。你……去吧。"

皇帝还说什么,东方谐都没听清,他在六月十四这天夜里离开了京都。他本以为自己上马的时候要踌躇的,但根本没有。

明月彩云,他跨上一匹白马。对方纯彦夫妇笑着抱拳,打马而去。

"月快圆了。"周嘉靠着一张榻说,他根本没有看见月色。他的病虽好了,身体虚弱。卢雪泽亲自煎药,他正在一勺一勺地吃。

卢雪泽道:"明天是科举了……"

周嘉点头,他忽然说:"小鱼儿终于回江南了吗?"

卢雪泽不知道他什么意思,道:"是的。难不成案子查明白了,他还留在这里?你不是写了翰林赵乐鱼可以退职了吗?"

周嘉面上闪过千种神色,最后开口说:"其实他离开之前,我昏迷几日,好像也做了许多我少年时候的旧梦。有的事情……我希望年轻的人可以理解。我为皇帝,得到许多,也失去了许多……小鱼儿他也许……"

"万岁。"卢雪泽微笑着打断他,"老人们说:夜间不适合谈梦。你不要再谈昔日之梦为好……"

周嘉沉默了,卢雪泽走到充满月色的露台,眺望着那条通往长安以外的古道。缓缓地,他放下了珠帘,把自己置身在永恒而宁静的阴影之中。

第二天,长安城热闹非凡,各地的举子们把活力带来了此地。卢修作为学士,且是阅卷官,还是早早到了礼部。他孤身站在高岗之上,夏天的风吹起他的衣角。从此处可见翰林院,也可以看到林木青青、繁花似锦的甲秀园。他想起每个读书人要通过科举,都要从这里经过,但真的想到攀上来看看的,也着实不多。

"兄台,你还愣在这里做什么?恩科考试就要开始了。"一个声音在他脑后想起。

"我看翰林院呢。"卢修细长的眼睛带着温和的笑容。这新来的举子可能看他年轻,以为他是自己的同类。

那个年轻人走到他身边,欣羡地说:"那就是翰林院,我上来就为望它一眼!"

礼部钟声响起,翰林院的三个金字在炎炎烈日下仿佛要冒出火来。

方纯彦听着钟声,冷冷一笑,从容地走进新漆的朱红大门。门在他的背后关上了。

与此同时,小鱼儿已经到了富春江的码头。北方艳阳高照,南方却是细雨连绵。烟树琼崖,碧水清幽。还好他戴着斗笠,而且离住处不远。

偌大的码头,只有一只孤舟停泊,船头一老一小,穿蓑衣垂钓。

"老人家,走不走?"小鱼儿喊道。

那老头看了一眼,问:"上游还是下游?上游去淳安,下游去富阳!"

小鱼儿道:"下游吧。我走累了,顺水行舟吧。"

老头也不讲价,挥手叫他上船。

小鱼儿上了甲板,也不入舱。富春江山水,因为湿气起雾,朦胧如画中仙境。他呆呆地望着两岸的青山,等到船走了好久,才躬身进了船舱。

他躺在舱内,听老船家一边划船,一边对孙儿说京城翰林院的未解疑案。

"查了那么久,怎么凶手还没被杀头?"小孩子问。

老船家哈哈大笑道:"凶手没抓到不要紧,就怕这一桩事,冻住了许多人心。"

小孙儿拍手说:"是啊,怪不得淳安那个案子无人接手呢,可怜老老少少十一条人命,牵涉官家谁敢查?"

爷孙俩无言地再划了一会儿船,只听舱内小鱼儿大声说:"船家!我改主意了,我要去上游!"

老船家点头答应,只见富春江上,一叶小舟转向。

雨雾孤帆,船头少年独立,桨声绿影,江南余情未了。